君にささやかな奇蹟を

宇山佳佑

角川文庫
20749

目次

第一章　恋におちたサンタクロース　五
第二章　真心を君に　一五七
第三章　あなたに贈る物語　二七七

第一章　恋におちたサンタクロース

「――サンタクロースと結婚してみないか？」

理解不能なその言葉に、阿部《あべ》伊吹《いぶき》は思わず「はい？」と眉《まゆ》をひそめた。

この人はなにを言っているの？　サンタってあのサンタ？　あの赤い服を着た、あの髭《ひげ》もじゃのおじいさんの？　そのサンタとわたしが結婚？　意味が分からない……。

「あ、もしかして冗談ですか？」

試しにそう訊《たず》ねてみたが、目の前の男は冗談を言うタイプではない。

三枝屋《さえぐさや》百貨店代表取締役社長・飯田《いいだ》隆一《りゅういち》。経営不振に陥っていた三枝屋の業績をたった三年でV字回復させた凄腕《すごうで》経営者だ。

伊吹は今、その飯田と社長室で相対している。高級感溢《あふ》れるL字型のエグゼクティブデスクを挟んで向かい合っているのだ。飯田は浅黒い顔をこちらに向けて伊吹をじっと見つめている。威圧的な顔面。視線が針のように刺さってチクチクと痛い。

「悪いが阿部君。わざわざ君を呼び出して冗談を言うほど私は暇じゃないよ」

飯田はフレームのない眼鏡の奥で細い目を光らせた。

「ですよねぇ……」その眼光に気圧《けお》されて、伊吹は、ははと乾いた笑みを浮かべた。

創業百年を超える老舗《しにせ》百貨店の社長が、一介のおもちゃ売り場の販売員にすぎない――しかも契約社員の――わたしにこんな冗談を言うわけがない。てことは、本当にサンタとの結婚を勧めてるの？　う〜ん、ますますわけが分からないぞ……。

伊吹は着なれないスーツのラペルを居心地悪そうにくいっと引っ張る。久しぶりに着たら少し窮屈だ。きっと背中にお肉が付いたのだろう。

「実はサンタクロースが各百貨店に対して花嫁候補の選出を依頼したんだ。それを受けて我々は緊急役員会議を開いた。そして三枝屋グループの全女性社員の書類審査を行ったわけだ。君のような契約社員も含めてね」

「え？　まさかその結果、わたしが選ばれたってことですか？」

「そういうことだ」

「いやいやいやいや」顔の前で手を振った。「わたし英語なんて喋《しゃべ》れませんよ？　サンタクロースってグリーンランドとかそっちの方の人ですよね？」

「安心したまえ。サンタは日本人だ。だから語学力は不要だよ」

「いやいやいやいやいやいやいや」今度は首も一緒に振った。「安心できませんって。そもそもサンタクロースなんていませんよね？　架空の存在ですよね？　河童《かっぱ》とか天狗《てんぐ》とかユニコーンとおんなじですよね。それと結婚するなんて意味が分かりません」

飯田は傍らのマグカップを取ったが、中身が空と分かって再びデスクの上に戻した。

なにやら言い辛《づら》そうなその姿に、伊吹は「もしかして」ともう一度眉をひそめた。

「……サンタって実在するんですか？」

飯田はしばし悩んで「その通りだ」と顎《あご》を首筋にくっつけるようにして頷《うなず》いた。

「他言無用で頼むよ。いいね？」と小さな黒目がキラリと光る。

「わ、分かりました……」

「私もそこまでは詳しくないが、サンタクロースはどうやら実在するらしい」

「あ、もしかしてあれですか？　グリーンランド政府公認のサンタクロース！　その日本代表の人と結婚みたいな話ですか？」

つい話の腰を折ってしまった。飯田は咳払《せきばら》いをひとつする。「黙りなさい」と言いたげな視線に、伊吹は「ごめんなさい」と亀のように首を縮めた。

「私も最初はそんなものだと思ったよ。でも違った。サンタクロースとは遠い昔から千年以上もの永きに亘《わた》って続く、誇り高き血統のことを言うんだ」

「誇り高き血統？」

「サンタの起源は四世紀の東ローマだ。ミラの司教・聖ニコラオスが貧しい家族のために窓から金貨を投げ入れ、それがたまたま暖炉に掛かっていた靴下の中に入ったという伝説が起源とされている」

へぇ、そうなんだ。伊吹は口を小さく縦に開いた。

「ニコラオスの血統は彼の死後も脈々と続き、あるときから子孫たちは自らのことを

『サンタクロース』と名乗るようになった。そして子供たちのためにプレゼントを配りはじめた。偉大な祖先であるニコラオスに倣ってね。そんな彼らのことを人はやがて『サンタクロース家』と呼ぶようになった」

「サンタクロース家……」

「サンタクロースとは言わば称号だ。当主が死去、または退位することで、新たな当主がサンタクロースの座に即位する。そうやって千年以上もの間、ニコラオスの血は絶えることなく今日まで守られてきた。もちろんその存在は極秘だ。だが彼らのことは国も認めている。正真正銘、本物のサンタクロースなんだよ」

称号とか即位って、どこかの国の王位みたいだな。伊吹は笑いを嚙《か》み殺した。

「そして現在、サンタクロース家の当主は第一〇八代目に当たる」

「一〇八代目⁉」

でもそうか。四世紀の頃からずっと続いているなら、だいたいそのくらいになるのかもしれない。え〜、でもなぁ〜、本当に本当なのぉ？　伊吹は怪しんで目を細めた。

「あのぉ、ひとつ質問いいですか？」と小さく胸の前で手を挙げた。「サンタクロースってなにか商売でもしているんですか？　今も子供たちにプレゼントを配り歩いているわけじゃありませんよね？　煙突なんてないし、勝手に枕元に立ったら不法侵入だし。うちの百貨店でもサンタクロース訪問サービスはやってますけど、でもそれだって普通の社員がサンタに扮《ふん》して配達してるだけだし……。サンタってどうやって生活してるんですか？」

「いい質問だ」

飯田は情報バラエティ番組の解説者みたいなことを言った。その顔は満足げだ。どうやらサンタについて語ることが楽しくなってきたみたいだ。

「これは噂だが、聞くところによるとサンタクロースの称号にも継承順位があるらしい。サンタは世襲制なんだよ。順位が低い者たちは普通の仕事に従事している。有名企業で役員をしている者もいれば、ＮＧＯで活躍している者もいる。警察上層部や官僚もいるそうだ。そして君の質問に答えるならば、サンタクロース家の主な収入源はビジネスではない。我々百貨店などの売上の一部だよ」

「売上の一部？」

「世界各国の百貨店、おもちゃ会社、ゲームメーカーなどは、毎年クリスマス商戦で得た売上の三パーセントをサンタクロース家に納めているんだ」

「三パーセント⁉」びっくりして思わずひっくり返りそうになった。

伊吹が働く三枝屋百貨店・新宿《しんじゅく》店のクリスマス商戦の売上額だけでもかなりの金額なのに、それが各店舗、各百貨店、世界中から支払われるとなると……。一体どれだけ莫《ばく》大《だい》なお金がサンタクロース家という謎の一族に払われているのだろうか？

「でもなんで払ってるんですか？　なにもしていない人なんかに」

「私も前任の社長からこの話を聞いたときは呆《あき》れたよ。そんなことだから赤字から脱却できないんだと旧役員たちを叱責したほどだ。しかしそれは間違いだった。このルールを破れば、我々は〝クリスマス〟という言葉を封じられてしまうんだ」

「封じられる？」さっきから鸚鵡《おうむ》返しばっかりだ。

「商品やセールや店内装飾に一切『クリスマス』と銘打てなくなる。それはつまりメーカーからクリスマス限定品などの商品を仕入れられないことを意味する。それどころか、サンタも、ツリーも、トナカイも、ありとあらゆるクリスマスにまつわる単語も使えなくなる。もちろんクリスマスソングや赤い服を着たサンタの肖像もね。彼らは大昔からクリスマスにおけるすべての権利を押さえているんだ。言わばこれはクリスマスへの参加費のようなものだ。納める金額や契約内容は遠い昔から決められていて、今更覆すことなどできないんだよ」

な、なんてあくどい商売なのかしら……。驚きで顔が引きつった。

子供の夢を踏みにじりまくっている。守銭奴のサンタクロース。知りたくもなかった事実だ。あ、もしかしたら、この花嫁募集もサンタクロース家と百貨店が強固な関係を築くための政略結婚かもしれないぞ。そう思うとちょっと腹立たしい。

「さて、そろそろ本題に戻ろうか」飯田はデスクの上で手を組みこちらを見やった。

「あのぉ～」

「なんだね？」

「わたしじゃサンタクロースのお嫁さんには力不足だと思うんですよねぇ。わたしなんかより若くて綺麗《きれい》な子はたくさんいますよ？」

だから遠慮させてもらえませんか？　と目で訴えた。しかし、

「いや、君じゃなきゃダメなんだ」

「どうしてですか？」

「うちはエレベーターガールや受付嬢をほとんど顔で選んでいるから美人が多い。だから君は補欠程度のつもりだった。しかしだ。先方からは意外な答えが返ってきた。サンタは君を花嫁候補に選んだんだよ」

顔で選んでいるとは失敬な話だ。でも確かにうちのエレベーターガールや受付嬢はみんな可愛い。だからって社長がそんなことを言っても――、

「ちょ、ちょっと待ってください！　なんでわたしの情報をサンタクロースに渡してるんですか!?　わたしなにも聞かされていませんけど!?」

「まずは先方が誰を気に入るか、そのお伺いを立てるのが最優先だろ？」

「いやいやいやいやいやいや！　まずはわたしが了解するかが最優先ですよねぇ!?」

飯田は首を傾げている。意味が分かっていないようだ。

あれれ？　この人、もしかして本格派のクズ野郎なのかしら……。

「考えてもみたまえ。あのサンタと結婚できるんだぞ？　こんないい話、他には――」

「いい話なんかじゃありません！　わたし結婚する気なんてありませんから！」

「はぁ？　二十五過ぎた女なのにかい？」飯田はにやにやと笑う。

はぁぁぁぁ⁉ この人なに言ってんの⁉ やっぱクズだ。男尊女卑のクズ男だ。

「それどういう意味ですか⁉ 女がみんな結婚したいわけじゃありませんけど！」

「ふっ。負け惜しみはやめたまえよ」

さすがにカチンときて両手のひらでデスクをバン！ と叩《たた》いた。

「そんな言い方は心外です！ わたし失礼します！」


うーん、さすがにちょっとまずかったかなぁ？

三枝屋百貨店・銀座《ぎんざ》本店の真横に位置する本社ビルを出て、銀座駅から丸《まる》ノ内《うち》線で新宿駅に向かった伊吹は、シートに腰を埋《うず》めながら腕を組んでいた。

相手は社長だ。あんな風に啖呵《たんか》を切って後々問題にならないかしら。でも社長のあの発言は許せない。あんなひどいことを言われて「はい、分かりました」って頷くと思ってるの？ 女が誰でも結婚したいなんて前時代的発想だ。しかも「君は補欠だ」ってなによ。そりゃあエレベーターガールや受付嬢と比べたら相手にはなりませんよ。あっちの方が断然美人だし愛嬌《あいきょう》だってあるし男受けもいいに決まってる。だからって補欠扱いされると無性に腹が立つ。わたしは強豪野球部の二軍選手じゃないんだから。

怒りで頬を膨らませたが、不安ですぐにしぼんでしまう。

でもなぁ、これで異動になったらどうしよう。子供だって好きだし、一緒に働く人もいい人ばかりだし。それにわたしは人見知りだから、今から知らない売り場に行くなんてそんな自信はない。やっぱ社長に謝りに行った方がいいかしら……。

伊吹は顔をしかめて首を振った。

いや！　そんなことはない！　社長の発言はやっぱり絶対許せない。自分の意見を曲げちゃダメよ。全世界の女性を代表して断固戦わなくては。うんうん。

飯田の憎らしい顔を燃料に、心の窯に怒りの炎を立ち上がらせていると、網棚の上に結婚相談所の広告を見つけた。『そこの君！　もうすぐクリスマスだよ！　ひとりぼっち寂しくないかい⁉』というキャッチコピーと共にイケメンモデルが嫌味なくらい爽《さわ》やかに笑っている。

うるさいっての。大きなお世話です。別に全然寂しくないですよーだ。それにサンタと結婚だなんて絵本の中のおとぎ話だ。どうせなにかの冗談に決まっている。

新宿駅の発車メロディが耳に飛び込んでハッと我に返った。ドアはとっくに開いており、乗客たちが次々と乗り込んでいる。伊吹は「あ、降りまーす！」と荷物を抱えて電車を飛び降りた。


三枝屋百貨店は日本の百貨店業界においてトップレベルの売上高を誇っている。江戸時代に小さな呉服屋として出発し、一九〇〇年代に入ると百貨店化を果たした老舗《しにせ》のひとつだ。現在も着実に店舗数を増やし世界的な展開も果たす業界の雄である。

百貨店で働くことになったのはたまたまだった。二十四歳までまともな就職をしてこなかった伊吹は職探しに苦戦した。事務職を中心に探したがどこも不合格。このままでは一生仕事にありつけないと思って接客業も視野に入れた。人見知りだし自分に務まるか不安だったが背に腹は代えられない。そして三枝屋百貨店の子会社である人材派遣会社を訪ねて販売員の仕事に就いたのだった。

伊吹が働く新宿店は、新宿駅東口から徒歩十分と少々離れた場所に店舗を構えているが、競合ひしめく新宿拠点で最も売上が高い。地下二階から地上十階までの計十二フロアには、地下の食品売り場はもちろん、化粧品、婦人服、紳士服、雑貨、ギフトサロン、カフェ・レストランに至るまで多種多様なショップが軒を連ねている。百貨店はその目的購買性が低いものから低層階に売り場が配される。ふらっと立ち寄ったお客が手に取りやすいものほど下の階にあるのだ。だから高価な家具などは上層階と決まっている。購入することを前提に来店する人は上の階でも訪ねて来てくれるからだ。

そして、伊吹が働く子供服雑貨売り場はその六階に位置している。

横に長いフロアは、真ん中のエスカレーターを境にイーストエリアとウェストエリアに分かれている。イーストエリアは主に子供服やマタニティ用品、抱っこひもやベビーカーなどの子供雑貨を取り扱う売り場が並び、フロアの隅には赤ちゃん休憩室も完備されている。お母さんたちからは大変好評だ。

ウェストエリアはハイブランドの子供服や、ランドセル、学習机などのスクール用品売り場が並んでいる。

伊吹が働いているのはそこにあるおもちゃ売り場だ。取り扱う商品は多種多様。ぬいぐるみからブロック、積み木、人気キャラクターの変身グッズ、お世話用人形など。売り場面積も来客数もこのフロアで一番だ。

ここで働きはじめて二年半。まだまだ新米に毛が生えた程度だが、近頃は後輩もできて任される仕事も増えた。同僚はみんな親切だし、話も合うし、意地の悪いお局《つぼね》様もいない。だから文句なんてひとつもない。それに三枝屋の女性販売員の制服は他店に比べて格別に可愛いのだ。チャコールグレーのベストとスカート、薄いピンクのブラウスにワイン色のタングタイというシックないで立ち。女性の中には「男性と制服を分けるのは差別だ」と怒っている人もいるが、伊吹はこの制服をとても気に入っている。

この日は平日だが売り場はかなり賑《にぎ》わっていた。新宿という土地柄、外国人観光客が多く来店する。だから近頃はアジア圏の言葉を話せる社員も随分と増えた。

いつものように何組かの接客をして、商品補充などの細々した業務を行う。天井のスピーカーからはクリスマスソングが流れている。気の早いもので十月のハロウィンが終わるとフロアには少しずつクリスマスムードが流れはじめる。二週間区切りでだんだんと音楽や飾りつけをクリスマスっぽく変化させてゆくのだ。だから伊吹はもうかれこれ一ヶ月もクリスマスソングを耳にしている。正直ちょっと食傷気味だ。

この曲を流すためにサンタにお金を払っているのか……と、そんなことをぼんやり考えていると「わーん！」と男の子の泣き声が聞こえた。緩やかなS字型の背の低い棚の向こうをひょいっと覗《のぞ》くと、五歳くらいの男の子が棚に齧《かじ》りついて泣きじゃくっている姿がある。どうやら戦隊ヒーローのおもちゃがほしくてたまらないみたいだ。

「クリスマスまで我慢しなさい！　わがまま言うとサンタさん来てくれないわよ！」

母親が目を吊《つ》り上げてどやしつけている。しかし男の子は「サンタさんなんていないもん！　だから今ほしい！」と首を横に振って癇癪《かんしゃく》を起こしたように泣き叫ぶ。

伊吹はやれやれと思いながら「どうしたの？」と少年の元へと向かう。そして彼の前で屈《かが》んで目線を合わせると「サンタさんがいないなんて言っちゃダメよ？」とにっこり笑った。しかし少年は仏頂面で唇を突き出すと、

「でもサンタさんはいないって同じクラスのユウ君が言ってたもん」

拗《す》ねる姿はなんとも愛らしい。伊吹は「じゃあちょっと待ってて」とレジに行き、とあるシールを手に少年の元へ戻った。それはサンタクロースがソリに乗ってトナカイと共に空を飛んでいる直径五センチほどの丸いシールだ。

「このシールね、サンタさんにもらった魔法のシールなんだよ」

「魔法のシール？」

「これを持ってると、クリスマスに絶対サンタさんが来てくれるの」

「えー、嘘だよそんなの！」

伊吹は辺りに人がいないことを確認すると、少年にそっと耳打ちをした。

「実はね、ここにあるおもちゃは全部サンタさんが持ってきてくれているの。だからお

姉ちゃんはサンタさんに何度も会ったことがあるんだよ」

「ほんとに？」さっきまでの仏頂面が嘘のように目が輝く。

「本当よ。お姉ちゃんはサンタさんのお手伝いさんなの。だから特別にこの魔法のシールをもらえたのよ」

「ほんとにほんと⁉」

伊吹はにっこり頷《うなず》いた。少年は目を弧にして笑い返してくれる。ぎゅっと抱きしめたくなる可愛いらしい笑顔だ。

「はい、じゃあこれを君にも一枚あげよう。大事に持っててね」

伊吹はシールを少年に差し出した。

「あ、それからもうひとつ。ママの言うことはちゃんと聞かなきゃダメよ？　いい子のところにしかサンタさんは来てくれないの。分かったかな？」

少年が母親の顔を見上げる。目で「ごめんなさい」と言っている。母親が頷くと、少年は伊吹に「うん！」と満面の笑みを向けた。頭をよしよしと撫《な》でると、伊吹は「よいクリスマスを」と親子を見送った。去り際、母親がこちらを振り向いて「ありがとうございました」と小さく会釈する。伊吹は首を振ってそれに応《こた》えた。

「伊吹さんって、子供のあやし方が本当上手ですよねー」

同僚の大石美紗《おおいしみさ》の声がした。彼女は子供が散らかした棚を整頓《せいとん》しながら感心したまなざしをこちらに向けている。カールのかかった髪にぱっちりとした二重が特徴的なタヌキ顔の可愛らしい女の子だ。まだ二十三歳だから肌艶《つや》もよい。

「保育士さんになった方がその才能活《い》かせるんじゃないんですか？」

「そんな才能ないって」と伊吹は苦笑した。

「でもでも、お客さんの中には伊吹さんに接客してほしいってリピーターもいるってフロアマネージャーが褒めてましたよ。それにさっきの男の子も」

「あれはサンタクロース効果。まぁ、嘘ついちゃったけどね」

伊吹は少しの罪悪感から眉尻《まゆじり》を下げた。

「嘘って、サンタの魔法のシールのことですか？」

「あの子が大きくなってサンタがいないって知ったとき、あのおばちゃん嘘つきやがってぇ〜ってわたしのこと恨むかな。そう思うとちょっと胸が痛いよ」

「大人になったらみんなサンタなんて信じないですから。恨むも恨まないもありませんよ。信じてないのが当たり前。でしょ？」

「まぁ、そうだけど。でもそう考えると子供がサンタを信じてるのってほんのちょっとの時間なんだね。サンタを知るのが二歳か三歳だとして、十歳になる頃にはもう信じてないんだもん。あっという間でなんか寂しいね」

「なにはともあれ、伊吹さんの魔法の笑顔であの子はサンタを信じたわけですから。やっぱりさすがだと思いますよ」

「魔法の笑顔ぉ？　なにそれ、嫌味？　美紗ちゃんの方がわたしなんかより五倍は可愛い笑顔だよ。それに若いし。あ、もしかして夕飯おごってって魂胆でしょ？」

「バレました？」美紗は舌をちょろっと出しておどけてみせた。

伊吹は鼻で吐息を漏らすと「まったく」と笑った。美紗は接客もラッピングも下手だけど、憎めない人懐っこい後輩だ。金欠になるといつもこうやって甘えてくる。

「あ、そうそう。そういえば知ってます？　フロアマネージャーのこと」

「揉山《もみやま》さんがどうかしたの？」

「さっき社長から怒りの電話があったらしいですよ」

「え……。そ、それで？」

「なんか左遷らしいですよー」

「えぇぇぇ!?」

それは伊吹が帰って来る十分ほど前のことだ。六階フロアを統括している揉山マネージャーの元に飯田から怒りの電話が入ったらしい。部下の指導がなっていないとこっぴどく叱られ、駐車場の運営を行うグループ会社に出向を命じられたそうだ。うちの百貨店ではかなりの閑職だ。なんて前時代的な報復人事なのだろうか。

これってわたしのせいだよね……？　そう思うと、胃の奥がきゅーっと痛くなった。

笹塚《ささづか》の商店街を抜けた先の水道道路沿いにビア・バー『ユーレニッセ』はある。そこそこ広い店内には酒樽《さかだる》を模したテーブル席が四つ、その奥には十人は座れる馬蹄《ばてい》形のカウンターがある。珍しい形をしているが、これは店主のこだわりだ。カウンターの傍には大きな冷蔵ショーケースが据えてあり、中には世界各国のビールが所狭しと並んでいる。オレンジ色の明かりの下では、仕事帰りのサラリーマンたちが今日も陽気に笑っている。顔なじみばかりだ。駅から離れた場所にあるせいか、常連客の割合が圧倒的に高いのがこの店の特徴なのだ。もちろん伊吹も常連の一人だ。

「――そんなの、四の五の言わずに結婚しちゃいなさいって！」

カウンターの中で、野江《のえ》小雪《こゆき》が「はっはっはっ！」と快活に笑った。大口を開けて笑うのが彼女の癖だが、今の伊吹にはその笑い声がちょっとだけ不快だ。だから無視するようにカウンターに肘《ひじ》をついてシャポー・ウィンターグーズを一口飲んだ。瓶のラベルに描かれたサンタクロース。その横顔にちょこんとデコピンしてやった。

「もぉ、小雪のバカ。そんな簡単に言わないでよ」

「人助けだと思って結婚すれば？　そのマネージャー、伊吹のこと買ってくれてるんでしょ？　だったら助けてあげなさいって」

「それはそうだけど……。でも人助けで結婚はできません」

サンタのことは他言無用と言われていたが、ついつい小雪に話してしまった。どうせ言っても信じないだろう。誰かに言わなきゃやってられない気分だった。

「それにサンタなんているわけないじゃん」

「でも社長があんたに嘘を言う理由もないでしょ？」

「それはそうだけどさぁ……」

確かにその通りだ。社長がわたしに嘘をつくメリットなんてひとつもない。ということは本当に？　いやでもなぁ。さっきからその繰り返しだ。

「それに社長の話だとそのサンタって、そぉ〜とぉ〜な金持ちなんでしょ？　てことは玉の輿《こし》じゃん！　悩むことないって。乗れる玉には乗っちゃいなさいよ」

「えー、でもサンタが仮にいたとしてよ？　それって白髭《ひげ》のおじいさんでしょ？」

「バカねぇ、目瞑《つぶ》って宇宙のはじまりとか小難しいこと考えてればキスもエッチもあっという間だって」

小雪は大笑いで妊娠七ヶ月の大きなおなかを手のひらで撫でた。

「うわうわ、絶対嫌だよぉ〜。ていうか妊婦が生々しい話しないでよぉ。百歩譲って愛があるならまだしも、愛のないおじいさんとキスはできないってぇ〜」

ぞわぞわっと寒気がして思わず自分を抱きしめた。

「老人とのキスなんてボランティアスピリッツで一発よ。それに何年か待てばそのうちあんたは未亡人。そしたらその財産で一生遊んで暮らせるのよ？　ついでにうちの借金も返してよ。ねぇ、あんた！」

小雪がカウンターの奥にあるキッチンを見ると、旦那《だんな》の野江銀太《ぎんた》がのっそりと現れる。大きな身体に太い眉《まゆ》。元は実業団のラグビー選手だったので胸板はちょっとした岩なんかよりずっと分厚い。無口だけど朴訥《ぼくとつ》としたいい人だ。

「よろしく頼むよ、伊吹ちゃん」銀太は冗談っぽく笑って、木の皿に載せたハンバーガーを伊吹の前にぽんと置いた。『ユーレニッセ』特製のハンバーガーだ。ウィスキーを使った秘伝のソースで長時間煮込んだパティに、レタスとトマトとアボカドが相まってなんとも言えない絶妙な味わいの名物料理なのだ。

「いただきまーす」伊吹は大口を開けてハンバーガーを齧《かじ》った。

うん！　やっぱいつ食べても最高だ！　お肉はジューシーだし、玄米のバンズとの相性もぴったり。添えられたポテトもほくほくだし、ピクルスはビールによく合う。あえて文句を言うなら、これを食べ過ぎて体重が三キロほど増えたことくらいだ。

伊吹は爪楊枝《つまようじ》でスライスされたピクルスを二つほど刺して口に運びながら、先月よりも更に大きくなった小雪のおなかをまじまじと眺めた。

「小雪、そのおなかでいつまで働くつもり？　立ち仕事だってそろそろ辛《つら》いでしょ？」

「まぁね。でもわたしがいないとあの人、一人で大変だからさ。バイト雇う余裕もないしね。それに――」小雪は太鼓のように大きなおなかをポンと叩《たた》いた。「この子は飲み屋の子供だからね。ここにいてお客さんの笑い声を聞いてた方が胎教にいいのよ」

肝っ玉母ちゃんだな。伊吹はくすりと笑う。

小雪が腰に手を当てた。「そういえばあんた、最後にキスしたのいつ？」

「え？　なによ急に……」

突然の質問にポテトに伸ばしたその手を止めた。

「答えて。５、４、３――」

最後にキスしたの？　二年前？　三年前？　前のオリンピックのときってわたし彼氏いたっけ？　あれ？　思い出せないぞ……。

「はい、ぶー。五秒以内に思い出せない時点で失格。どうせ五年はしてないでしょ？」

「五年は言い過ぎ！――でもないか……」

「仕事ばっかりしてると女として枯れるわよ。たまには潤いも必要よ？」

「だからってサンタに潤してもらうつもりはありませんー」

伊吹は語尾を強めて、いーっと顔をしかめてみせた。

小雪はいつもこんな感じだ。恋愛下手なわたしにズバズバとダメ出ししてくる。しかもかなり容赦ない。高校時代からずっとそうだ。小雪はモテモテだった。性格はちょっとおばちゃんが入ってるけど顔は可愛いし、竹を割ったようなこの性格にそそられる男は少なくないのだ。それに引き換えわたしは出逢《であ》いなんてほとんどない。今も家と百貨店の往復だけの毎日。仕事以外の男性との会話といったらコンビニ店員との「お箸《はし》付けますか？」のやり取りくらいだ。ていうか最後にキュンキュンしたのっていつだっけ？　確か道案内したイタリア人に「アリガト！　アイシテル！」って言われたアレが最後だ。要するに完璧《かんぺき》に干からびているのだ。

しかし小馬鹿にされっぱなしも悔しいから「でもなぁ～、わたし今はそこまで恋愛したいわけじゃないからなぁ～」と強がってみた。

「あのさぁ、それモテる女が言うとキマるセリフだから。金のないじじいがどっかの場末の居酒屋でホッピー飲みながら『人生金じゃないよな』ってぼやいてても説得力ないでしょ？　あんたの言ってること、それと一緒だから」

「なによそれー。わたしは場末の居酒屋で酔《よ》い潰《つぶ》れてるおじいさんと一緒ってこと？」

「そうね。総入れ歯のしわしわのおじいさんね」

「うるさいなぁ。いつか若返ってみせるもん」と伊吹はフグのように頬を膨らませた。

「ならサンタに若返らせてもらいなさい。意外と渋くてダンディーかもよ」

「えー、でもさぁ～」

「ほら、それそれ。あんたの悪い癖がまた出てるわよ」

「癖？」

「いつもビビって逃げちゃうところ。ここぞってときに根性ないもんねぇ」

「うるさい。それ以上言わないで。ムカつくから」

むすっとする伊吹を見て、小雪はやれやれとため息をつく。

視線を戻すと、小雪は真剣なまなざしをこちらに向けていた。

「それにさ――」

「もしかしたら知ってるかもしれないよ？　あんたが探してるアレのことも」

その言葉に鼓動が高鳴るのが分かった。クリスマスに鳴り響く鐘の音のように。

そうか……。考えもしなかった。でも確かにそうかもしれない。

本当のサンタクロースなら、もしかしたら知っているかもしれない。

あの絵本のことを……。


結局ビールを四本飲んで、ほろ酔い気分で家路についた。

マンションまでここから徒歩十分。酔い覚ましにはちょうどよい距離だ。

街路に出ると北風が冷たくて、自然と身体がぶるっと震えた。さすがに十二月初旬だから夜風は凍えるほど冷たい。しかも今年の冬は例年よりもずっと寒いらしい。今朝ニュースでお天気お姉さんが憎らしいほど可愛い笑顔でそう言っていた。

纏《まと》ったベージュのコートの襟を立てると、首をすくめながら思う。

小雪の言う通りだな。わたしはいつも逃げてばかりだ。恋愛も、人生も、夢からも。

かつて伊吹は絵本作家になりたかった——。

夢のスタートラインに立ったのは高校を卒業したときだ。イラストレーションを学べる専門学校に入学すると同時に小雪と一緒に栃木から上京した。高円寺《こうえんじ》、家賃四万五千円の安アパート。高円寺に住んで絵本作家を目指すなんて今から思えば形から入っているみたいで格好悪いけど、あの頃はそんな自分にかなり酔っていた。幼い頃からたくさん絵を描いてきたから画力には自信があった。絵本も山ほど読んできたからお話作りもできるはず。「自分には才能がある！」と心から信じていた。

信じていたのに……。

チャンスが巡ってきたのは二十三歳のときのことだ。

専門学校を卒業して三年、コンクールや出版社への持ち込みがことごとくダメだった中で巡ってきた大チャンス。とある大手出版社の編集者が伊吹の作品に興味を示したのだ。きっかけはコンクールだ。二次審査で落ちてしまったが、選考委員だった編集者が作品を目にしてわざわざ電話を寄越してくれた。

「これから一緒に新作を開発して、刊行を目指しませんか？」

喫茶店で初めて会った編集者のその言葉に天にも昇る気分になった。彼女も新人で熱意ある素敵な人だった。頑張りましょう！　と二人で固い握手を交わし、その日から二人三脚で絵本作りに邁進《まいしん》した。

しかし人生は甘くない。何度も何度も描き直したが一切合格は貰《もら》えなかった。徹夜で描いたスケッチを前に「これはあなたの絵本じゃない。既視感がある。作家性を感じない。どこかで見たことのあるものばかりだ」と厳しい口調で叱責された。

気の強い人だったから言葉は直球でグサリと心に突き刺さる。もちろん自分のことを想って言ってくれていると分かっている。愛を持って厳しく接してくれているんだと。だからこそ期待に応《こた》えられないことがどうしようもなく腹立たしい。自分らしさや作家性、描きたいものが分からなくなった。やがて伊吹は平静ではいられなくなった。あんなに好きだった絵を描くことが嫌で嫌でたまらなくなり、画材を見ることも、絵本に触れることも、なにもかもが苦痛になった。眠れなくなり、食事も喉《のど》を通らず、あっという間に体重が十キロも落ちた。午前中は気怠《けだる》くて起き上がることすらできず、なにをするにも気力が湧《わ》かない。身体を動かすスイッチが壊れてしまったようだった。

見かねた小雪に連れられて心療内科を受診すると、自律神経失調症だと診断された。「あと一歩遅かったら鬱病《うつびょう》になっていたよ。今すぐ休養をとるように」と先生に告げられた。それは絵本作りを辞めろということだ。しかし断念すれば自分のような若手にチャンスはもう巡ってこない。だから伊吹は医者の忠告を無視して絵本を作り続けた。だが、そんな精神状態でよいものなど作れるわけがない。クオリティは落ちる一方だ。その結果、編集者には更に落胆され、伊吹は前にも増して自分を責めた。

そしてある締め切りの朝、アイディアがひとつも浮かばずに白紙のスケッチブックを前にしたとき、無意識に涙がぽろぽろとこぼれた。死にたいと思った。わたしには生きている価値がないと本気で思った。外に出て、行き交う車に飛び込もうとした。しかしガードレールを跨《また》いだとき、ハッと冷静になり自分の行動に恐怖した。

それがきっかけで絵本作りを断念したのだった。

半年ほどで体調は回復したが絵本に向き合うことはできなかった。編集者は「また体調がよくなったら一緒に頑張りましょう」と言ってくれたが連絡を取る勇気はない。だってそうでしょ？　一体どのツラ下げて電話をすればいいのよ？　きっともうチャンスなんてもらえないよ。それに、わたしじゃ期待には応えられない。そう思って画材をクローゼットに押し込み、第二の人生を歩むことにしたのだった。

気付けばもう二十四歳になっていた。

気を取り直して頑張ろうと今の百貨店に入店した折、配属されたのはおもちゃ売り場だった。取り扱いこそ少ないが絵本もそこそこ並んでいる。皮肉なものだな、と伊吹は思った。あんなに好きだった絵本が今は自分の首を絞めるロープに思える。

絵本の表紙が告げているようだ。「お前の人生は夢を叶《かな》えられなかった〝失敗ルート〟だ。惰性で生きている退屈な人生なんだよ」と。

しかし人間とはよくできた生き物だ。おもちゃ売り場で二年も働けば絵本が視界に入ってもなにも思わなくなった。今ではただの売り物のひとつでしかない。

人はいつまでも傷を抱えては生きてゆけない。痛みは時間と共にやがて鈍化するものだ。これが失敗ルートの人生だろうがなんだろうが生活は続いてゆく。おなかは減るし、ご飯を食べなきゃいけないのだ。今はそう思っている。心から……。

築三十年のオートロックなんて付いていない隙間風の厳しい1DKの自宅マンションに着くと、メイクを落としてシャワーを浴びた。それから毛玉だらけの紺のスウェットに着替えて冷蔵庫から梅酒缶を一本出す。風呂《ふろ》上がりにこれを飲むのが日課だ。外でいくら飲んでもつい手にしてしまう。太るからやめようと思ってはいるけれど、どうしても止まらない伊吹の悪癖だ。

梅酒缶を片手に二人掛けのカウチソファに座って、FMラジオを聞きながらちびちびとそれを飲む。気付くとクローゼットをぼんやりと眺めていた。

久しぶりだな、こんな風にクローゼットを眺めるの……。

夢を捨てたばかりの頃、画材がしまってあるクローゼットを眺めてばかりいた。夕食を食べているとき、お風呂上がり、テレビを見ているとき、気が付くといつも視線を向けていた。しかし一年が経ち、二年が経ち、夢を捨ててから長い時間が塵《ちり》のように積もってゆくと、だんだんと目を向けることはなくなった。

でもなんで今日はこんな風に色々思い出しちゃうんだろう。

理由は分かっていた。小雪が言ったあの言葉のせいだ。

――もしかしたら知ってるかもしれないよ？　あんたが探してるアレのことも。

伊吹は小さく笑った。

サンタと結婚か……。

なんだかすごくバカバカしいけど、その冗談に乗ってみようかな。

ＦＭラジオから、ユーミンの『恋人がサンタクロース』のイントロが聞こえた。

あくる日、伊吹は三枝屋百貨店本社ビルの社長室を再び訪ねた。アポイントはなかったけれど、「昨日の件で来ました」と言ったら社長はすぐに時間を作ってくれた。

社長室まで続く長い廊下を小脇にコートを抱えてゆっくり歩いてゆく。パンツスーツの擦れる音が心臓の鼓動によってかき消される。緊張していた。背中がじんわりと汗ばんでいるのが分かる。ドアの前で立ち止まり、深呼吸をひとつ。それから二回、コンコンとノックをすると、中から「どうぞ」と飯田の声が聞こえた。

飯田は昨日と同じように座り心地のよさそうなエグゼクティブチェアに座っていた。この日はシックなグレーのネクタイを締めている。相変わらず眼光は鋭かった。

「どうしたんだね？」

伊吹はその視線に一瞬怯《ひる》んだ。しかし意を決して一歩を踏み出しながら思った。わたしはこのバカバカしいおとぎ話に乗ってみる。もう一度だけあの絵本を手にしたいから。絵本も夢もすべて捨ててしまったけれど、それでもあの特別な一冊だけは、もう一度だけ手にしたい。だから……。

「結婚するかどうかは分かりません。それは会ってから決めさせてください。もしそれでもいいと仰《おっしゃ》るなら——」

抱えたコートをぎゅっと握ると、伊吹は言った。

「わたし、サンタクロースに会いに行きます！」

❄

まさか出張扱いにしてもらえるなんて……。

サンタに会いに行くことを約束すると、社長は大喜びで伊吹の手を握った。そして

「出張扱いにするから何日でも行ってきたまえ！　いやぁ、これで先方への面目も保たれるよ！」なんてことを言った。本当に自分本位な人だなぁ、と呆《あき》れてしまったけど、出張扱いということはお給料が出る。出張手当も発生するのだ。

やったね！　ラッキー！　伊吹は心の中でガッツポーズをした。

新宿店に戻ると自分宛《あて》に真っ白な封筒が届いていた。差出人不明のインビテーションカードだ。裏の封蠟《ふうろう》はサンタの帽子のマーク。それを見てピンときた。サンタクロース家から送られてきたものだろう。

それにしてもどうしてこんなに早くに？　ちょっとだけ気味が悪い……。

開いてみると、そこには手紙と新幹線の切符が入っていた。しかもグリーン車だ。サンタクロース家の気前のよさにテンションが上がった。

同封されていた手紙にはサンタクロース家の所在地——秘密保持のためか、サンタという文字はどこにも記されてはいなかったが——と交通費や経費はすべて三枝屋百貨店が負担するという旨が記されていた。そして、最後にこう書かれていた。

『阿部様のご来訪を心よりお待ち申しております』

記載のあった住所をスマートフォンで調べて驚いた。どうやらサンタは岐阜県の山奥に住んでいるらしい。マップ上の赤いピンが刺さっている場所にはなにもない。駅からも相当離れている。完全なる山奥だ。

伊吹はもう一度インビテーションカードに目を落とした。

わたしは明日、サンタクロースに会いに行く。

そう思うとおとぎ話の世界に旅立つみたいだ。


わーい。ふっかふかだなぁ～。

あくる日、新幹線のグリーン車の車内。窓際の席に座った伊吹はふかふかのシートに尻《しり》を弾ませながら年甲斐《としがい》もなくはしゃいでいた。平日の早朝ということもあってか、車両内には伊吹以外の乗客は誰一人としていない。貸し切りみたいで最高の気分だ。

東京駅を出発するとビル群が車窓を流れてゆき、その向こうの青空に千切れ雲が悠然と泳いでいるのが目に映った。冬晴れの好天に鼻歌でも唄《うた》いたくなる。

旅行に出かけるみたいで気持ちが浮かれていた。乗り慣れていない新幹線は人の心をワクワクさせる不思議な力があるらしい。

よぉ～し、ではでは、さっそくお酒を飲んじゃおうかしらね～。

後ろの席に誰もいないことを確認すると、リクライニングを目一杯倒して靴を脱ぎ、足置きに両足を置いた。あらかじめ駅で調達しておいたビール二本と柿ピーとあたりめを折りたたみ式のテーブルに置いて、景色を眺めて一人宴会に興じる。

平日にビールを飲むのは楽しい。みんなが必死に働いている時間に飲酒をする背徳感がなにより美味《おい》しいおつまみになるのだ。これは子供には分からない働く大人だけの特権だ。年を取ってよかったと思える数少ないもののひとつかもしれない。

「ぷはぁ～」と一本目のビールを飲み干して、イヤホンをはめて小沢健二《おざわけんじ》の『ぼくらが旅に出る理由』を再生する。軽快なリズムに身体が自然にゆらゆらと揺れた。

わたしが旅に出る理由、それはサンタに会いに行くことだ。

この旅の果てには一体なにがあるんだろう？　この新幹線のように〝のぞみ〟があれば嬉《うれ》しいな。うん、今上手いことを言ったぞ。よぉし、ビールもう一本だ。

伊吹は二本目のビールのタブを開けた。


しかしそんな浮かれた気分は、数時間後には酔いと共にすっかり醒《さ》めてしまった。目的地は想像よりもずっとずっと遠かった。名古屋駅から在来線に乗り換えて、そこから一時間以上も揺られ続けたが未《いま》だに到着できずにいる。さすがに腰が痛くなってきた。百貨店の販売員という過酷な立ち仕事をはじめてからというもの、伊吹は長い間腰痛に悩まされている。こんなことなら湿布を持ってくればよかったなぁ、なんて年寄りめいたことを思いながら寒い電車に揺られ続けた。

電車を乗り継いで、聞いたこともないような駅までたどり着いたとき、時刻はすでに昼の二時を回っていた。しかしまだゴールではない。そこから更にタクシーで深い深い山の中を進んでゆくのだ。

窓の向こうは鬱蒼《うっそう》と生い茂る杉林。太陽の光が縫うように木々の隙間からこぼれている。そこを抜けると壮大な山並みが目に飛び込んだ。雪が積もる山々を見て、とんでもないところまで来てしまったと口の端をひくひくさせた。

ようやく目的の場所でタクシーが停車すると、ハンドバッグと着替えの入ったボストンバッグを手に車から降りた。あまりの腰の痛さに「う〜ん」と身体を反らせてストレッチをする。年取ったなぁ、と自虐的なことを思ってちょっと悲しくなった。

さすがは山奥だ。都会とは比べものにならないほど風が冷たい。寒さの種類が明らかに違うのだ。東京の風がナイフなら、ここに吹く風は日本刀のように鋭い。実家のある栃木よりもずっと寒い。念のため真冬用のダウンコートを着てきてよかった。

それにしても……。腰を反らせたまま眼前の光景に息を呑んだ。

なんて大きなお屋敷なの？

そこには、呆れるほど大きな門扉がそびえている。門扉というより城門だ。両サイドには巨大な石の門柱があり、その上には宙を舞うトナカイの石像が据えられていた。左右に延びるレンガの塀は果てが見えないほどだ。

ここはなに？　お城？　なんだか緊張してきちゃったよ。やっぱり帰ろうかな。

そろりと踵《きびす》を返そうとする——と、次の瞬間、ウィーンという機械音と共に門が自動的に開いた。伊吹は飛び跳ねて振り返る。

こ、これは「入れ」ってことだよね？

恐る恐る門をくぐると、門は大げさな音を立てて閉じた。

中は見渡す限りの銀世界が広がっている。まるでゴルフ場だ。いや、それ以上に広い。

じーっと目を凝らすと、遠くの方に西洋風の建物が微《かす》かに見える。

あそこまで行くべきか、それともここに留《とど》まっているべきか。困って立ち尽くしていると、屋敷まで一直線に延びた雪ひとつ積もっていないレンガ造りの道の向こうから、一台のゴルフカートがこちらに向かって走って来るのが小さく見えた。

だ、誰か来た……。伊吹は下半身に力を込めて身構えた。

しばらくするとカートを運転する人物の顔がはっきりと見えてきた。七三頭の紳士的なタキシード姿の男性だ。見たところ五十代後半くらいだろうか？　しかし髪は黒々としてボリュームがある。遠目から見ても清潔感が漂っていた。

もしかしてサンタ？　いや、そうは見えない。タキシード姿だから執事さんかも。ていうか、執事って現実に存在するんだ。映画やドラマの世界だけだと思ってたよ。

男は伊吹の少し手前でカートを停めると、音もなく地面に降り立つ。その動きには品のよさを感じる。すっと伸びた背筋。微笑みは優しくて安心感を与えてくれる。日本人でこんなにも美しくタキシードを着こなす人物を伊吹は知らない。

「遠路遥々《はるばる》よくぞお越しくださいました。私、サンタクロース家筆頭執事の戸中井《となかい》と申します」

「ト、トナカイ？」

「さぁ、お乗りくださいませ。聖下《せいか》がお待ちです」

「セイカ？」

意味が分からぬまま後部座席に座ると、戸中井は器用にカートをUターンさせて屋敷に向かってアクセルを踏んだ。

トナカイってなに？　この人の名前？　ていうか、セイカってサンタのこと？　敬称みたいなもの？　『殿』とか『閣下』とか、それと同じこと？　そういえば聖下って教会のすごく偉い人に使う敬称だったような気がするけど。

そんな疑問が次から次へと浮かんできたが、屋敷がすぐそこまで迫っていることに気付くと、あっという間に吹き飛んでしまった。

それはあまりにも巨大な建物だった。屋敷というより宮殿と呼ぶ方がふさわしい。大きな円形の噴水を囲むように雪の積もった生垣が広がっている。所々にサンタクロースやトナカイの石像が置いてある。可愛らしいキャラクター風の石像だ。

屋敷の入口へと続く石段の下でカートが停まる。荷物を手に降りた伊吹はあんぐりと口を広げたまま屋敷を見上げた。と、その手から荷物をひょいっと取った戸中井が「参りましょう」と微笑みを浮かべて石段を軽やかに上ってゆく。

階段の上には石手すりに守られた半円形の広場があって、その先には装飾の施された立派な木製の扉が見えた。そこに二人の男女が立っている。服装から察するに二人ともサンタクロース家の執事のようだ。

男の方は戸中井よりも幾分若い。頑丈そうな大きな身体に整った顎髭《あごひげ》。ギラギラした獣のような瞳《ひとみ》が印象的な男だ。きっと熱血漢なのだろう。そんな顔つきをしている。

女性の方は伊吹よりも年下だ。二十二、三歳といったところだろうか。目鼻立ちがしっかりしている日本人離れした美女。ツインテールもよく似合っている。

戸中井は二人の右端に立つと、男の方から順に「彼は曽利《そり》。それから彼女が神宮《じんぐう》ベル。二人とも聖下専属の執事でございます」と彼らのことを紹介してくれた。

トナカイ、ソリ、ジングルベル……。この人たちは名前を強制的に変えられているの？　それともサンタ絡みの名前を持つ人だけが採用されているってこと？

「わぁ！　写真よりもお綺麗《きれい》ですね！」甘ったるいしゃべり方をした神宮が駆け寄ってきた。大きくてくりくりした目で上から下まで舐《な》めるように見つめられるとむず痒《がゆ》くなってしまう。伊吹は「ど、どうも」と視線を斜め上に逃がした。

「ベル！　やめないか！」曽利が神宮の首根っこを摑《つか》んで「阿部様！　失礼いたしました！　がはは！」と豪快に笑う。あまりの大声に耳が痛くなった。

「それでは阿部様、こちらへ」

戸中井の言葉と共に屋敷の扉が開く。いよいよサンタと対面するのだ。そう思うと緊張で足がすくむ思いだ。

サンタって一体どんな人なんだろう？　やっぱりあの赤い衣装を着ているのかな？　白髭《ひげ》のおじいさんってことは七十歳くらい？　どんな性格？　気難しい人だったら嫌だな。でももし優しいおじいさんだったら、そのときは楽しくおしゃべりをしてさっさと帰ろう。そうだ。わたしがここに来た目的は結婚じゃない。あの絵本のことを訊《き》く、それが大目的なのだ。サンタがクリスマスにまつわるすべての物から権利料を徴収しているのであれば、あの絵本についても知っている可能性が高い。

そう思いながら長い廊下を歩いた。柱や天井には化粧漆喰《しっくい》の装飾が施されており、窓から差し込む日の光は目に眩《まぶ》しく、廊下全体を黄金色《こがねいろ》に染め上げている。

「それにしてもすごい建物ですね」と前を歩く戸中井の背中に話しかけてみた。

「この建物は戦後まもなく東京から移住した際、先々代の命によりバロック様式を用いて作られました」

「なんだか映画の世界に迷い込んだ気分です」と伊吹は愛想笑いをしてみせた。

やがて突き当たりが見えてきた。大きなドアがある。『謁見の間』と記されたプレートの下で戸中井が立ち止まり、こちらを振り返った。

「聖下はこちらにおられます。阿部様、ご準備はよろしいですか？」

「伊吹さぁん。化粧とか直したいですかぁ？」神宮がつんとんと肩をつつく。

「そのままでも十分お綺麗ですぞ！」鞄《かばん》を持ってくれた曽利が肩を上下させて笑う。

今更ながら、こんな普段着なんかで来てよかったのだろうか？　白いニットセーターにえんじ色のベロアパンツ。さすがに普通すぎる。

まぁでも、女性として気に入られたいわけじゃないしね。

「このままで大丈夫です！」

伊吹の言葉を合図に、戸中井が謁見の間の扉を開けた。

中は見たことのないような大広間だった。豪華絢爛《けんらん》な装飾と巨大なシャンデリア。クリーム色の高級そうな絨毯《じゅうたん》の向こうには三段ほど高くなった玉座がある。

そしてそこに、一人の男が座っている。

この人がサンタクロース？　伊吹は眉間《みけん》に皺《しわ》を作った。

男は濃紺のダンガリーシャツに黒いチノパンというサンタとは思えぬ地味な格好《かっこう》をしている。その髪は黒々としていた。サンタというから勝手に老人を想像していたが、まだ三十代、いや二十代後半くらいかもしれない。顔には皺ひとつなく、肌は不健康なほど真っ白だ。誰もが想像するあの老人のサンタクロースとは似ても似つかぬ男がそこにいた。

それにしてもこの人――と、伊吹は小首を傾げた。

どうしてこんなに青い顔をしているのかしら？

男はどういうわけか真っ青な顔をしていた。やたらと顔色が悪いのだ。

「聖下、こちらが阿部伊吹様でございます」

戸中井が伊吹を紹介したが、サンタは俯《うつむ》きがちに視線を逸らしたまま動かない。腿《もも》に置いた手をグーにしている姿は、先生に怒られてしょげている小学生みたいだ。

「阿部様。こちらに御座《おわ》すは、第一〇八代サンタクロース家当主、明日真《あすま》・ニコラオス・聖也《せいや》様でございます」

「ニコラオス……」

そう言われればちょっとハーフ顔？　とはいえ、しょうゆ顔かソース顔か、どちらかに分類するとすればソースという程度だ。サンタの起源は東ローマの司教・聖ニコラオスだって社長が言っていたけれど、もしかしたら結構昔に日本人の血が入ったのかもしれないな……って、そんなことはどうでもいい。この重苦しい空気をなんとかしたい。なんでこの人ずっと俯いてるのよ⁉

伊吹は気まずい空気を振り払おうと「こんにちは」と愛想よく声をかけてみた。

しかし無反応。サンタは石像のように硬直している。

「ささ、もっとお近くへどうぞ」と戸中井が手で促すので玉座の方へゆっくり歩み寄り、もう一度「こんにちは～」と更に愛想よく手まで振って話しかけてみた。

「本日はお招きいただきありがとうございます。えっと、阿部伊吹と申します」

彼が顔を上げて微笑んだ。唇の端がぶるぶると震えている。かなり無理した笑顔だ。き、気まずい……と、思っていると、サンタは口をもごもご動かしはじめた。なにかを言おうとしている。伊吹は耳をそばだてて彼の言葉に意識を集中させた。

「ううう……」

ううう？　なに唸《うな》ってるの？　怖いんですけど……。

「美しい」

「え？」

「な、なんて美しいんだ。あなたのような、う、美しい人を、僕は見たことがない」

出し抜けの〝美しい〟という言葉にちょっとドキッとしてしまった。たどたどしいけど褒められるのは悪くない。五年もキスをしていない伊吹にとって「美しい」なんて言われたのは本当に久しぶりだ。いや、もしかしたら人生初かもしれない。

不足していたキュンキュンポイントが上昇するのを肌で感じた。

「いやぁ、美しくなんてありませんよぉ」と鎖骨まで伸びたセミロングの髪を指先で弄《いじ》りながら謙遜《けんそん》する。「それにわたし結構いい年なんですよ？　もうすぐ二十七だし。同じおもちゃ売り場の美紗ちゃんの方が二十三歳のタヌキ顔でキャピキャピしてて可愛いし。それに比べたらわたしなんて全然――」

「あなたは自分の魅力に気付いていない！」

サンタが絶叫した。びっくりして「ひっ！」と悲鳴を上げてしまった。

な、なんでいきなり怒鳴ったの⁉　怖いんですけど！

しかし〝魅力〟という言葉に身体は反応している。なので恐る恐る訊ねてみた。

「わたしって、そんなに、魅力的ですか？」

「はい！　あなたはとても魅力的だ！　いや、むしろ魅力しかない！」

これは素直に嬉《うれ》しい。来た甲斐《かい》があったような――、

「あなたのその人生にちょっと疲れた感じがたまらなくいいんです！」

笑顔が消えた。……ん？　疲れた感じ？

サンタは勢いよく玉座から立ち上がった。

「そのなんとも言えない気怠《けだる》さが僕の心をキュンキュンさせるんです！　場末のスナック感というか、しみったれた居酒屋のカウンターの奥で酔いつぶれている感じがたまらなくグッとくるんです！　二十三歳のキャピキャピしたタヌキ顔？　はん！　んなもん論外だ！　女性というのは疲れているからこそ価値があるんだ！　疲れてない女なんて女じゃない！　そんなもんはただの少女だ!!」

この人なに言ってんの？　バカなの？　それとも風変わりな性的嗜好《しこう》の持ち主なの？　ていうか、場末のスナック感ってなに？　ムカつくんですけど。

サンタがすさまじい勢いで石段を駆け下りて来た。近寄ると顔の圧がすごい。目も血走っている。伊吹はたじろぎ二、三歩後ずさった。しかしサンタは更に迫って来る。

近い近い近い！　顔が近いから！　怖くなってぎゅっと目を瞑《つぶ》った。

「ぼ、僕は、あなたのなにもかもが愛おしい！　寝跡がなかなか取れないだろうその肌も、目の下の真っ黒な闇のような隈《くま》も、イチジクをちょうど半分に割ったときの真ん中らへんにある気持ち悪いぶつぶつみたいな鼻の黒ずみも！　なにもかもが――」

「あのぉ!!」

サンタは目を丸くした。「なんですか？」

「なんですか、じゃないですよ！　逆になんなんですか!?　その物言いは！」

「あ、僕、もしかして訛《なま》ってました？」

「ちがくて！　それが初対面の人に言う言葉かって訊いてるんです！」

「仰《おっしゃ》っている意味がよく……」

「はぁ!? 分かってないんですか!? 人のこと場末のスナックとか、寝跡が取れないとか、イチジクみたいとか言って！ なんとも思わないんですか!?」

「だ、だって本当にそう思ったんです！ あなたは本当に美しい！ ぼ、ぼ、僕のタイプなんです！ そのでかい歯も！ やたらと分厚い唇も！ 顔のわりに巨大な鼻も！ あとスケべったらしい顎《あご》の下のほくろも！ なにもかもがタイプで――」

バチン！ 乾いた音が謁見の間に響き渡った。サンタは頬を押さえて呆然《ぼうぜん》としている。ビンタしてやったのだ。鼻から、たらりと一筋の鮮血が流れた。彼はそれを指先で拭《ぬぐ》うと、これでもかといった風に目と口を大きく開けて驚愕《きょうがく》した。

「な、な、なんで殴るんですかぁ!?」

「なんでじゃないわよ！ あなたが失礼だからでしょ！ 悪かったわねぇ！ そりゃもうすぐ二十七だもん！ いろんなところにガタが出はじめてるわよ！ 顔だってひどいわよ！ パーツだってでかいわよ！ あーそうですよ！ わたし顔でっかいもん！ ってうるさい！ 悪かったわね！ 顔がでかくて！」

「あのぉ、なんで怒ってるんですか？」

「はぁぁぁぁ――――!? あなたが失礼だからでしょ!?」

「失礼!? え？ どうしてですか!?」

「どうしてって――」そこまで言って口をつぐんだ。

ダ、ダメだこいつ……。変わってる。変わってるというか変人だ。痛い人だ。そしてきっと人の気持ちなんて分からないダメ人間だ。もうこれ以上なにを言っても通じっこない。相手にするだけ時間の無駄だ。

「もういいです！　帰ります！」と踵《きびす》を返した。

「えぇぇ!?　帰る!?　今来たばっかじゃないですか!?」

「あなたみたいな失礼な人とは一秒だって一緒にいたくありません！」

「でもでもでもでも！　僕ら結婚するんですよね！　だったら！」

「結婚するつもりなんてありませんから！」と伊吹は振り返った。

「だってわたしは――」

人差し指でサンタをビシッとさして言った。

「わたしはサンタなんて大っ嫌いなんです！」

そして伊吹は大股《また》歩きで部屋を出て行った。

❄

ほっぺが痛い。痛くて痛くてたまらない。ほっぺも痛いが胸の方がずっと痛い。

そもそも僕はなんで殴られたんだ？　しかも帰り際に彼女が見せた僕を見下したあの目、あれはまるで汚い豚を見るようなまなざしだった。ちくしょう。消えたい。消えてなくなりたい。できることならこのままほっぺが風船みたいに膨らんで、爆発して顔面が飛び散ってしまわないだろうか？

屋敷の西側の日当たりのよい部屋にサンタクロースこと、明日真・ニコラオス・聖也の部屋はある。広々とした室内には十九世紀後半から二十世紀初頭に使われていたアンティーク家具が据えられ、濃紺の絨毯《じゅうたん》が床一面に広がっている。壁には大きなアーチ形の窓が二つ。外から差し込む陽光が部屋全体を明るく照らしている。窓の下にはオックスブラッドのチェスターフィールドソファ。これもかなりの高級品だ。

聖也はそのソファの上で膝《ひざ》を抱えている。泣きそうな顔。いや、すでに泣いていた。

「聖下、大丈夫でございますか？」鼻にティッシュを詰めた聖也を見て、戸中井が心配そうに濡《ぬ》れタオルを差し出す。しかし聖也は手の甲でそれを払いのけた。そして涙目で「おいベル」とドアの前に立つ神宮のことをじろりと睨《にら》んだ。

「僕はお前のアドバイス通り、彼女のことを褒めまくったんだ。なのになんで殴られなきゃいけない」

「畏《おそ》れながら聖下ぁ……。全然褒めてなかったような」

「はぁ!?　褒めたじゃん！　めちゃめちゃ褒めてたじゃん！」

聖也は飛び跳ねると、気まずそうな神宮に駆け寄った。

「いやぁ、むしろメチャメチャ貶《けな》してましたけどぉ」

「はぁぁ――――ん⁉　女性は長所を褒めるより、むしろ欠点を褒めてあげた方が喜ぶって言ったのはお前だろ！　おい、曽利！　聞いてたよなぁ⁉」

神宮の隣に立つ曽利が「いかにも！」と太い首を縦に振った。

「ほぅら！　往生際が悪いぞベル！」

「でもでもぉ！　もうちょい言い方があるんじゃゃないかなぁって……」

「言い方ってなんだよ！　訳が分からないよ！　お前ら女はいつもそうだ！　退屈なのは男のせい、つまらないのも男のせい、なんでもかんでも男のせいにしたがる面倒な生き物なんだよ！　あーもう嫌だ！　女なんてもうたくさんだ！」

聖也はキングサイズのベッドに飛び込んで布団の中に逃げた。

「しかしながら聖下」戸中井が子供を諭すような優しげな声色で言った。「前回おいでになった女性との面会を覚えておられますか？」

「あ〜、確か大阪出身の、背の低い女の子でしたっけ」と神宮が人差し指を立てた。

「あのときに比べれば今回は格段にお話しできていらっしゃった」

戸中井の言葉に、曽利がうんうんと頷《うなず》く。

「左様！　前は大仏のように固まって動けなくなっておりましたからなぁ！」

「会話に費やした総時間はたったの二十秒でした」と戸中井がメモ帳を確認する。

「その前の九州の子は一秒も話せなかったですもんねぇ」神宮は思い出し笑いをした。

「聖下。太宰治《だざいおさむ》は『新ハムレット』の中で言っております。『てれくさくて言えないというのは、つまりは自分を大事にしているからだ』と。ならば本日の聖下は、ご自分の恥をかなぐり捨てて彼女に全身全霊で挑まれた。それは大変な進歩でございます」

「確かに！」と曽利と神宮が拍手を送った。が、しかし、

「うるさいうるさいうるさい！　その結果、僕は殴られたんだぞ！　もうフラれ続けて頭がおかしくなりそうだ！」

「三十二回目でございますね」と戸中井がメモ帳を見た。

「具体的な数字を言うな！　これで何回目だよ！」

「ならもうちょっと妥協したらどうですかぁ？　聖下は女性の好みがうるさいから」

「どこがだよ！　傷つくよ！　立ち直れないよ！」

「ええ。僕は最低限の理想しか伝えてないぞ！　なぁ、戸中井！」

「ほぅら。聖下の理想の女性は〝笑顔が素敵な人〟でございます」

そのくらいだ」聖也は布団の隙間から神宮を見て鼻を鳴らした。

「追加事項といたしましては、があって、子供っぽい一面も持ち合わせているが、芯《しん》は強くて、何事にも一生懸命で、素直で優しく、決して出しゃばりすぎず控えめな気遣いのできる古きよき大和撫子《やまとなでしこ》タイプで、猫より犬派で、アウトドアよりインドア派で、漫画やアニメの趣味にも寛容な、ハロウィンのときに仮装して街に繰り出さない、二十六歳から三十歳と十一ヶ月までの日本人女性——でございますね」

「ほらぁ！　かなりうるさいじゃないですかぁ！」神宮がこちらを指さして怒った。

「うるさいのはお前だベル！　これでも抑えめに言ったんだ！　もういいよ！　僕はどうせ結婚なんてできない！　だから好きな女のタイプなんてもうどうでもいい！」

「いけませぬぞ聖下！」曽利が壊れたスピーカーのようなべらぼうな声量で怒鳴った。

「このまま結婚できなかったらお父上とのお約束はどうなります！」

「はん！　そのときは父さんの言う通り、僕はサンタクロースを引退するさ！」

「なりませぬ！」と曽利は聖也の布団をガバッと取り上げる。

「やめろ！　寒い！　布団を返せ！　僕の布団だ！」

「なーりーまーせーぬ！　よいですか聖下！　もし当主の座を降りれば、次にサンタクロースに即位するのは聖下が心底毛嫌いしている、あの進一郎《しんいちろう》様なのですぞ!?」

「進一郎……そ、それは……」聖也は顔をしかめた。

「であればお父上とのお約束、なにがなんでも守らねばなりませぬ！」

うるさいなぁ曽利は。ぎゃんぎゃんぎゃんぎゃん吠《ほ》えちゃって、お前は野犬かよ。そんなことは分かってるんだよ。でも人にはできることとできないことがあるんだ。

聖也はベッドに横たわったまま頭を抱えた。

あぁもう、くそぉ。なんでこんなことになってしまったんだぁ。

――そろそろ結婚しろ。結婚相手は俺が探してやる。

ある日、父がそう言った。しかし聖也は結婚なんて気はない。だから咄嗟《とっさ》に言い返してしまった。「自分の結婚相手くらい自分で探します！」と。

「では一年以内に相手を探せ。さもなくばお前を当主の座から降ろす。分かったな？」

父の真剣な目を見て、聖也は思った。

やっぱり父さんは僕のことを快く思っていないんだな、と。

そりゃそうだ。二十代後半にもなった一人息子が毎日毎日ゲームに漫画にアニメ三昧《ざんまい》。おまけにネットで芸能人のＳＮＳを炎上させているゴミクズ野郎だなんて、そんなの呆《あき》れて当然だ。今は離れて暮らしているから小言も随分減ったけど、昔は怒鳴られてばかりだった。父さんは僕と違って優秀なサンタだった。慈善事業やサンタクロース協会の発展にも尽力してきた。その息子がこの体たらく。落胆は想像するに余りある。僕にはもうなんの期待もしていないけど、せめて世継ぎくらいは残せと言いたいのだろう。でもなぁ……。結婚なんて無理だって。

しかし進一郎の野郎にだけはサンタの座は譲りたくない。

聖也が退位するとなると、継承順位第一位である叔父《おじ》の息子の進一郎がサンタの座を継ぐことになる。父の弟たちは継承権を放棄している。奴をサンタにしたいのだ。

進一郎は鼻もちならない男だ。勉強もスポーツもできる文武両道タイプだが、その性格は最悪で、子供の頃からことあるごとに聖也のことを馬鹿にしてきた。

「お前が俺より勝っているのは一点だけだ。サンタクロースの長男というだけ。それ以外はなにひとつ俺に勝てない無能だということを忘れるなよ」

そんな腹立たしいことを言われたこともある。今はどっかのＮＧＯに籍を置いて世界平和のために働いているらしいが、そういうところも鼻持ちならない。なにが世界平和だ。てめぇはジョン・レノンかよ。僕はポール派なんだよバカ野郎。なんてことを心の中でぶつぶつ言っているが、面と向かってはなにも言えない。そんな度胸は聖也にはないのだ。

もしこれでサンタの座も譲ることになったら今度はなにを言われるか分かったものじゃない。だからなんとしてでも一年以内に結婚しようと奮闘したのだが――。

しかし半年が過ぎても未《いま》だに結果は出ていない。それどころかフラれすぎて近頃ではメンタルが崩壊寸前だ。精神を落ち着ける漢方薬が手放せなくなりつつある。

「それにぃ」神宮が舌足らずな口調で言った。「もしサンタの座から降ろされちゃったら聖下は一般人になるんですよ？　このお屋敷からも追い出されて働かなきゃいけないし。そんなのできるんですかぁ？」

そうだ。それが一番の問題だ。ここから追い出されたら行く当てなんてまるでない。働く気合いも根性もない。生きていける自信なんて、自慢じゃないがちっともないのだ。

聖也は皮肉に笑った。「ああそうさ！　ここを追い出されたら僕はサンタクロースからホームレスに華麗なる転身だ！　ははは！　笑えよ！　笑ってくれ！」

「がはは！　これは傑作ですなぁ！」と曽利が手を叩《たた》いて――、

「笑うな！　このでくの坊！」

「し、失礼……」

「お前らはいいよなぁ！　どうせあの、進一郎様に雇ってもらうつもりだろ⁉　だから所詮《しょせん》は他人事《ひとごと》なんだよ！　僕が結婚できなくても正直どうでもいいんだ！」

「畏れながら聖下。新撰組《しんせんぐみ》局長・近藤勇《こんどういさみ》は言いました。『忘れてはならぬものは恩義』と。私は身命を賭《と》して聖下に仕える所存にございます」

近藤勇はその恩義とやらを貫いて首を斬られたんだ。それにしても戸中井はいつも名言ばかりだ。正直ちょっとうざったい。

「僕には無理だよ。父さんの期待に応《こた》えることはできないし、サンタとしても一人前にはなれっこない。お前だって覚えているだろ、七年前のあのときのことを……」

じろりと見やるが戸中井は眉《まゆ》ひとつ動かさない。

「結婚だってそうさ。この半年いろんな女性に会ったけど、みんな僕にドン引きして去って行った。そりゃそうだよ。こんな会話もまともにできない引きこもりのクズ人間、誰が結婚したいだなんて思うかよ。目だってまともに見られないんだぞ？　会話だって成り立たないんだ。あいつら僕がガタガタ震えているその横で昨日観たドラマのこととか考えてるんだ。そういうのが手に取るように分かって辛《つら》いんだよ」

「でもでも、中には興味を示してくれる人もいたじゃないですかぁ」

「んなもん金目当てだ。目を見りゃ分かるさ。円マークになってたからな」

「畏《おそ》れながら聖下――」

戸中井がよく通る声で言った。

「先ほどお会いした阿部様に対しては、どのようなお気持ちを抱いておいでで？」

不意を突いた質問に思わず「えっ？」と戸中井の顔を見た。

「選ばれた言葉にはいささか問題があったものの、聖下が他人の長所を探そうとしたことは、この花嫁探しの間で、いや、今までで初めてのことでしたから」

「確かに！」と曽利が手を叩いた。

「彼女に対して少なからず好意がおありだったのでは？」

「そうなんですかぁ⁉」戸中井の言葉に神宮は興味津々の様子だ。

聖也は恥ずかしくてシーツをいじいじしながら呟《つぶや》いた。

「別に特別な恋心があったわけじゃないよ。だって写真と経歴しか知らないし。でも会ってみたいって思ったんだ。そんなの今までで初めてだったからさ」

どうして彼女に惹《ひ》かれたかなんて分からない。

でも彼女の写真を見た瞬間、胸が温かい気持ちに包まれた。

そんなの初めての経験だった。だから……。

「そういえば、阿部様は聖下の理想の女性に近いですなぁ！」と曽利が膝《ひざ》を叩いた。

「黒髪でぇ、セミロングでぇ、あと和風の美人！　わぁ、本当だぁ」

「肌の色なんてシラスのように白かったですぞ！　あれは間違いなくインドア派！　あとはハロウィンに仮装さえしていなければ――」

「聖下の理想の人！」

曽利と神宮は顔を見合わせてうんうんと頷《うなず》いた。

「もういいよ！　恥ずかしいからさっさと出て行け！　一人にしてくれ！」

むくれて枕を投げつけると、戸中井は器用にそれを受け止めた。

「ウッディ・アレンは言いました。『恋をすることは苦しむことだ。苦しみたくないなら恋をしてはいけない。でもそうすると恋をしていないことでまた苦しむことになる』と。聖下はどちらをお選びになりますか？　恋をせずに苦しむか、恋をして苦しむか」

「聖下！　恋をして苦しみましょう！　この曽利がついております！」

「そうですよぉ！」

曽利と神宮がヘヴィメタバンドのように激しく首を縦に振っている。

「阿部様には別室でお待ちいただいております。いかがなさいますか？　もう一度、彼女にお会いになりますか？」

「でもぉ」と聖也はシーツに顔を埋めた。「どうせもう嫌われてるしぃ〜」

「そんなこと！」

「そうですよぉ！」

「そんなことありますってぇ！　もう一度会ってもなにも変わらないですってぇ！」

「そうかもしれませんね。なにも変わらないかもしれない」

少し低い声だ。大事なことを告げるときの戸中井の癖だ。

聖也はシーツから顔を持ち上げ、戸中井のことを見た。

「状況が変わらないのであれば、あなた様が変わるしかありません」

「僕が……変わる……？」

「はい。もしも聖下がほんの少しでも、変わりたいと願っているのであれば」

その言葉に聖也はシーツをぎゅっと握りしめた。

父の落胆した顔が頭の中で再生された。進一郎のあざ笑う声、親戚《しんせき》一同が目を吊《つ》り上げて罵声《ばせい》を浴びせる姿が蘇《よみがえ》る。あの忌々《いまいま》しい光景が聖也の心を蝕《むしば》んだ。だから、「無理だよ」と吐き捨てた。「僕は変わらなくていい」

そして聖也は身体を起こすと、三人の執事に力ないまなざしを向けた。

「僕は今のままでいい」

自分でも驚くくらい情けない声だった。それから自嘲《じちょう》して笑うと、

「そうさ、嫌われた相手にもう一度会ってどうなる？　そんなことしてもなにも変わりやしないさ。僕はこのままでいい。あと半年自由気ままに暮らすよ。あとは野となれ山となれだ。だから彼女には会わない。ここからも動かない。そんな勇気もない。分かったか？　分かったならさっさと出て行け。僕はこれからお昼寝をするんだ」

そう言うと、聖也は執事たちに背を向けてごろんと横になった。

怒って屋敷を飛び出そうとした伊吹は戸中井に呼び止められていた。じきに日は沈み、交通量の少ないこの辺りでタクシーを捕まえることは困難だと彼は言う。

「それに折角いらっしゃったのです。どうせなら一晩泊まっていかれたらどうですか？　明朝、私が責任を持って駅までお送りいたしましょう」

朗らかな笑顔にさっきまでの怒りは静まり、思わずその言葉を受け入れてしまった。

そして玄関の傍にある応接室に通された。もちろんこの部屋も豪華絢爛《けんらん》。置かれた調度品には目を奪われるばかりだ。

伊吹は革張りのソファの背もたれに首を預け、天井をぼんやりと見上げている。そして大きなため息をひとつ。さっきから何度となくため息が漏れてしまう。

なんであんなこと言っちゃったんだろう……。

――わたしはサンタなんて大っ嫌いなんです！

怒りに任せてつい本音を口走ってしまった。きっと相手が本物のサンタだからあんなことを言ったのだろう。わたしはずっとサンタが嫌いだった。子供の頃からずっと。嫌いになったきっかけははっきりしている。

あのときだ。あの五歳の冬の日から――。

思い出したくない記憶が濁流のように迫ると、伊吹は頭を振って窓辺に向かった。

もうすぐ日が落ちようとしている。足跡ひとつない庭の雪は茜色《あかねいろ》の夕日の光を浴びて眩《まばゆ》く輝いている。その光景にほんの一瞬だけ故郷を思い出した。

ノックの音がして、戸中井が中に入って来た。

「永らくお待たせして申し訳ありません。そろそろご夕食にいたしましょう」

「こちらこそすみません。ご主人様のことぶっちゃったのに、泊めてもらって、その上ご飯までご馳走《ちそう》になるなんて……」

「とんでもないことでございます。それに、夕食には聖下もご同席されますので」

「え？　あの人も？」


立派な食堂に通された伊吹は、膝《ひざ》にナプキンをかけたままため息を漏らした。

彼とまた顔を合わすのか。そう思うとなんとも気が重い。食欲もなくなってしまいそうな——ぐぅぅぅ……と、おなかが鳴った。嘘だ。空腹で死にそうだ。恥ずかしくて両手で腹を押さえて辺りを見回す。誰もいなくてよかった。

それにしても広い食堂だ。皺《しわ》ひとつないテーブルクロスのかけられた長方形の大きなテーブル。燭台《しょくだい》には火が灯《とも》り、壁には立派な西洋絵画が飾られている。

ほどなくして、正面に位置していた扉が勢いよく開いた。

「いやぁーどうもどうも！」

聖也が清々しい笑顔で現れた。どうやら鼻血は止まったみたいだ。

「さっきはごめんなさい……」と伊吹は申し訳なく思って頭を下げた。すると、

「こちらこそ先ほどは失礼しました！　粘膜が弱くて困っちゃいますなぁ！　女性の前で鼻血出すなんてみっともない限りですわ！　ははは！　くぅ〜、お恥ずかしい！」

彼は手のひらを額に押し当て顔をしかめて笑う。しかし口の端が震えている。無理しているのだろう。

「ささ、ご飯を食べましょう！　おなか減ったでしょう！」

伊吹の向かいに座って手をパンパンと叩《たた》くと、二人の前にディナーが運ばれてきた。おいしそうな肉厚ステーキだ。辺りに香ばしいステーキソースの匂いが漂い、口の中がよだれでいっぱいになった。

「ここの料理人は帝都《ていと》ホテルで腕を振るっていた一流シェフなんです！　だから料理はどれも絶品ばかり！　ほっぺを落としてテーブルクロスを汚さないでくださいね！　だははは！　そりゃないか！　ささささ、遠慮なさらずどうぞどうぞ！」

異様なテンションに若干《じゃっかん》引きつつ、ナイフとフォークを手に取った。慣れない手つきで肉をカットして一口食べると、あまりの美味《おい》しさに目を丸くした。

こんなに軟らかくてジューシーなお肉を食べたのは生まれて初めてだ。焼き加減も最高だし、オレンジベースの黄色いソースにもコクがある。それこそ本当にほっぺがとろけてしまいそうだ。

「いかがですかな?」

「はい、美味しいです。すごく」

もう少し素直に喜べばよかったかな。彼のことを信頼していないから抑揚なく答えてしまった。でもステーキは本当に本当に、最高に美味しかった。

聖也は安心したのか顔を綻《ほころ》ばせた。そしてIT長者よろしく空中でろくろを回すようにして、オーバーな身振り手振りでなにやら話しはじめた。

「鼻の粘膜というのは、鼻の穴の中を覆っている湿り気を帯びた膜のことを言うんです。これにはウィルスや細菌以外の異物を鼻の奥から喉《のど》へと排除する機能があって、僕は子供の頃からこの粘膜が弱かったので色々調べて粘膜を強くする方法を勉強しました。冬本番を迎えて粘膜が乾燥する季節がやって来ましたので、是非粘膜について覚えていってください。まずはビタミンAやK、B2を多く摂取すること。ビタミンAは野菜に多く含まれ、Kはナッツに、B2はチーズなんかに。さらに粘膜は――」

こ、この人、正気なの……? なんでステーキを食べながら鼻の粘膜の話を聞かせられなきゃいけないのよ。黄色いステーキソースが鼻水に見えてきた。食事のときにはあまり聞きたくない話題だ。しかもなんだか丸暗記っぽい。淀《よど》みなくすらすらと語る姿に練習の影が見える。もしかして花嫁候補にこの話をするつもりで事前に仕込んでいたの? ていうか、この話題をされて喜ぶ女子がいると思っているわけ?

「あのぉ……」と話の腰を折るようにして手を挙げた。

聖也は話を止めた。想定外の展開だったのだろう。笑顔が引きつった。

「な、なんですかな？」

「食事中に粘膜の話はちょっと――」

聖也は目をカッと見開いて狼狽《ろうばい》した。その姿になんだか申し訳なくなって、

「楽しませようとしてくれているのは分かるんです！　分かっているんですけど、粘膜の話は食欲がなくなっちゃうっていうか……」

ガシャン！　とテーブルの上の食器が音を立てた。

目の前の光景に伊吹は仰天した。聖也が皿のステーキの上に顔を埋めているのだ。突然活動停止したのかと思った。しかしそうではない。すすり泣く声が聞こえる。そして皿に顔をこすり付けて「すみません！　僕は最低です！　本当に申し訳ない！」と全力で謝罪をはじめた。

「そ、そんなに自分を責めなくても……」

「いいんです！」と顔を上げると、顔中ステーキソースだらけだ。「僕なんてステーキみたいにウェルダンで焼かれて死ぬべきなんです！」

「いや、そこまで言わなくても」

「お詫《わ》びにこのよく切れるステーキナイフで首の頸動脈《けいどうみゃく》を搔《か》っ切って――」

「もういいですから！」必死に叫んだ。「食事、続けましょう？　ね？」

そう言ってぎこちない笑顔を作ると、聖也はソースまみれの顔でこくりと頷《うなず》く。

よかった。とりあえず大惨事は避けられた。

しかしそれからというもの、彼は完全に意気消沈してしまった。背中を丸めて力なく座っている。ぽたぽたと顔から落ちるステーキソース。その姿は燃え尽きた矢吹丈《やぶきじょう》のようだ。沈黙が広い食堂に漂う。窓を叩く風の音しか聞こえない。

き、気まずい。この空気ってわたしのせい？　わたしが粘膜のことディスったから？

いや、でも粘膜だよ？　誰だって嫌に決まってるでしょ。

チラッと見ると、聖也は死んだ魚の目でテーブルクロスの一点を見つめている。

あーもう面倒くさいなぁ！　頑張って用意した話題を貶《けな》したわたしが悪かったわよ！

「それにしても大きなお屋敷ですね～！」お詫びのつもりで話題を振ってみた。

「はい」

「今日、来たときびっくりしましたよ～。ここってどのくらい広いんですか⁉」

「東京ドーム八つ分です」

「へぇ！　すごいですねぇ～！」

「僕がすごいわけじゃありませんから」

「あ！　サンタさんって、あの赤い衣装は着ないんですか⁉　普段からあの服を着てるのかなぁって思ってましたよー」

「はは、そうですか……」

はぁぁ――――⁉　なんなのよ、このローテンションっぷりは！　人がせっかく盛り上げようとしているのに、いつまでしょげてんのよ、あんたは！

怒りを通り越して呆《あき》れてしまった。辺りに再び沈黙が訪れる。燭台《しょくだい》の蠟燭《ろうそく》の火がゆらゆらと揺れている。伊吹はその火を見ながら次の話題を探した。しかし伊吹も人見知りの性格。こんな風に場を盛り上げるなんて、どうにも不得手だ。

伊吹はナイフとフォークを皿の上に置き、深呼吸をひとつした。そして、

「あの、ひとつ訊《き》いてもいいですか？」

「なんですか？」伊吹の真剣なまなざしを見て、聖也のしょげた表情は消えた。

「絵本について訊きたいんです」

「絵本？」

「はい。わたし、ある絵本を探しているんです」

「どんな絵本ですか？」と聖也は座り直す。

「サンタクロースの絵本です。クリスマスの夜にサンタとトナカイが世界中を冒険するお話です。うろ覚えなんですけど、いろんな国を訪れてプレゼントをもらうか、あげるか、そんな話だったと思います。大きさはA4判くらいだったと思います。でもそれも定かじゃなくて……。あ、でもひとつだけはっきり覚えていることがあって」

「なんですか？」

「仕掛け絵本なんです。どのページにも綺麗《きれい》なセロハンが貼ってあって、その色はページによって違うんです。あるページでは黄色。次は青って。セロハンの中には雪や星や

お月様がキラキラ光っていて。きっと空を表していたんだと思います」

「タイトルは分からないんですか？」

首を横に振る。「覚えていません。作者も出版社もなにも。笑っちゃいますよね。でもずっと前から探しているんです。ネットで調べても見つけられなかったし、出版社にも手あたり次第訊いてみたけど全然ダメで」

でも——と呟《つぶや》き、伊吹は顔を伏せた。

「どうしても見つけたくて……」

錐《きり》で胸を突き抜かれるような痛みが貫いた。あの日の光景が脳裏に蘇《よみがえ》る。

あの雪の夜の光景が——。

「もう一度だけ、その絵本を読みたいんです。サンタが主人公の物語だから、もしかしたらなにかご存じかなって思ったんですけど……」

聖也は顎《あご》を撫《な》でながら思案している。その姿を見ながら、膝《ひざ》のナプキンを握りつぶすように手に力を込めた。

お願い。お願いだから知っていて。知らないまでもなにか手がかりだけでも——。

「すみません。ちょっと僕には」聖也は申し訳なさそうに首を垂らした。

「そうですか……」

やっぱりな。胸の中で淡い期待がシャボン玉のように弾《はじ》けて消えるのが分かった。

「あ、でも」

彼はオドオドと怯《おび》えた様子で伊吹を見た。

「二階に図書室があって、絵本も所蔵しているんです。もしかしたら、そこに探している本があるかもしれません。もしよければ、食後に行ってみませんか？」

「はい、ぜひ！」伊吹はテーブルに身を乗り出した。

❄

オーケイ、オーケイ。よく頑張ったぞ、明日真聖也。

廊下を歩きながら、聖也は隣を歩く伊吹を見て思った。

これっていわゆるデートみたいなものだよな？　「図書室に行ってみませんか？」「はい、ぜひ！」ってデートのお誘いにOKしたようなものだよな？　彼女もまんざらではないってことだよな？　てことは僕のことは嫌ってないよな？　むしろどちらかと言えば好感を持っているよな？　そこまでは考えすぎかな？　でもデートOKしてくれたんだ。それって脈ありってことじゃ――、

「どうしました？」

じろじろと見ていたことがバレてしまった。聖也は慌てて顔を背けると「なんでもありません」と頭をぶんぶんと派手に振った。そして自分に言い聞かす。

とにかくこれはチャンスだ。大チャンスだ。彼女の探している絵本を見つけることが

できれば僕らの仲はぐっと近づく。近づくどころの騒ぎじゃない。それをきっかけに今日中に手くらい繋《つな》げるんじゃないか？　もしかしてそれ以上も……。ごっくん。

いやいやいやいや、いくらなんでもそれは性急過ぎでい！　恋に焦りは禁物でい！

江戸っ子口調になるほど興奮しながら二階に続く階段を上ると、そこからまた長い廊下を更に歩いてゆく。部屋から出ることがほとんどないから、こちら側——図書室は屋敷の東側に位置している——に来ることなんて滅多にない。恐らく三年ぶりくらいだ。

廊下の突き当たりにある図書室の扉を開くと、古い書物特有の乾いた匂いが鼻孔をくすぐる。続いて入ってきた伊吹は、その所蔵の多さに「わぁ」と声を上げた。

所狭しと並ぶ七段式の書架の間をすり抜けて行くと、上へと続くらせん階段がある。

「二階もあるんですね」と伊吹が驚いて階段を下から覗《のぞ》いた。

「一階は父と祖父の書物が中心で、上には児童文学や絵本が所蔵されているんです」

聖也は階段のステップに足を掛けた。

二階は下に比べて幾分狭い。しかしそれでもかなりの本が所蔵されている。壁に沿って書架が据えられており、その奥には大きな窓がある。そこからサンタクロース家の広大な庭と、遠くの山々、そして白く輝く月が見えた。どうやら夜になってから雪が降りはじめたらしい。晴れた月夜に降る雪はなんとも幻想的だった。

「ここにあればいいんですけど」聖也は首を回して書架をぐるりと見渡す。

「探してもいいですか？」と伊吹が顔を覗き込んできた。あまりに近くてドキリとして後ずさってしまう。「も、もちろんです」と答えるのが精一杯だった。

伊吹は棚に並ぶ絵本を一冊一冊注意深く調べはじめた。真剣なまなざしだ。胸の前で手を握りしめて祈るように本の背表紙を眺めている。時々それっぽい本を見つけては抜き出して開いた。しかし違うと分かると、残念そうに表情を曇らせた。

その横顔を眺めながら聖也は思った。

彼女は写真よりも実物の方がずっと綺麗だ。顔は小指の爪くらいしかないし、あの大きな瞳《ひとみ》で顔を覗かれると恥ずかしくてなにも言えなくなってしまう。力強い意志の籠《こも》った綺麗な瞳だ。きっとどうしても探したい絵本なのだろう。

でも不思議だな……。伊吹さんを見ていると、なぜだか胸が苦しくなる。それは恋とは少し違う懐かしい感覚だ。この気持ちは一体なんなのだろう。

しゃがんでいた彼女がふいに顔を上げたので急いで目を伏せた。

伊吹はすっと立ち上がり、こちらにやって来る。じろじろ見ていたのがバレて気を悪くさせてしまったかもしれない。しかし、そうではないとすぐに分かった。悲しそうな顔をしている。きっと目的の絵本がなかったのだろう。

「ありがとうございました」

「やっぱり見つかりませんでしたか？」

静かに頷《うなず》く伊吹を見て、針が刺さったように胸がちくんと痛んだ。

「もしアレだったら戸中井たちに探させましょうか？　僕にできることがあれば――」

「いいんです」そう言って彼女は遮った。

「でも……」

「本当にいいんです。実はここに来るまで、長い間ずっと諦《あきら》めていたんです。前は色々探し回ったけど、でもいくら探しても全然見つからなくて……。きっともう絶版になっているはずなんです。それに、もしかしたら大昔のことだからわたしが単に勘違いしているだけで、そんな絵本初めからなかったのかもしれません。だからもういいんです。本当にありがとうございました。これで諦めも——えぇぇぇ!?」

伊吹は驚いて後退した。

「どうして泣いてるんですか!?」

自分でも気づかぬうちに泣いていた。右目からは涙が一筋流れている。手の甲で涙を拭《ぬぐ》って「すみません！　気持ち悪いですよね！　突然泣いたりして！」と慌てて笑みを作ったが、どうにも上手《うま》く笑えなかった。

「どうして？」と伊吹が不思議そうに顔を覗き込んだ。

「大切なものだったんですよね……」

「え？」

「伊吹さんにとって、その絵本」

伊吹の表情がふっと消える。

「それなのに見つけられなくて、力になれなくて、それがなんだか悔しくて……」

すると彼女は、ぷっと噴き出し「変な人」と眉尻《まゆじり》を下げた。

「わたしが泣くならまだしも、どうして無関係のあなたが泣くんですか？」

「すみません……」

「それにわたし、弱虫な人は嫌いです」と冗談っぽく腰に手を当てながら言った。

そうだよな。こんなことで泣くなんてありえないよ。格好《かっこう》悪いにもほどがある。

「でも――」

その声に聖也は顔を上げた。

「わたしのために泣いてくれたのは、ちょっと嬉《うれ》しいです」

嬉しい？　意外な言葉に目と口を丸くしていると、伊吹が「はい、これ」とポケットのハンカチをこちらに差し向けた。「いいんですか？」とおずおずと訊《たず》ねると、彼女は顔いっぱいに笑った。初めて見せてくれた心からの笑顔だ。

その笑顔にまた泣きそうになってしまった。でも何度も泣いたら恥ずかしいから聖也は「じゃ、じゃあ、遠慮なく」と慌ててハンカチに手を伸ばした。

と、その瞬間、彼女の手のひらに指先が微《かす》かに触れた。

ひんやりとした手の冷めたさに、胸の奥が狭くなるのを感じた。そしてハンカチで目元を拭うと、ほんの少しだけ伊吹の匂いがして、それがまた胸を苦しくさせた。

「それにしても、こんなに絵本がたくさんある図書室って初めて見ました。東京の図書館でもここまで多くは所蔵されてないもんなぁ」

「子供の頃、母がよく読み聞かせてくれていたんです。それで随分集めて……あ、なんかマザコンみたいで格好悪いですね」

「そんなことありませんよ。子供だったら誰でもお父さんやお母さんに絵本を――」

そこまで言うと彼女は押し黙った。

どうしたんだろう？　気になって「伊吹さん」と呼んでみた。すると彼女は「ごめんなさい」と薄く笑う。それから話を逸らすように「えっと、お勧めの絵本はどれなんですか？」と書架に視線を移した。聖也は頭を捻《ひね》って考えた。いざ選ぶとなると悩んでしまう。なかなか答えを出せずに困っていると、ある一冊が目に留まって「これですね」とその絵本を抜き取った。

「『ふたりはともだち』。一九七〇年くらいの絵本です」

「あ、これわたしも好きですよ」伊吹は声を弾ませた。

「本当ですか⁉　嬉しいな！　僕これに出てくるがまくんが大好きなんです！　こいつすごい怠け者で、いい加減で、ちょっとトロくて要領も悪くて、そのくせ寂しがり屋なんですけど、どうにも憎めない奴なんですよね！　あ、あの話知ってますか⁉　がまくんが体調を崩したかえるくんのために、寝床でしてあげるお話を考えるやつ！　全然思いつけなくて頭に水をかけたり、壁にドシンドシンってぶつかったりして、そしたらがまくんの方が体調を悪くしちゃって――」

伊吹がこちらをじっと見ていることに気付いて我に返った。

「す、すみません……。なんか一人で勝手に盛り上がって」

「ううん。そっちの方がいいですよ」

「え？」

「粘膜の話なんかより、絵本の話をしている方がずっと素敵です」

蒲公英《たんぽぽ》の綿毛が舞い飛ぶような柔らかな笑顔だ。窓から差し込む月明かりが伊吹の頬を白く染める。あまりに美しくて思わずごくりと息を呑んだ。そして、できるんだ――。聖也は思った。

僕にもこんな風に誰かを笑顔にすることが……。

それが嬉しくて、彼女のこの笑顔をずっと見ていたいと心から願った。

「ひとつ訊《き》いてもいいですか？」

「は、はい」と聖也は背筋を伸ばす。

「どうしてそんなに結婚したいんですか？　こんなこと言うと失礼かもしれないけど、あんまり人と話すの得意じゃなさそうだなって。それなのに結婚したいって、なにか理由があるのかしら。あ、やっぱり家のこととかですか？　跡取り問題とか」

「もちろんそれもあります。でも――」手の中の絵本に目を落とした。

「僕は……」聖也は自嘲《じちょう》気味に笑った。「僕は、がまくんなんです」

「がまくん？」

「怠け者で、トロくて、要領も悪くて、わがままで……。いいところなんてひとつもないダメながまくんなんです。父は元々優秀なサンタでした。資産の多くを慈善事業に寄付したり、途上国に学校を建てたり、子供たちのために尽力する誰もが尊敬するようなサンタクロースだったんです。その父が体調を崩して跡を継いだんですけど、でも僕は全然ダメで……」

「いつからサンタに？」

「二十歳のときです」

「そんな早くから」

「あの頃は父もまだ僕に多少は期待してくれていたんだと思います。だからその期待に応《こた》えるために頑張りました。でも、なにをやっても失敗ばっかりで。父にもたくさん迷惑をかけてしまって。それで一年も経たずに自信を失くして、それから七年間ずっと家に引きこもっているんです」

「七年……」伊吹は吐息のように漏らした。

「怖くて家から出られなくなったんです」

こんな風に自分の恥部を晒《さら》すのは初めてだ。みっともないことは分かっている。でも彼女に聞いてほしいと思った。自分のことをもっと知ってもらいたかった。

「伊吹さん、さっき言いましたよね？　赤い服は着ないのかって。本当は着るんです。人と会うときや公の場に出るときは、みんなが思い描くあの赤い服を着ることがサンタの義務なんです。でも、僕はどうしても着られなくて……」

「どうして？」

「着ようとすると気分が悪くなるんです」

僕はダメなサンタクロースだ。弱くて、情けなくて、人に誇れるものなんてひとつもない。ずっとずっとそう思って生きてきた。七年間ずっと、この広大な井戸の中で。

でも――。

「でも僕……」

絵本を持つ手に力を込めた。

「……変わりたいんです」

「変わりたい？」伊吹の眉《まゆ》がぴくりと動く。

「人と話すのが苦手で、今までこれといった恋愛もしたことないようなダメな井の中の蛙《かわず》だけど、それでも僕、どうしても変わりたいんです。ちゃんと誰かのことを好きになってみたいんです。それでできることならその人にも好きになってもらいたい。そんな風に思ったんです。だから……」

僕は変わりたい。今日、心から思った。伊吹さんが部屋から出て行ったとき、もう一度会いたいって思った。普段なら絶対に諦めていた。でもあの瞬間、僕は変わりたいって心からそう思ったんだ。

彼女は聖也を見つめている。その瞳《ひとみ》が月明かりで輝いて見える。なにを思っているのだろう。寂しそうな瞳だ。見ているこちらが苦しくなるほどに。

「変われるわけないじゃないですか」

「え？」

「あなたもう二十七ですよね？　三十近いんですよね？　その年で今更変わるだなんて、そんなの無理に決まってるじゃないですか」

聖也は俯《うつむ》いて「でも」と呟く。しかし彼女はその声をかき消すように、

「人は変われないんです」

もう一度はっきりと言った。断定的なその言葉になにも言えなくなってしまう。

「あなたが思っているほど人生は甘くありません」

「でも僕は……あ、あなたのこと、もっと知りたいって、そう思ったんです……。そう思うことができたんです」

つっかえつっかえ呟くと、聖也は絵本を抱きしめた。

「昼間にひどいことを言ってしまったから、そのことをどうしても謝りたくて。それにもう一度話したかった。どんな人か知りたかったんです。あなたと一緒にいたら、その、あの、僕……僕、変われるような、そんな気がして」

「あなたが変わるためにわたしを利用するのはやめてください」

「そんなつもりじゃありません！　僕はただ……」

彼女は表情を落とした。

「言い過ぎました。すみません」

「そんな！　謝らないでください！　僕はそんなこと気にするような男じゃありませ
ん！　全然気にしてませんから！　あの、だから僕と――」

伊吹の目を見た瞬間、次の言葉が出なくなってしまった。

今にも泣きだしそうな目をしている。そして、

「ごめんなさい」と彼女は言った。

「わたし、あなたと結婚する気はありません」

身体が真っ二つに切り裂かれたような痛みが奔《はし》った。今まで会ったどの女性の、どん
な言葉より、彼女のそのたった一言が何倍も痛かった。

涙がこみ上げた。それでも聖也は奥歯をぐっと噛《か》みしめると、

「可能性……」

「え？」

「可能性、ちょっとくらいはありませんか？　たとえば五パーセントくらい……」

伊吹は首を横に振る。

「三パーセントは？」

もう一度首を振った。

「せめて二パーセント……」

「ごめんなさい」

「どうしても僕じゃダメなんですか？」

自分でも情けないことを訊《たず》ねているのは分かっている。でもこれで終わりだなんてそんなの嫌だ。ほんの少しでいい。可能性がほしいんだ。

しかし伊吹ははっきりと言った。

「あなたと結婚することは、奇蹟《きせき》が起こらない限りないと思います」

その言葉に心の灯《ひ》が消えた。そして情けなく肩を落とした。

月光に照らされた雪が図書室の床に影を落とす。俯いたまま、聖也は床を流れるその黒い雪をただ見つめた。

彼女になにも言えない自分が情けない。好きだとちゃんと伝えられないことが、彼女の心を動かすことのできない自分が、なにもかもが情けなく思える。

やっぱり僕じゃダメなんだ。聖也は握りしめた拳《こぶし》に力を込めた。

無力さと、情けなさと、やるせない気持ちが雪のように心に積もってゆく。

人は変われない……。

彼女にそう教えられた、寒い寒い冬の夜だった。

翌日——。午後三時に目を覚ました聖也は伊吹のことを探した。けれど、どこにもいなかった。日の出と共に戸中井が最寄り駅まで送ったらしい。

「かぁ————！　なんてひどい女なんだ！　せっかく一晩泊めてやったのに家主である僕に対して礼のひとつも言えないのか⁉　とんだ非常識女だ！　はん！　そんな女は

こっちから願い下げだ！　あーあ、出て行って清々したよ！」

　聖也は自室のチェスターフィールドソファで足をバタバタさせながら執事たちに怒りをぶちまけた。すると、傍らに立っていた戸中井が顎《あご》先を撫《な》でながら呟いた。

「しかし阿部様はどこか元気がなかったような……」

うるさいなぁ。そんなこと言うんじゃないよ。恨むに恨めないだろうが。

　手の中にある彼女が貸してくれたハンカチをじっと見つめる。一瞬捨ててしまおうと傍らのゴミ箱をチラッと見たが、どうしても捨てることはできなかった。

　あのときの伊吹の笑顔が脳裏に揺れる。ハンカチを貸してくれたときの愛らしい笑顔が。そしてこのハンカチを受け取ったとき、ほんの少しだけ触れた柔らかな手の感触を今も心がはっきりと覚えていた。だからこそ余計に辛《つら》い。恨めるものなら恨みたい。でも恨もうとしても心がそれを拒もうとする。憎しみよりも、もう一度会いたいという気持ちの方が勝ってしまうのだ。

　それから一週間、聖也は山崎まさよしの『One more time, One more chance』をリピートしたまま自室に閉じこもって鬱屈《うっくつ》とした時を過ごした。トイレに行く以外は部屋から一切出ずに、ソファに横になって日がな一日伊吹のことを考える。

　伊吹さんが笑ってくれたとき、僕はすごく嬉《うれ》しかった……。

　退屈な絵本の話だったのに、彼女は「絵本の話をしている方がずっと素敵ですよ」と優しく笑いかけてくれた。初めて女性にまっすぐ見てもらえたような気がした。でももう彼女はどこにもいない。どこを探しても見つけることはできないんだ。

かぁ〜〜！　なんて切ねぇ曲なんだ！　切なすぎて頭がおかしくなりそうだ！

聖也はため息混じりにポケットから伊吹のハンカチを取り出した。真っ白なローン生地の隅っこに黒猫の刺繍《ししゅう》が施された可愛らしいハンカチだ。顔を押し当てて息を吸い込むと、ふんわりと花の香りがする。

彼女はまるで花のような人だった。冬に咲く真っ白な椿のように綺麗《きれい》で美しい人。白い椿の花言葉は『至上の愛らしさ』だ。まさに彼女にぴったりの言葉だ。

僕はまだこのハンカチの中に彼女のぬくもりを探しているんだ……。

「あ〜、またそのハンカチの匂い嗅《か》いでる」

神宮の声に顔を上げると、戸中井たち三人が開かれたドアのところに立っていた。いつの間にか音楽は止まっていて、静かな部屋で一人、伊吹のハンカチの匂いをじっくり堪能《たんのう》していた。恥ずかしくて耳が熱くなる。

「ノックくらいしろ！」

「畏《おそ》れながら聖下、ノックは三回しました」と戸中井が微笑んだ。

どうやら自分の世界にのめり込みすぎて気付かなかったらしい。

「聖下ぁ、そのハンカチ一体なんなんですかぁ？　最近ずーっと嗅いでるけど」

言ってもどうせ笑われるだけだ。神宮は主従関係を飛び超えてバカにしてくる節がある。

「あ！　分かった！　オークションで女子高生の使用済みハンカチを落札したんでしょ。そういうの本気で気持ち悪いですよ」

「そんなわけないだろ」

「じゃあそろそろ洗った方がいいんじゃないですか？　ばっちいですよ」

「なぁにベル！　あのハンカチはばっちくなんてないぞ！」と曽利がニカッと笑った。

「曽利の言う通りだ！　これは伊吹さんが貸してくれた大事なハンカチなんだ！　だからばっちくなんてない！　洗わないことに価値があるんだ！　いいかお前ら！　絶対に洗うんじゃないぞ！」

「あ〜、だから匂いを嗅いでたんだ。それこそ気持ち悪いですよ。ねぇ、曽利さん？」

「洗いました……」

「え？」

聖也が見ると、曽利は真っ青な顔をしていた。

「そのハンカチ、この曽利が洗ってしまいました……」

自分の顔からみるみる表情が消えてゆくのが分かった。

「いつ？」

「一週間ほど前に」

「どうして？」

「なんか汚れていたので」

「僕が頼んだか？」

「いや、よかれと思って」

「よくねぇよこのバカ――――ッ!! なんてことしてくれたんだ!!」

怒りに任せて曽利に掴みかかった。

「はぁ――――ん！ どぉりでフローラルな匂いがプンプンしてると思ったよ！ 椿みたいないい匂いだなぁ畜生め！ ダウニーかこれは！ え!? おい！ てめぇも柔軟剤の中に叩《たた》き落として溺死《できし》させちまうぞ、このでくのぼうが！」

「落ち着いてください聖下」戸中井が割って入った。「たとえ洗濯をしても曽利さんが触れたのは恐らく一瞬。なのでそのハンカチには阿部様のエッセンスがまだ残っているはずです」

よく分からない謎の理論だが、今の聖也は藁《わら》にもすがる思いだった。

「そ、そうだよな!? 僕も彼女のぬくもりがまだあるような気がして――」

「否！」と曽利が顔をしかめた。「この曽利、手でごしごしと洗いました！」

「おぇ！ てことはなにか!? おぇ！ 僕がこの一週間ハンカチに頬ずりして伊吹さんのぬくもりだと思っていたものは、おぇ、お前のその出し巻き卵みたいな分厚い手のぬくもりだったってことか!? え!? おい！ おえぇ！」

「申し訳ありません!!」曽利はその場で勢いよく土下座した。しかし聞く耳を持たず、そのままふらふらとベッドに倒れ込んだ。

「もう嫌だ。おっさんが手洗いしたおっさんの手の感触が残ったハンカチに、おっさん予備軍の僕が顔を埋めて喜んでいたなんて……。そんなおっさんまみれの悲劇ってあるかよ」

「では、もう忘れてはいかがですか？」と戸中井がぽつりと言った。

「忘れる？」

「阿部様がここに戻られることは二度とありません。ならばもう想ったところで無意味にございます。気を取り直して次の花嫁候補に気持ちを向けた方がよいのでは？」

「確かにぃ。奇蹟《きせき》が起こらない限り結婚しないって言われたんですよねぇ？　そんなのもう絶対無理じゃないですかぁ」

「ふん。お前らには分からないよ」と聖也は胎児のように丸まった。「そりゃもう彼女は戻ってこないよ。でもだからって簡単に忘れられるわけないだろ」

「ほぉ、忘れられないのですか？」と戸中井は口を丸くする。

「どうしてか分からないけどな。でも毎日伊吹さんのことを考えちゃうんだ。この一週間、毎日毎日毎日、朝も昼も夜もずーっと考えちゃうんだよ。彼女が笑った顔とか、怒った顔とか、僕に言ってくれた言葉なんかを」

――人は変われないんです。

あの言葉を口にしたときの悲しそうな表情を、どうしても忘れられなかった。どうしてあんな顔をしていたのだろう。すごく辛そうで、苦しそうだった。今思い出しても胸をガラスで引《ひ》っ掻《か》かれるように痛くなる。奇蹟が起こらない限り結婚はしないって言われたのに。可能性だって二パーセントもないのに。もう無理だって分かっているのに。でもどうしても諦《あきら》めきれないんだ。

「もう出てってくれ」

力なく漏らすと、戸中井が「それはできません」と言い切った。

「どうして？」腹が立って睨《にら》みつけると、戸中井は少し言い辛そうに聖也に告げた。

「これより、お父上がお越しになります」

「え……？」

「ですので、すぐにお出迎えのご準備を」

一気に全身の体温が失われてゆくのが分かった。

聖也の父である明日真・ニコラオス・重治《しげはる》がこの屋敷を訪ねてくるのは実に半年ぶりのことだった。花嫁を探すようにと告げたあの日以来の来訪だ。

聖也は衣裳《いしょう》部屋に駆け込んで寝間着を脱ぎ捨てる。こんなときは正装――サンタクロースの衣装――で出迎えるのが当家の規則だ。しかし聖也はサンタの衣装を処分してしまった。二十歳の頃、自分にサンタの才能がないと悟ったあのときに。

だから黒のセットアップを纏《まと》った。全身鏡に映る自分にため息が漏れる。

まるで影みたいだな……。きっと父さんはこの格好《かっこう》を見てまた落胆するだろう。でも僕は二度と、あの赤い服を着ることはできない。その勇気はもうないんだ。

聖也は衣裳部屋を出ると、父を出迎えるため屋敷の入口へと急いだ。

執事たち全員が扉の前の半円形の広場に集まると、聖也はその先頭で父が来るのを静かに待った。手のひらは汗でぐっしょりだ。呼吸も荒い。傍らに立つ戸中井が「深呼吸を」と囁《ささや》いた。大きく息を吸い込むと、冬本番を迎えた冷たい空気が肺に流れ込んで強張《こわば》って熱くなった身体を冷ましてくれる。ほんの少しだけ緊張が解けた気がした。

やがて重治がお付きを従えて石段を上って来た。相変わらず大きな身体だ。蓄えた髭《ひげ》は真っ白で、いわゆる皆が思い描くサンタのような風貌《ふうぼう》をしている。しかしその顔はいかめしい。さっき解けた緊張が再び胸の中で燃え上がるのを感じた。

父は真っ赤なスーツを着込んでいた。大きなその手で黒いネクタイがずれていないか確認しながら石段をゆっくり一段一段上って来ると、聖也に気付いて右手を軽く挙げた。笑顔はない。執事たちが「お帰りなさいませ」ときちりと揃《そろ》って頭を下げた。

「久しぶりだな。聖也」低く重たい声が空気を揺らす。目の前に立つ父は聖也より背が高いわけではない。しかしその威圧感からか、ひと回りほど大きく見えてしまう。鋭い眼光も、蓄えた髭も、顔に刻まれた深い皺《しわ》も、なにもかもがすさまじい迫力を放っていた。後ずさりたい気持ちをぐっと堪えて「ご無沙汰《ぶさた》しています」と頭を下げると、父は「書斎に来い」とだけ言い残して屋敷の中へと入って行った。

聖也は二階にある重治の書斎に向かった。窓のない書物に囲まれたその部屋は十畳ほどで正方形をしている。ドアを開けると奥に特注のデスクがどっしりと据えてあり、その手前に革張りの黒いソファが向かい合わせにローテーブルを挟んで置いてある。

曽利が持ってきたコーヒーをすすると、向かいに座った重治が「相変わらずだな」と息子の服を見て切り出した。「まだ着られんのか?」

「すみません」震えた声が静かな室内に響く。

「サンタの衣装を纏《まと》えるのはサンタクロース家の当主だけだ。聖也、お前だけなんだぞ。そのことの意味を分かっているか?」

「はい、すみません……」

「それを着ないということは、サンタの座を放棄しているのと同じことだ」

「すみません……」

分かっている。分かっているんだ、そんなこと。七年前からずっと。でも着ることができないんだ。袖《そで》を通そうとするとあの頃のことを思い出してしまうから。

重治は「すみません」と連呼するだけの我が子を見て深いため息を漏らした。聖也の心が軋《きし》んだ音を立てる。父さんのため息は嫌いだ。ナイフのように僕を傷つける。

「それで、例の件はどうなっている?」

「結婚のことですか?」とおずおずと訊《たず》ねると、重治は少し薄くなった頭頂部を見せるようにして深く頷《うなず》いた。

「いいえ、これといった成果はまだ」

「そうか。やはりお前に花嫁探しは無理な話だったな。俺が面倒見てやると言ったときに大人しく従っておけばよかったものを」

父さんはいつもこんな調子だ。端《はな》から無理だと決めつけて、僕がなにかしようとしても反対ばかりする。型にはめようとするんだ。かつて、進学する高校も相談もなしに勝手に決めた。でも僕に学力がなかったばっかりに受験には失敗。滑り止めで受かった高校も中途半端に退学した。無能な僕がいけないのだけれど……。

「これからは俺の指示に従って花嫁を探せ。分かったな」

聖也はなにも答えず、ポケットからハンカチを取り出す。伊吹に借りたあのハンカチだ。それをぎゅっと握りしめて目を瞑《つぶ》った。

反応がない息子に嫌気が差したのか、父は立ち上がり部屋を出て行こうとした。大きな背中をこちらに向けてドアの方へと歩いてゆく。そしてドアのノブに手を――、

「待ってください」

父が手を止めた。

「まだどうなるか分かりませんけど、でも、この間、あの……」

声が震えてしまう。父は振り返って聖也を睨んだ。「はっきり言え」

聖也はハンカチをもう一度強く握りしめると、勢いよく立ち上がった。

「もっと知りたいと思える女性と出逢《であ》いました。阿部伊吹さんという人です」

父は目を細めてこちらを見る。その目力に臆《おく》してしまいそうになった。

「その女は今どこにいる」

「それは……」

「相手にされなかったのか？」

図星を突かれて、なにも言い返せない。

「だったら結果はもう出ているだろ。あがいても無駄なことだ。もうこれ以上は――」

「笑わせることができたんです！」

聖也は一歩踏み出すと、

「生まれて初めて誰かを笑わせることができました！　それだけじゃダメですか!?」

必死に訴えた。しかし重治は微動だにしない。息子の目をじっと見つめている。

「僕にもう少しだけ時間をください！　お願いします！」

「聖也」と父が静かに名前を呼んだ。

「お前にとってサンタクロースとはなんだ？」

「え？」

意味が分からず狼狽《ろうばい》した。父は答えを待っている。焦りがこみ上げ首筋が汗ばむ。なにか言わなくては……。しかし不意の質問に戸惑って思考が上手《うま》くまとまらない。

しばらくすると父は「結婚の件、結果は戸中井から聞く」と言い残して出て行った。

ドアが閉まるが早いか、へなへなとソファに倒れ込んだ。背もたれの縁に首を預けて脱力すると、デスクの上に写真立てを見つけた。ふと懐かしくなって手に取ってみる。幼い頃の聖也と、父と母が写っている家族写真だ。父は朗らかな笑みを浮かべていた。

この頃、父さんは優しかった。今のようなあんな怖い人じゃなくて、どちらかと言えば親バカで僕をいつも甘やかしていた。それで母さんから注意されていたっけ。

「あなた、聖也をあんまり甘やかしちゃダメよ」って。

母さんの笑顔を僕は今でもよく覚えている。花のように笑う人だった。

ほんの一瞬、伊吹の笑顔が頭をかすめた。

そうか……。伊吹さんに惹《ひ》かれた理由が分かったような気がする。

彼女は似ているんだ。僕の母親に。

幸せな家族の象徴である、母さんのこの笑顔に似ているんだ。

その母さんは僕が十歳のときに亡くなって、以来父さんは変わってしまった。僕の家族は壊れてしまった。そして父さんとの関係が決定的に崩れたのが、僕がサンタになったばかりの頃に起こした、あの失敗がきっかけだった――。


二十歳の頃、聖也はいつも焦っていた。

高校を中退したことで失った父の信頼を取り戻したいと、がむしゃらになって自分のできることを探し求めた。サンタクロース家では、当主が世界中の子供のために活動をすることが規則とされている。子供たちにプレゼントを配るという行為はなくなった今でも、その精神だけは絶やしてはならないというサンタクロース家の信念だ。

だから聖也はボランティア団体に寄付を行おうと計画した。しかしそれでは父の二番煎《せん》じに過ぎない。進一郎も大学で国際協力の勉強をしている。僕にしかできないことを探さなければと更に焦った。

そんな中、子供の医療発展に興味を持った。世界には治療法が確立していないために命を落とす子供が大勢いると知り、そんな子供たちの力になれればと思ったのだ。母を病気で亡くしたという経験も後押しして、それこそが自分のすべきことだと強く感じた。そして聖也は様々なセミナーに顔を出して知識を広げた。

そんなあるとき、聖也は一人の男と出逢う。彼は誰もが知る大学の研究機関で寄付を募る仕事をしていた。聖也の高い志に感動して「あなたのおかげで助かる子供がたくさんいるはずだ」と言ってくれた。その言葉が嬉《うれ》しかった。今まで誰にも認められなかった自分が初めて人の役に立つ。聖也は彼を信じて巨額の寄付を行った。

しかし、男は詐欺師だった。寄付した数億円の金は研究機関には一銭も振り込まれていなかった。それにより聖也は親戚《しんせき》一同から責められることになった。

集まった親戚は聖也の思慮の浅さを叱責した。「こんなことはサンタクロース家はじまって以来の失態だ」「お前は当主の器ではない」「学歴もないような人間がサンタクロース家を束ねるのは無理だ」「一〇〇代続くサンタクロース家に泥を塗った」ありとあらゆる罵詈雑言《ばりぞうごん》を浴びせられながら、聖也は俯《うつむ》き、その言葉をただじっと聞いていた。視線だけを向けると、同席していた父の失望のまなざしが刺さった。心を踏みつぶされたような心持ちがした。父のその目がなによりも辛《つら》かった。

部屋の隅にいた進一郎が「僕がサンタを継ぎましょうか？」と名乗り出た。誰もがそれがいいと頷いたが、進一郎にだけはどうしても譲りたくなかった。奴はこの家から僕を追放するつもりだ。そう思い、なにがなんでもサンタの座にしがみつくことにした。もうなにもしなくていい。サンタとしての功績なんてどうでもいい。僕には初めからサンタクロースの才能はなかったんだ。父さんのようには絶対になれないんだ……。

それから、父はすべての尻拭《しりぬぐ》いをしてくれた。失った金も取り戻した。しかしそれ以来、聖也に干渉することはなくなった。きっと愛想を尽かしたのだ。前にも増して笑わなくなった。きっとあの朗らかな笑みを見ることはもう二度とないだろう。

そして聖也はサンタの衣装をごみ箱に捨てた。それから七年、この屋敷から一歩も出ることなく二十七歳になる今日まで自堕落な生活を送ってきた。

聖也は写真立てを眺めながら思った。

母さんも今の僕には落胆しているよね……。

僕はダメな男だ。なにをやっても上手くいかない。サンタも、恋愛も、人を好きになることさえも、なにひとつロクにできないダメな大人になってしまった。こんな僕を見て、母さんは天国で泣いているはずだ。

親不孝な息子でごめんね……。

心の中で呟《つぶや》いて写真立てを机に戻すと、聖也はそのまま書斎を後にした。

ドアの前には曽利と神宮が立っていた。父は今しがた帰ったらしい。「分かった」と短く答えて自室に戻る。廊下を歩きながら伊吹の言葉がふと胸を過《よぎ》った。

人は変われない……か。伊吹さんの言う通りだ。二十七歳にもなって、今から変わるなんてそんなの無理な話だ。サンタから逃げた僕なんかが変われるわけがない。父さんにはあんな風に啖呵《たんか》を切ったけど、もう彼女に会いに行く勇気はないんだ。伊吹さんはきっと僕を好きになってはくれない。絶対に振り向いてくれない。だって──。

──あなたと結婚することは、奇蹟《きせき》が起こらない限りないと思います。

この世界に奇蹟なんてないのだから……。

部屋に戻ると戸中井が待っていた。聖也は無視してジャケットを脱ぐと、ソファに仰向けに倒れ込んだ。「出て行ってくれ」と天井を見ながら言ったが戸中井は微動だにしない。窓辺に立ってじっとこちらを見つめている。

「戸中井、聞こえないのか？」

苛立《いらだ》ちを込めた視線を送ると、彼は静かに口を開いた。

「阿部様が聖下に仰《おっしゃ》られたことを考えていました。彼女は、奇蹟が起こらない限り結婚することはない、そう仰られたのですね？」

身体を起こして眉《まゆ》をひそめた。

「それがなんだよ？　傷口に塩を塗るつもりか？」

「ということは、裏を返せば奇蹟が起これば結婚しても構わないということでは？」

「バカ言え。奇蹟なんて起こるわけがないだろ。いいか？　奇蹟を見た奴がいるか？　戸中井、お前はどうだ？　奇蹟を見たことがあるのか？」

「いいえ。見たことはございません」

「そうだろ？　誰も見たことがないものをどうやって起こすんだよ。人は変われない。奇蹟は起こせない。そういうもんなんだよ。分かったら早く出て行け」

鼻を鳴らして肘《ひじ》を枕に目を閉じた。戸中井がこちらに歩いて来る気配がする。薄目を開けると彼は聖也の前で片膝《かたひざ》を付き、こちらをまっすぐ見つめていた。

「しかし私は、奇蹟を起こす方法をひとつだけ知っています」

「奇蹟を起こす方法？」

「ええ。それは――」

戸中井は微笑んだ。

「あなたがサンタクロースになることです」

「サンタクロースに？」

「初代サンタクロースであるミラの司教・聖ニコラオスのことはご存じですね？」

「それが……」

「では、彼が教会から与えられた称号を、知っていますか？」

「称号？」

戸中井はほんの少し間を空けて、ゆっくりとした口調で聖也に言った。

「――奇蹟者です」

「奇蹟者……」

「サンタクロースとは奇蹟を起こす者です。たとえ人にそれができなくとも、サンタクロースであればできるかもしれない」

「僕に奇蹟を起こせって言いたいのか？　もう一度サンタクロースになって」

「そうです」

でも……。聖也は顔を伏せた。

「畏《おそ》れながら聖下。アインシュタインは言いました。『人生には二つの道しかない。ひとつは、奇蹟などまったく存在しないかのように生きること。もうひとつは、すべてが奇蹟であるかのように生きることだ』と。この言葉が示す通り、すべては聖下のお心次第です」

でも僕には無理だ。もう無理なんだ。

だって僕はもう、あの服を着ることができないのだから。

「僕には無理だよ……」

「どうして？」

「サンタの衣装だって捨ててしまったんだ……だから……」

だから無理だ。またサンタクロースになるなんて、そんなの絶対にできっこない。

僕はもう自分自身に失望したくない。傷つきたくないんだ。

戸中井が聖也を呼んだ。目を向けると、彼は手に衣装盆を抱えている。その上には紫色の布が掛かっていた。

「どんな困難が立ちはだかろうと、無理を可能にするのが——サンタクロースです」

そう言うと、戸中井は盆の上に掛かった布を勢いよく取り払った。

そこには、あの赤いサンタクロースの衣装が折りたたまれて置かれていた。その上には帽子と黒いベルト。しかし新品ではない。襟元の白い毛が所々汚れている。

「これって……」聖也は思わず前のめりになった。

「七年前、聖下が捨てたあの衣装でございます」

「……ずっと捨てずに取っておいたのか？」

戸中井が優しく微笑み頷《うなず》いた。

「私はこの日が来ることを、七年間ずっとお待ちしておりました」

あの日、ゴミ箱に捨ててしまったサンタの衣装。あれ以来、赤い服を着ることができず、黒い服ばかりを纏《まと》うようになった。光から逃げる影のように。自分の失敗から、サンタという存在から、ずっと目を背けてきた。もう二度と傷つきたくないと思って。失望されたくないと思って。ずっとずっと怖くて逃げてきたんだ。

二度と着ることはないと思った真っ赤な衣装。それでも——。

聖也の目に涙がこみ上げた。

七年ぶりに見た赤い服は、眩《まばゆ》く光ってこの目に映った。

心が揺さぶられるような、誇り高き赤い色がそこにある。

聖也は思った。もう一度だけ、この服に腕を通したいと。

強く強く、そう思った。

戸中井が衣装盆をこちらに向ける。

「さぁ、聖下」

聖也はゆっくりと手を伸ばす。指先が震える。赤い衣装に触れようとするが、怖くて思わず手を止めてしまう。手を握りしめて目をぎゅっと瞑《つぶ》った。

僕なんかにできるのか?

また失敗したらもう立ち直れないぞ。

それでもいいのか? 本当にいいのか?

――人は変われないんです。

それでも……それでも今よりはマシだ。なにもかも諦《あきら》めてこの井戸の中で隠れているより、諦めて生きるより、ずっとずっとマシなはずだ。

伊吹さん……。僕は変わりたいんです。

たとえ無理だと言われても、今よりほんの少しでいい、僕は強くなりたいんです。それでもう一度、あなたに会いたい。そのためなら僕は、もう一度サンタクロースになってみせる。

聖也は目を開いた。心はすでに決まっていた。

そしてサンタの衣装を、その手で摑《つか》んだ。

❄

どうしてあんなこと言っちゃったんだろう……。

東京に戻ってから一週間、伊吹はずっと後悔していた。

人は変わることなんてできない――。あんなこと言わなきゃよかった。別にあの人が変わろうが変わるまいが、わたしには関係ないことだ。それなのにムキになってあんな風に言い返したりして。本当に大人げない。なんであんなこと……。

「好きになりかけてたんじゃないの？　そのサンタのこと」

『ユーレニッセ』のカウンターの向こうで小雪が言った。伊吹は「それはない。絶対ないから」と否定して、空のグラスにシャポー・ウィンターグーズを注いだ。

今日もお客さんで賑《にぎ》わっている。少し早めの忘年会だろうか？　大人数のサラリーマン客が会社の愚痴を盛大にこぼしているのが目の端に見えた。

「でもさ、サンタが引きこもりってなんか笑えるね」

「笑えないよ。わたしあの人に疲れたOL扱いされたのよ？」

「はっはっはっ！　その彼、思ったことなんでも言っちゃう人なのかもね。あんたもそんなことくらい許してあげなさいって」

「なによ、この間からサンタの肩持っちゃってさ」

不愉快で小皿の中のカシューナッツをごっそり摑んで口に放った。

「で、他にはなんて言われたのさ？」

「……場末のスナック感があるって」

小雪は喉《のど》の奥が見えるくらい大きな口を開けて爆笑した。

「合ってるじゃん！」

「合ってない！　そういえば前に小雪にも言われた。場末の居酒屋で酔いつぶれるおじいさんだって。あれ結構傷ついたのよ？」

「じゃあわたしとそのサンタ、案外気が合うかもしれないね。他には？」

「歯がでかい、唇が分厚い、鼻が巨大。あとここのほくろがスケべったらしいって」

伊吹は唇の右端の下にある小さなほくろを不服そうに指さした。

「唇がぽってりしてて、鼻筋も通ってて、口元のほくろがセクシーだって言いたかったんじゃないの？　もう、そんなの察してあげなさいって」

「察せません。だったら素直にそう言えばいいのに……」

「誰もが上手に気持ちを伝えられるわけじゃないのよ。不器用な人もいれば、思ったことストレートに言っちゃう人もいるの。分かってあげな」

いくらなんでもストレートすぎる。もうちょっとオブラートに包んでほしい。美しいとか魅力的って言われたのは嬉《うれ》しかったけど、でもその後がひどすぎて印象は最低だ。

――可能性、ちょっとくらいはありませんか？

おどおどしながら訊《たず》ねてきた聖也の顔が頭の中でちらつく。罪悪感で胸が疼《うず》く。いくら可能性がゼロとはいえ「あなたと結婚することは、奇蹟《きせき》が起こらない限りないと思います」だなんてストレートに言い過ぎてしまった。わたしは何様？　なにいい女気取りで偉そうなこと言ってるの？　身の程をわきまえなさいよ。

「ねぇ、サンタのこともっと教えてよ」

「えー、なんでそこまで知りたいのよ？」

小雪は「そんなの簡単よ」と大きなおなかを優しく撫《な》でた。

「わたしはさ、この子に胸を張って言いたいの。サンタクロースはいるんだぞって。だから知りたいのよ。本物のサンタのこと」

伊吹はくすっと笑った。「へぇ、もうすっかりお母さんなんだね」

「当たり前でしょ」小雪は腰に手を当て、えっへんと胸を張った。

「じゃあ、おなかの赤ちゃんのために特別に教えてあげましょうかね」

重い腰を上げて丸いカウンターチェアに座り直すと、聖也のことを思い出した。

「年は二十七歳だったかな。背は百七十五センチくらいで、細身で、ひょろひょろのもやしみたいに頼りない感じ。顔は可もなく不可もなくで、あ、でも声はまあまあいい声だったかな。顔色がすごく悪くて、テンションの浮き沈みが激しくて、興奮すると目が血走ってちょっと怖かった」

「ははは、それでそれで？」

「鼻の粘膜が弱くて、家から七年間も出られなくて……」ふと表情が曇った。「それから、絵本が好きな人だった」

『ふたりはともだち』を抱えて「変わりたい」と呟《つぶや》いていた彼の姿が脳裏に浮かぶ。あれは心からの言葉だったはずだ。心からの願いだったはずだ。それなのに……。

伊吹は肘《ひじ》をついて心の内でため息をついた。

「そういえばさ、例の絵本は見つかったの？」

顔を横に振ると、小雪は「そっか」と悲しげな声を漏らす。「なら探すの手伝ってもらえばよかったじゃん。サンタなら伝手《つて》を辿《たど》って見つけてくれるかもしれないよ？」

「そうなんだけどね……。でももういいかなって思ったんだ。あの人に貸しとか作りたくなかったし。それに思ったの。初めからそんな絵本なかったのかもなぁって。テレビで観た昔話とかが頭の中でごっちゃになってるだけなのかも」

小雪はなにも言わない。ただ黙ってこちらを見ている。その視線が居心地悪くて「なによ？」と傍らのグラスに視線を逃がした。

「怖くなったんでしょ」

ギクリと肩が震えた。伊吹は「別に……」とビールを胃に流し込んで言葉を濁す。グレープフルーツの風味が口の中に広がった。

「その絵本が手に入ったとき、もしかしたらまた絵本作家を目指したくなるかもしれない。でも今度失敗したらもう立ち直れない。だから怖い。そんな風に考えたんでしょ？」

「違うよ」

「違わない。でなきゃ簡単に諦めるわけないじゃん。子供の頃からずーっと探してる思い出の絵本なんだから」

伊吹はため息を漏らした。「なんでも分かるんだね、小雪は」

「当たり前でしょ。高校の頃から十年来の付き合いなのよ？」

あのとき、絵本が見つからなかったとき、寂しさと同時に少しだけホッとした自分がいた。あの絵本を手にしたら平静を保てる自信がなかった。もう一度絵本作家を目指したいって考えてしまうかもしれない。そんなことを思うと怖くなった。でももう一度絵本作家を目指すなんて無理な話だ。今更また夢を追い駆けるなんてバカげている。わたしはもう二十六歳だ。夢を追うには若くないし、度胸も勇気も欠片《かけら》もない。心の中にある夢の蠟燭《ろうそく》は、もうとっくに灯が消えてしまっているのだから。

「わたし、彼にひどいこと言っちゃったんだ」

「ひどいこと？」

「人は変われないって……」

「そう」小雪が吐息と共に囁《ささや》いた。そして、

「きっと伊吹は守りたかったのよ。今の自分を」

「え？」

「もし変われるって認めちゃったら、今の自分が惨めに思えるから」

そうかもしれないな……。伊吹は自分の弱さに失笑した。

「そろそろ帰るね」とハンガーから防虫剤の臭いが取れないダッフルコートを取って袖《そで》を通した。そして軽く手を挙げ、店を出て行こうと――、

「見つかればよかったね」

小雪の声に「ん？」と口の端を無理して持ち上げた。

「お父さんとの思い出の絵本。見つかれば……」

その言葉に、小雪の悲しそうなその顔に、作った笑顔はあっという間に消えてしまった。


風は頬を殴るように暴力的に冷たくて、ビールの酔いは一瞬で醒《さ》めた。帰りがけに言われた言葉が頭から離れない。気分転換に音楽でも聴こうと思って、歩きながらコートに入れっぱなしだったスマートフォンを取り出す。見ると母親からの着信が何件か入っていた。折り返そうか迷った。用件はなんとなく分かっていた。時刻は十時を回っているから明日にしよう……。そう思った矢先、母から電話がかかってきた。ディスプレイをしばらく眺めて逡巡《しゅんじゅん》して、それから通話ボタンをゆっくり押した。

「もしもし？」

『あ、伊吹？　遅くにごめんね。今日は寒いねぇ』母の声はいつも通りだった。

「今年一番の冷え込みだって。そっちも相変わらず寒い？」

『そりゃもう！　明日の朝まで大雪よ。あんたは今帰り？　遅くまで大変ねぇ』

「ううん。飲んでただけ。あ、さっき電話ごめんね。どうしたの？」

『今年は帰れそう？　もうすぐ一月十日だから』

やっぱりな。伊吹は心の中で呟いた。

「今年はちょっと無理かな。仕事のシフト入っちゃってるし」

『そっか、じゃあ仕方ないわね。お父さんにはお母さんからよろしく言っとくわ』

「うん。あ、お供え物お墓に置いてきちゃダメよ？　カラスが食べちゃうから」

『分かってるわよ』

「本当に？　いつも注意してるのにすぐ忘れるじゃん」

『平気平気』と母は笑った。

その笑い声に急に胸が苦しくなって、伊吹はその場で足を止めた。

「……ねぇ、お母さん？」

『なぁに？』

「帰れなくてごめんね」

『いいわよ、元気でいるなら。でもたまには帰っておいで？　あと身体には気を付けて。それから事故にも。分かった？』

「うん……」

おやすみと言って電話を切った。音楽を聴くのはやめた。スマートフォンをポケットに突っ込んで細い道に折れると辺りは急に暗くなった。

背後から追い抜いてゆく寒風の中に冬の匂いを感じる。

もうすっかり冬だ。

冬は好きじゃない。特にこの時季の風に混じる冬独特の匂いは大嫌いだ。

冬の匂いは、わたしにあの日のことを思い出させる。

五歳のクリスマスの夜のことを――。

あの頃、お父さんとお母さん、そしてわたしの家族三人でクリスマスパーティーをすることが我が家の恒例行事だった。美味《おい》しい料理とケーキ。わたしはショートケーキが大好きで、お父さんとお母さんのイチゴまで欲張って食べてしまった。

夕食が終わるとお父さんがプレゼントをくれた。百貨店の包装紙に包まれたピンク色のリボンの付いた四角いプレゼントだ。一目で絵本だと分かった。お父さんは誕生日やクリスマスにはいつも決まって絵本をくれた。

「開けてもいい!?」と目を輝かせるわたしの頭を優しく撫《な》でて、お父さんは笑った。はやる気持ちを抑えて包装紙を破くと、そこにはあの絵本があった。少し頼りなさそうな小さなサンタクロースがトナカイと並んで立っている可愛らしい絵本だ。開いてみると新しい本の匂いがして胸が高鳴る。仕掛け絵本なんて初めてだったからすごく嬉《うれ》しくて、何度も何度もお父さんにそれを読んでもらった。

それなのに、どうしてなにも覚えていないんだろう……。

記憶の中の絵本はいつもおぼろげで、白い幕のようなものが掛かっている。でも父のぬくもりだけは今もはっきりと覚えていた。膝《ひざ》に乗って背中を身体に預けたときの優しくて温かいぬくもり。心地よくて、柔らかくて、ずっとここにいたいと思える特等席だ。だけどあの場所はもう――、
やめよう。これ以上思い出しても辛《つら》くなるだけだ。

そう思った矢先、遠くで救急車のサイレンが聞こえた。伊吹は足の動かし方を忘れてしまったように立ち止まった。脳裏にあの日のことが蘇《よみがえ》る。

あの一月十日の夜の出来事が――。


その日は母の誕生日だった。だから母に代わって夕ご飯を作ろうと、父と二人で近所のスーパーまで買い出しに出かけた。

「伊吹、絵本は置いて行きなさい」この間のクリスマスに買ってもらったサンタの絵本を持っていこうとしたら父に注意された。お気に入りの絵本だからどこにでも連れて行きたい。だから「いいの！　持っていくの！」と駄々をこねた。父は仕方ないなと伊吹の頭を優しく撫でた。

外はすっかり日が落ちていた。早くしないとお母さんがパートから帰ってきてしまう。

伊吹は焦って、のんびり屋の父の手を引っ張り「早く早く！」と何度も急《せ》かした。

「そんなに急がなくても大丈夫だって」父は呑気《のんき》に笑っていた。

横断歩道に差し掛かると目の前の青信号が点滅した。伊吹は「変わっちゃう！」と父の手を引っ張る。が、その拍子に繋《つな》いだ手が解《ほど》けてしまった。しかし伊吹は構わず先を急いだ。「お父さん！　早く！」と手招きして目の前の横断歩道を渡ってゆく。

そのときだった――。

けたたましいブレーキ音が響いたかと思うと、背中を押す大きな手の感触がして、伊吹はぐるりと一回転した。宙を舞う絵本。なにかが激突するような鈍い音。気付くと伊吹は地面に倒れて夜空を見上げていた。満天の星に包まれた美しい空。横顔がジンジンと痛い。しかし痛みよりもなにが起こったのか分からなくて混乱の方が勝った。

女性の悲鳴が耳に響いた。その声に身体を起こす。「お父さん？」と顔を向けると、横断歩道の真ん中に停車したトラックのライトの光が目に飛び込んだ。そのライトの下には黒い塊がある。なんだろうあれは？　それが人だと分かるまで少し時間がかかった。

それは、伊吹の父だった。

どうしてお父さんが倒れているの？

背中には誰かが押した大きな手の感触がまだ残っている。お父さんの手だ。いつも頭を撫でてくれたあの大きな手の感触が背中にあるのだ。

伊吹はゆっくりと立ち上がり、倒れている父の方へと歩み寄る。膝がズキンと痛んだ。

血が流れていた。倒れた父の周りには主婦やサラリーマンがいて大声で叫んでいる。トラックドライバーが半狂乱になったように父のことを必死に揺すっていた。

ねぇ、お父さん。大丈夫だよね？　怪我なんてしてないよね——、
ピチョン。靴の裏が液体を踏んだ音がした。

水たまり？　と、視線を落とすと、伊吹は驚きで心臓が破裂したかと思った。

血だ……。血を踏みつけていたのだ。その血は父の頭から溢《あふ》れ出ている。横断歩道の白を赤く染めてゆく鮮血。地面に落ちている絵本。開かれたページにはサンタクロースの笑顔がある。その赤と白の服の色は、今流れている父の血と、横断歩道の白色と、まったく同じにこの目に映った。

知らぬ間に涙がぽろぽろとこぼれた。伊吹は泣いた。訳が分からず、なにが起こっているか理解できず、混乱が涙となって叫ぶように泣きわめいた。

「お父さん！　お父さん！」と何度も何度も叫びながら父の身体を揺すった。

夜空から降り落ちる冷たい雪が、血に落ちて儚《はかな》く消えるのが見えた。


嫌だな、こんなこと思い出すなんて……。

伊吹は部屋の鍵《かぎ》を開けた。気分が重い。背中に大きな鉛を乗せられたみたいだ。

部屋は外よりは多少温かかった。すぐに暖房のスイッチを入れて、メイクを落として温かいシャワーを浴びた。それでも背中に張り付いた鉛は取れなかった。

風呂《ふろ》から出るといつものように梅酒缶のタブを開ける。カウチソファに座ってちびちびとそれを飲みながら、気が付くと今日もクローゼットを眺めていた。

——わたしはサンタなんて大っ嫌いなんです！

あの人にぶつけた言葉は八つ当たりだ。

あの日、わたしがちゃんと信号を守っていれば、あの事故は起こらなかった。お葬式で泣きじゃくっていたお母さん。その姿を見て「わたしのせいだ」と強く思った。わたしはお母さんの誕生日を人生最悪の日に変えてしまった。なんてことをしてしまったんだろう……。そう自分のことを責め続けた。そしてお父さんがくれたサンタの絵本を見ると、どうしてもあの夜のことを、地面に広がる血の色を思い出してしまう。だから絵本は捨ててしまった。お父さんがくれた最後の宝物だったのに……。

「——わたし大きくなったら絵本を描く！」

サンタの絵本を膝の上で読んでもらっていたとき、父に宣言したことがあった。

「それでね、いつかお父さんに伊吹の絵本をプレゼントしてあげるの！」

父は白い歯を見せた。

「それは嬉しいなぁ。どんなお話を描いてくれるんだい？」

「うんとねぇ、サンタさんが冒険するお話！」

「それじゃあこの絵本と同じじゃないか」

低い声で笑うと、父は絵本のサンタを指先で軽くつついた。

「違うもん！　一緒じゃないもん！」

　ふくれる伊吹の頭を父はそっと撫でると、

「ごめんごめん。でも絵本を作る人になるのはすごく大変なんだよ？　お絵かきのお勉強もたくさんしないといけないんだ。伊吹は頑張れるかな？」

「あー、お父さん伊吹のこと信じてないでしょー」

「そんなことないさ。もちろん信じてるよ」

　父は後ろからぎゅっと抱きしめてくれた。幸せなぬくもりが全身に伝わって、伊吹はふふふと頬を緩めて笑った。大好きなお父さんの匂いがしてすごく嬉しかった。

「それにね──」父は絵本を見つめて言った。「サンタさんの話を描くなら、伊吹はきっと夢を叶《かな》えられるよ」

「どうして？」

「だってサンタクロースは──」

　記憶はそこで途切れている。

　あのあと、お父さんはなんて言ったんだろう……。覚えていない。どうしても思い出せない。何度も何度も思い出そうとしているのに、どうしても思い出せないんだ。

　伊吹は梅酒缶を両手で覆った。

　お父さんは楽しみにしていた。わたしがいつか絵本作家になることを。心から楽しみにしてくれていたんだ。お父さんがいなくなってからも絵本作家になる夢だけは捨てることができなかった。夢を叶えることが、わたしがお父さんにできる唯一の罪滅ぼしだと思っていたから。それなのに……。

右目から涙がつうっと流れた。

それなのに、わたしはその夢すらも捨ててしまった。

絶対に叶えようと思っていたのに、叶えなきゃいけなかったのに。

ごめんね、お父さん……。

ごめんなさい。本当にごめんなさい。

約束したのにね。あとちょっとだったのに、それなのに、わたしが弱いばっかりにその夢を摑《つか》めなかったよ。あのときわたしがもっと強ければ、もっと頑張れたら、今頃お父さんに親孝行できていたかもしれないのに。

お父さんはわたしのせいで死んでしまった。わたしのせいであんなに痛い思いをさせてしまった。きっとすごく辛《つら》かったはずだ。苦しかったはずだ。だってあんなに血が出ていたんだ。すごくすごく痛かったはずなんだ。

あのとき、わたしが手を離してさえいなければ……。

——人は変われないんです。

そうじゃない。そうじゃないんだ。

わたしは変わりたかったんだ。でも変われなかった。今の自分が、弱い自分が、わたしは大嫌いだ。その怒りを彼にぶつけた、ただそれだけなんだ。

最低だな、わたしって……。

トレーナーの袖《そで》で涙をしゃにむに拭《ぬぐ》った。それでも溢れる涙を止めることはできなかった。冷たい風が窓を叩《たた》く冬の夜、伊吹は少しだけ一人泣き続けた。

「──伊吹さん、どうしたんですか？」

あくる日の仕事中、ぼんやりしていたら美紗におなかをつつかれた。

「ごめん。昨日ちょっと寝不足で」

「あー、だから目が赤いんだ」

泣き腫《は》らした目を見られるのが嫌で、伊吹は顔を売り場の方へと向けた。

先週からクリスマス商戦が本格的にスタートして、売り場はあっという間にクリスマスムードに包まれた。六階フロアの真ん中には大きなクリスマスツリー。おもちゃもクリスマス仕様に変わった。入荷したゲーム機の箱は赤と緑のクリスマスカラーになり、棚に並ぶ人気のキャラクターのぬいぐるみたちもサンタの赤い帽子をかぶっている。

小さな女の子がやって来てサンタクロースのぬいぐるみを手に取った。母親は「ダメでしょ！　勝手に触ったら！」と子供の手から取り上げて棚に戻して行ってしまう。と、母親が置いたぬいぐるみが床に転がり落ちた。拾い上げてしばらく見つめる。サンタは可愛らしい顔をしている。ボタンでできた目はくりくりしていて、赤い帽子からはもじゃもじゃの白髪がこぼれている。伊吹はその髪を撫《な》でながら、聖也のことを思い出した。

本当のサンタはこんなおじいさんじゃないんだよね……。本当のサンタはわたしと同い年くらいで、人の気持ちとか分からない、挙動不審の変わり者だ。臆病《おくびょう》でオドオドしていて意気地なし。それでも「変わりたい」って願っている、そんな人だった。

サンタのぬいぐるみを顔の前に掲げる。

あのとき、お父さんはわたしになんて言ってくれたんだろう。

絵本作家になるって宣言したわたしに、「サンタさんの話を描くなら、伊吹はきっと夢を叶えられるよ」って言ってくれた、そのあとだ。

伊吹は苦笑いを作った。

思い出せないや。それに今更こんなことを思い出したってしょうがない。だってわたしの夢はもう終わったんだ。わたしはもう変われないのだから……。

そして伊吹はぬいぐるみを棚に戻そうとした。

そのときだった。

「伊吹さん!!」

その声にハッとなって振り返った。聞き覚えのある少し低い声がした。

聖也の声だ——。

伊吹は目の前の光景に、思わずサンタのぬいぐるみを落としてしまう。

エスカレーターを駆け上がって来た聖也は息を切らし、必死の形相でこちらを見つめている。彼は、サンタクロースの衣装に身を包んでいた。

訳が分からず動けずにいると、聖也がゆっくりとこちらへ歩いてきた。

彼の背後では客や従業員たちが訝《いぶか》しげな視線を送る。聖也が伊吹の前で立ち止まる。

どうしてここにいるの？　家から出られないはずなのに。七年間ずっと閉じこもっているって言っていたのに。

「どうして……？」

言葉が口から溢《あふ》れた。しかし彼はなにも言わない。

「ここでなにしてるんですか？」

聖也は口をつぐんでいる。力なく首を横に振るだけだ。

「それに、その服……」

彼はサンタの衣装が着られないって言っていた。それなのにどうして？

聖也はなにも答えない。なにか言いたげなのに勇気がなくて口を開けず俯《うつむ》いている。

「なんとか言ってくださいよ」

伊吹はじれったくなって声をかけた。すると、

「僕は……」

かすれて今にも消え入りそうな声だ。伊吹は小首を傾げた。

「僕は――」

彼はぎゅっと両手を握る。そして決意の表情を浮かべた。

「僕は奇蹟を起こしてみせます！」

その言葉に、まなざしに、瞬間呼吸を忘れてしまった。

「あなたは人は変われないって言いました！　僕じゃ無理だってそう言いました！　でも僕は……僕は……！」

聖也は目に涙をいっぱい溜《た》めて大声で叫んだ。

「僕はサンタクロースです！　だから奇蹟を起こしてみせます！　それでいつか、あなたに奇蹟を見せてあげますから！」

聖也の目から涙がこぼれた。

「だからもう少しだけ！　あなたのことを好きでいさせてほしいんです！」

彼が言った〝奇蹟〟という言葉が、あのときの父の声と重なった。

そうだ。お父さんはあのとき言ってくれた……。

わたしの頭を撫でて、笑顔で言ってくれたんだ。

「サンタさんの話を描くなら、伊吹はきっと夢を叶えられるよ」

「どうして？」

「だってサンタクロースは、奇蹟を起こしてくれる人なんだ。だからいつか、伊吹に素敵な奇蹟を見せてくれるよ」

あのときの父の笑顔が脳裏を過《よぎ》ると、心が激しく揺り動かされた。目頭がじんわりと熱くなり、今にも泣きそうになる。伊吹は涙をぐっと堪《こら》えて聖也をまっすぐ見つめた。

目の前にいる本物のサンタクロース。

頼りなくて、挙動不審で、臆病で、オドオドしてて意気地なし。

でも彼は変わろうとしている。本気で変わろうとしているんだ。

それで奇蹟を起こそうとしてくれている。

わたしに振り向いてもらいたい、ただその一心で……。

「伊吹さん、もう一度だけでいいんです。もう一度、僕にチャンスをくれませんか？」

どうしてなんだろう……。

どうしてこの人は——。

伊吹は口元を押さえて笑った。

「やっぱりあなたって変な人ですね」

「え？」

それから眉《まゆ》をひそめて聖也を睨《にら》むと、

「ていうか、急に職場に来ないでください。迷惑です」

「すみません……」

「それに今は仕事中です。だから早く帰ってください」

「はい……」

しょぼくれる聖也を見て、くすりと小さく微笑んだ。

「いいですよ」

「え……？」

「チャンス、一度くらいなら」

「ほ、本当ですか!?」

あまりに嬉《うれ》しかったのか、聖也は子供みたいに笑った。

その姿を見て伊吹は思った。

どうしてなんだろう……。

どうしてこの人は、わたしなんだろう?

わたしはそんな立派じゃない。どこにでもいるなんの変哲もない女だ。それなのに、どうして特別じゃないこんな普通のわたしを想ってくれるんだろう。

やっぱり彼は変な人だ。

とってもとっても変な人だ。

呆《あき》れるくらい変わった人だ。

それでも、今はその気持ちが胸に沁《し》みて心の奥が温かい。

こんな気持ち、本当に久しぶりだ……。

ほんの少しだけ、心が「嬉しい」って叫んでいる。

この人の言葉が嬉しいって……。

聖也は緊張の糸が切れたのか、ふらふらとその場に倒れてしまった。

「えぇ!?」と慌てて駆け寄ると、彼はすでに失神していた。

伊吹は「大丈夫ですか!?」と身体を揺すった。しかし微動だにしない。完全に意識を失っている。二人を見ていた客や従業員たちも騒ぎ出し、辺りは騒然となる。そこでようやく自分たちが注目の的だったことに気付いた。美紗が「あれぇ〜、もしかして彼氏さんですかぁ？」と、にやりと笑って顔を覗《のぞ》いてきた。

「ち、違うから！」あまりの恥ずかしさで耳が熱くなった。

否定しながら思った。

やっぱりこの人じゃ奇蹟を起こすなんて無理そうだな……と。

気絶した聖也を見て、伊吹はやれやれと頬を緩めて小さく笑った。

❄

「まぁ、俺が？　本気出せば？　こんなもん？　だけどな！」

西新宿の外れにある高級ホテル、東京ウェルズホテルの三十二階ロイヤルスウィートルーム。聖也はここを東京での根城と決めた。

焼きたての食パンのようにふんわりとしたソファに座るガウン姿の聖也は、広げた両腕を背もたれの上に乗せて顎《あご》をしゃくって偉そうだ。その向かいには戸中井たち執事が並んで立っており、先ほどから聖也の武勇伝を延々と聞かされている。

「それで自分、彼女に言ったわけですよ。『あなたに奇蹟、見せてあげますよ』って。あんときの彼女の目、ありゃ完全にホの字だったわけですよ。君たちにも見せてやりたかったね。恋に落ちる瞬間のナオンの目をさ」

「ナオン？」神宮が首を傾げると、戸中井が「女のことですね」と補足する。

「やっぱりモテる男のワードセンスは違うんだよ。斜め上ゆくパワーワード、もう一回ご披露しましょうか？　おっほん。『自分、あなたに、奇蹟、見せて、あげますよ』。だはは！　まいったね、こりゃ。あ、これからは僕のことは、スケコマシのサンタクロースさんって呼んでくれて構わないからね？」

「さすがですなぁ！　聖下！」曽利が鼓膜が痛くなるほど大きな拍手を送る。

「テンキュー、テンキュー。いやぁ、なんかシャンディガフ飲みたくなっちゃったなぁ。シャンディガフ。シュワシュワのシャンディガフが飲みたいよ、僕は」

「すぐにご用意いたしましょう」戸中井が微笑んで客室電話の受話器を取った。

「でもでもぉ、あんまり調子乗らない方がいいと思いますよ」

「おやおや？　ベルちゃん。もしかしてそれはジェラですかな？」

「ジェラ？」

「ジェラシーのことですね」受話器の送話口を押さえながら戸中井がまた補足した。

「えぇぇ〜、ジェラシぃー？　そんなわけないじゃないですかぁ！」

「へいへい、照れるなって。分かる分かる。君が二十歳の頃から三年も仕えてきたご主人様だからね。いわば青春を捧《ささ》げた相手だ。その僕に特別なパートナーができる。その悲しみは想像するに余りあるよ。心中お察しします。でもこれは仕方のないことだ。だってほら、あっちが僕にホの字なんだからさ！　だはは！」

「いやぁ〜、素晴らしいですなぁ！」と曽利はしつこく拍手を送る。

「でもでもぉ、実際に好きって言われたんですかぁ？」

「え？」神宮の言葉に聖也はフリーズした。

「だからぁ、聖下は伊吹さんに『好きです』ってちゃんと言われたんですかぁ？」

「……いや、面と向かっては」

「じゃあまだ分からないですね！」神宮は嫌味なくらいにっこり笑った。

「な、なんなんだよさっきから！　祝杯ムードを壊すんじゃないよ！」

「そうだぞベル！　聖下に失礼だ！」

昼を突き出してしょげる神宮の元に戸中井が戻って来た。「神宮さん、思ったことは正直に言うべきです。それが聖下のためになるかもしれません」

「じゃあ言いますけどぉ。今の聖下はようやくスタートラインに立てただけですよ」

聖也は無表情で立ち尽くしている。

「え？　そうなの？」

「可能性がゼロから一パーセントくらいになっただけな気がします」

神宮の辛辣《しんらつ》な言葉に、さっきまでの喜びが音を立てて砕け散った。

「戸中井、シャンディガフはキャンセルで。なんか日本酒が飲みたいよ、僕は」

「かしこまりました」と電話機へ向かうが、こちらに振り返ると「畏《おそ》れながら聖下。パウロ・コエーリョは言いました。『夢が実現する可能性があるからこそ人生は面白いのだ』と。可能性は一パーセントではなく、五パーセントくらいはあるのでは？」

顔を上げると、戸中井は目を弧にした。

「先ほど、聖下が気絶している間に阿部様が電話番号を」

「えぇぇ⁉　本当か⁉」

戸中井はしっかりと頷《うなず》いた。

「へいへいへーい！　見たかベル！　可能性が一パーセントの相手に電話番号を託すと思いますか⁉　はい、託しません！　お前の分析なんて当てになるかよ！　はい、僕の勝ち！　いやぁ、さーせんねぇ！　僕だけが幸せになっちゃって！」

「別に勝ち負けじゃないと思いますけど」と神宮はふくれっ面をする。

「で、で、で！　その電話番号はどこにあるんだよ！」

「曽利さんに渡しておりました」

「本当かい！　曽利ちゃ――」

曽利の顔は青かった。その様子に部屋がしんと静まる。

「お前なにスカイブルーなツラしてんだよ」

「いや……」

「あ！　もしかしてまたやっちゃったんですかぁ⁉」

「ベル！　またとはなんだ！　またとは！」曽利が目を吊《つ》り上げる。が、しかし「曽利

「電話番号は確かにこの曽利が受け取りました……。し、しかしながら！　今ポケットを探ったら見当たらず！」

さん」と戸中井に呼ばれて、アルマジロのように背中を丸めた。そして観念して、

「紛失、ですね？」と戸中井が的確に言った。

「聖下！　誠に申し訳ありません‼」膝《ひざ》に額が付くのではないかというほど深々と頭を下げた。しかし聖也はなにも言わない。いや、なにも言えなかった。現実を受け入れられず、宇宙のはじまりについて思考を巡らせていた。

「聖下？」心配そうに曽利が呼ぶと、聖也はようやく我に返って「曽利君」と静かに彼のことを呼んだ。

「君は、僕のことが、嫌いかい？」

「そんな！　この曽利、聖下のことは我が親よりも愛しております！」

「だったら……」それからだんだんと語気を強めて「だったら地面這《は》いつくばってでも電話番号探してこいや、このアホンダラぁ‼　なめとんのかワレ！　ハンカチのときもそうだけど、ちょいちょい致命的なことするなぁ！　おうワレ！」

迫りくる聖也に慄《おのの》き、「すみません！」と曽利は泣きそうになる。しかし泣きたいのは聖也も同じだ。その場にしゃがんで頭を抱えて獣のような咆哮《ほうこう》を上げた。

「終わりだぁ――――！　これで僕の恋は完全に終わりだぁ――――！　伊吹さんは僕からの電話を待ち続けて、僕は番号を知らぬまま年老いて死んでゆく！　この見事なすれ違

い！　かぁ――――！　切ない！　切ない切ない切ない！　もうダメだぁ！」

「落ち着いてください、聖下」狂ったように転げまわる聖也の身体を両手でがしっと押さえると、戸中井は090からはじまる十一桁《けた》の数字を口にした。

驚いてガバッと身体を起こした。「お前それ……！」

「はい。私は一度見た数字はすべて暗記することができます」

聖也は戸中井の胸に飛び込んだ。「戸中井ちゃん！　あんた天才だよ！　その異常な記憶力は若干《じゃっかん》不気味だけど僕すごい嬉《うれ》しいよ！」

「さっすが戸中井さん！」

神宮が羨望《せんぼう》のまなざしを浮かべるその横で、曽利はいたたまれぬ表情で俯《うつむ》いていた。

「じゃあ聖下ぁ、今すぐデートに誘うしかありませんね！」

「え？」戸中井を抱きしめるのをやめて神宮を見た。「デートに、誘う？」

「はい。今から電話してデート誘うべきですよ。善は急げって言いますもん」

「今から電話するの？　誰が？　え？　ベルちゃんしてくれるの？」

「そんなの聖下がするに決まってるじゃないですかぁ」

「僕が電話を……」

「怖がってちゃダメですって。早くした方がいいと思いますよぉ？」

「でもでもでも、デート断られたらどうすんだよぉ！」

そんな弱音を漏らしていると、戸中井がスマートフォンをこちらに向けた。

「岡本太郎は言いました。『いいかい、怖かったら怖いほど、逆にそこに飛び込むんだ』と。聖下、どうかご武運を」

聖也は頭をゴシゴシ掻《か》き毟《むし》ると、

「分かったよ！　電話かけりゃいいんだろ！」

そう言って、戸中井の手からスマートフォンを乱暴に奪った。

❄

「やっぱ電話番号なんて渡さなきゃよかったなぁ」

伊吹は大きなため息をついて『ユーレニッセ』のカウンターに突っ伏した。

「なに後悔してんのよ」と小雪がエプロンで手を拭《ぬぐ》いながら呆《あき》れ顔をこちらに向ける。

「ノリで言っちゃったんだよね。一度くらいならチャンスあげますって」

「へぇ～、やるじゃない。モテる女はやっぱ違うわね」

「茶化さないでよぉ。そりゃ分かってますよ？　そんな勿体《もったい》付けるほどいい女じゃないってことくらい。チャンスあげるなんて偉そうなこと言える立場じゃないのは重々分かっています。でもあの人はさぁ、ちょっとどころじゃなく変わり者なのよねぇ」

ビールの瓶を取ると中身は空っぽ。伊吹は「はぁ、日本酒飲みたい」とカウンターに額をごつんとくっつけた。

「でもサンタが来てくれたとき、ちょっとはドキッとしたんでしょ？」

「それは……」と頭を傾け、今度はほっぺたを板につける。

あのとき、胸が熱くなった。あの人の声がお父さんの声と重なった気がした。「奇《き》蹟《せき》」という言葉にほんの少しだけ涙がこぼれそうになった。てことは、小雪の言う通り嬉しかったってこと？　あの人が来てくれて。いやいやいやいや、違う違う。別にあの人が来てくれたから嬉しかったわけじゃない。あのときのメンタルとかシチュエーションとか諸々を考えると、彼じゃなくたって、誰が来たって嬉しかったはずだ。

「別にぃ～。嬉しくなかったしぃ～」

そう言って下唇をにゅっと突き出すと、小雪が「変な顔」と鼻で笑った。

「いいじゃないの。一回くらいデートしてあげなさいよ」

なによ。小雪はこの間からサンタの肩を持ちすぎだ。わたしとあの人をくっつけたいの？　絶対面白がってるよ。昔からそうだ。わたしが恋愛に臆《おく》病《びょう》になっていると、世話を焼いてくっつけようと仕向けてくるんだ。

グラスの横に無造作に置いてあったスマートフォンが派手に震えた。嫌な予感がして顔を持ち上げた。これは絶対〝噂をすれば〟のパターンだ。恐る恐るディスプレイを覗《のぞ》いてみると、それは見知らぬ電話番号からだった。080からはじまる番号が語りかけてくる。「僕ですよー。サンタですよー」って。絶対にあいつだ……。

「電話鳴ってるよ。出ないの？」と小雪がスマートフォンを顎《あご》でさした。

うんまぁ、と躊躇《ためら》っていると、「あ！　例のサンタからでしょ！」とスマートフォンを奪おうと手を伸ばしたので、咄嗟《とっさ》に取り上げ目を細めて睨《にら》みつけた。

「デートの誘いだったら受けてあげなさいよ」

伊吹は、いーっと歯を見せ、それから通話ボタンを慎重に押した。

「はい、もしもし」

相手は無言だ。じーんというノイズが聞こえるだけで、うんともすんとも言わない。怪訝《けげん》に思ってもう一度「もしもし？」と強めに言ってみた。すると、

『あの、ほ、ほ、本日は、お日柄もよく』

つっかえながら聖也が声を絞り出す。その声を聞いた途端、なんだか落ち着かなくなってスマートフォンを握り直した。

『い、い、伊吹さんのお電話でよろしいでしょうか？　明日真です。明日真聖也です。あの、今日は、突然すみませんでした』

「いえ、体調はもう大丈夫なんですか？」

『はい。おかげさまで。ご心配おかけしました』

「心配はしてませんけど。でも、それならよかったです」

「まったく、可愛げがないなぁ」と小雪が横から口を挟んだ。

うるさい、と目で言うと、彼女は「ごめんごめん」と洗い物に戻った。

再び無言になったので眉《まゆ》をひそめる。彼はなんのために電話をしてきたの？　今日の

迷惑のお詫《わ》び？　それとも小雪の言う通りデートのお誘い？

「それで、ご用件は？」じれったくて訊《たず》ねてみた。

『いや……その……』と聖也は口ごもる。それから、すうぅぅっと息を吸う音が聞こえた。電話越しのこっちまで吸い込まれそうなほど大きな深呼吸だ。そして、

『ぼぼぼぼ僕と、デートを、していただくわけにはいかないでしょうか⁉』

〝デート〟と言われると緊張してしまう。こんな風に改まって申し込まれたのは高校生以来だ。初々しくもあり、なんだか背中がむずむずする。困って視線を右に左に泳がせていると、小雪がにやにやしているのが見えた。伊吹はしっしと野良犬を追い払うように手を振って、そのままぐるっと身体を反転させて背中を向けた。

どうしよう。もしこれでＯＫして変な勘違いされても困るぞ。でも一度くらいならチャンスあげますって言っちゃったしな……ってもう、なにをもったいつけてるのよ。デート一回でしょ？　もし変なことされたらそのときは綺麗《きれい》さっぱり、キッパリ、ガツンと断ればいいじゃない。そう思って背筋をしゃんと伸ばすと、

「分かりました。デートしましょう！」

日時と待ち合わせの場所を決めて電話を切ると、小雪が「ひゅーひゅー」とからかってきたので、伊吹は平静を装ってすまし顔を作った。

「ほらほら、素直に喜びなさいって」

「喜んでません」と冷蔵ショーケースからシャポー・ウィンターグーズを出す。酒でも

飲まなきゃやってられない気分だ。

「でもさ、本当に気が合うかもよ？　あんたとそのサンタクロース」

「んなわけないでしょ。ていうか小雪、なんでそんなにサンタ推しするわけ？」

小雪はいつになく真剣な顔をした。

「幸せになってほしいんだ、あんたにはさ」

「……え？」

「伊吹には過去の嫌なこととか全部乗り越えて、誰よりも幸せになってほしいのよ」

くそぉ。嬉しいこと言ってくれちゃって。こういうこと言うから憎めないんだよな。

シャポー・ウィンターグーズの王冠とコルク栓を抜いて、グラスは使わず瓶のままぐいっと胃に流し込んだ。いい飲みっぷりだと小雪が褒める。それから彼女は「じゃあ、景気づけに一曲プレゼントしてあげるよ」とコンポをいじって広瀬《ひろせ》香美《こうみ》の『幸せをつかみたい』を再生した。思わずビールを噴き出しそうになった。


デート当日の朝はすぐにやって来た——。

昨日はなんだか上手《うま》く眠れなかった。朝方ようやく眠れたけれど、あっという間に目が覚めてしまった。重い瞼《まぶた》を猫のように指でこすってため息を漏らす。

なに構えてるのよ。たかがデートじゃない。たかが？　うーん、でも考えてみたら五年ぶりのデートなんだよね。そう思ったら緊張して上手く眠れなかったや。別にデートが楽しみってわけじゃない。面倒ごとが起こらなきゃいいなぁという不安な気持ちだ……ってそんな言い訳をしている自分がダサい。

ベッドから抜け出すと寒さのあまり両肘《りょうひじ》を抱いた。冷蔵庫のミネラルウォーターをペットボトルのまま飲んで、お風呂《ふろ》に入って湯船の中で自分自身に語りかける。

ほら、格好《かっこう》つけてないで認めなさいよ。あんたちょっと楽しみなんでしょ？　デートっていう響きにキュンキュンポイントが上昇してるんでしょ？　ほらほら、認めちゃいなさいって。その証拠に新しいシャンプーだって使ってるじゃない。マスカットの匂いがする少し高めのやつをさ。

伊吹は小さなバスタブの中で膝《ひざ》を抱えた。

まさか。そんなわけないって。だって相手は変人のサンタだよ？　嫌な予感しかしませんから。

伊吹はそう思いながら、うんうんと何度も湯に顔をつけた。

風呂から出ると念入りにメイクをはじめた。リップブラシで丁寧に口紅を塗って、髪の毛を巻く。それからクローゼットを開いて着ていく服を選んだ。エクルベージュ色のショート丈のダッフルコートに白のハイネックセーター、ネイビーのチュールスカートに決めた――バーゲンで買ったお気に入りのスカートなのだ――。

クローゼットを閉じようとしたとき、使っていないバッグの奥に段ボール箱がしまってあるのが目に留まった。あの頃使っていた画材の入った段ボールだ。嫌なものを見てしまったな。伊吹は見ないフリをして扉を閉めた。

高尾山《たかおさん》と新宿を繋《つな》ぐ京王《けいおう》線の車内。車窓を流れる景色をぼんやり見ながら「わたしは今からサンタクロースとデートをするのか」と改めて思う。なんだか変な気分だ。サンタとデートって、おとぎ話じゃないんだからさ。電話を切るとき彼は『僕に任せてください！』と言っていた。サンタはどんなエスコートをしてくれるんだろう？　あの性格だからちょっと不安だ。普通のデートならそれで十分。でもな、あの人には優秀な執事さんがいる。特に戸中井さんはなかなかのジェントルマンだから彼のサポートで意外と素敵なデートになったりしてね。

電車がトンネルに入って窓ガラスに顔が映ると、ちょっとだけにやけていた。周りの目が気になって急いで真顔に戻した。

待ち合わせは東口の交番前だ。平日ということもあって駅前に人は少ない。

「伊吹さぁ――――――ん！」

さっそく嫌な予感が的中した。あまりの大声に頭を抱えたくなった。うんざりしながら顔を向けると、思わずひっくり返りそうになった。

聖也は真っ白なスーツ上下に黒いワイシャツという『サタデー・ナイトフィーバー』のジョン・トラボルタを彷彿《ほうふつ》とさせる格好をしているのだ。無造作でぼさぼさだった髪は綺麗なオールバックにセットされ、眉も手入れしたのか、やけに整っている。

さ、最悪だ。最悪すぎる。ちょっとでもワクワクした自分がバカみたいだ……。

「おまんたせいたしましたっ！　いやぁ！　今日はいい天気ですなぁ！」

彼は大きく手を広げて空を見上げた。が、あいにく空は曇天模様。分厚い雲が新宿上空を覆っている。それでも聖也の目にはきっと青空が映っているのだろう。

「あ！　これどうぞ！」彼は持っていた一輪の赤い薔薇《ばら》を差し出した。

お花をもらっても正直やり場に困ってしまう。これから出かけるわけだし、その間ずっと手に持って移動するのは結構面倒くさい。いや、でも文句を言っちゃダメだよね。わたしを喜ばせようとしてくれているんだ。ありがたく頂戴《ちょうだい》しよう。

「ありがとうございまぁーす」引きつる笑顔で薔薇を受け取った。

「ささ！　行きましょう！」

二人はアルタ方面へと歩き出した。が、風変わりな彼の姿を見て人々は振り返る。笑う。驚く。そんな視線が恥ずかしくて伊吹はもらった薔薇で顔を隠した。

連れて来られたのは三枝屋百貨店からほど近い映画館だった。十三スクリーンも完備している新宿で一番大きな劇場だ。どうやら先週末に公開されたばかりのラブロマンスが観たいらしい。すでにチケットを買ってくれていた。しかし全額払わせるのも悪いので、伊吹はポップコーンとジュースは買うことにした。そんなやりとりをしていると、聖也が「なんかデートっぽくなってきましたなぁ！　だはは！」とフロアに響き渡るような大声で笑った。

やめてよ。恥ずかしい……。穴があったら入って上から鉄の蓋《ふた》をしたい気分だ。

フードコーナーで買い物を済ませると、開場のアナウンスが聞こえたので入場した。エスカレーターで十階まで上っている道中、聖也は顔をチーズのようにとろけさせて、「いやぁ〜。僕、映画館初めてなんですよ〜。緊張しちゃうなぁ！」

「え？　初めて？」びっくりして持っていたポップコーンを何粒か落とした。「いつもはどこで観ているんですか？」

「家に劇場が完備されているので！」

「へぇ、お金持ちなんですね……」

なんだか住む世界が違うなぁ。伊吹は口の端を歪《ゆが》めた。

劇場に入ると二人以外に客は誰もいなかった。まだ少し早いからだろうか？　首を傾げながらチケットに記載された真ん中の席に腰を下ろした。ドリンクホルダーにトレイをセットしてポップコーンをつまんでいると、聖也が「ベタでしたかねぇ!?　初デートで映画なんて！」と喜々として言った。

「そんなことないと思いますよ。あ、でも、映画鑑賞ってデートじゃないって説もありますよね」

「デートじゃない？」聖也の顔が地球のように青くなる。

しまった、と伊吹は片目を瞑《つぶ》った。

「あ！　いや！　なんとなく小雪と、友達とそんな話をしたことがあったなぁって！　でも忘れてください！　あはは、ポップコーン美味《おい》しいですね」

「忘れません！　詳しく！　詳しく聞かせてください！」

　失言に後悔してももう遅い。伊吹は観念して口を開いた。

「映画って観ている間は自分の時間じゃないですか。何回目かのデートならいいのかもしれないけど、最初はやっぱり色々お話ししたいなぁって思ったりなんかして……」

　聖也は勢いよく立ち上がった。「出ましょう！」

「えぇ⁉　待ってください！　せっかくチケット買ってくれたわけですし！」

「いいんです！　僕は〝デート〟がしたいんです！　そっかぁ！　そうだよなぁ！　確かに言われてみれば映画鑑賞ってデートじゃないよな！　僕はなんて浅はかなんだ！」

「いやいやいや！　立派なデートだと思います！　わたしが変わってるだけなので！」

「伊吹さんは変わってない！　あなたが変わっていると言うなら、そんなことを言うこの世の中が間違えている！　映画鑑賞はデートじゃない！　ポップコーンは美味しい！　そして僕は浅はかだ！　さぁ、早く出ましょう！」

「ま、待って！　わたし最近映画観てなかったの！　だから楽しみなんです！」

　リップサービスで言ってしまった。すると聖也は、

「楽しみ？」と目の端を垂らしてにこにこした。「本当ですかぁ？」

「えぇ、まぁ……」

「ひゅー！　よかったぁ！　だと思ったんですよぉ！　僕たち趣味が合いますね！　あ、今日はゆったり観てもらえるように、この劇場を買い占めましたので！」

「買い占めた？」

「チケットは全部僕が買いました！　なので誰も来ません！」

ああ、だから誰もいないのか。お客さんが来なくておかしいと思ったけど、まさかチケットをすべて買い占めていたなんて。でもそれってどうなんだろう……。

そんな疑問が胸中で渦巻いて、伊吹は上手《うま》く笑えなかった。


映画が終わると、聖也は「お連れしたい場所があるんです！」と言った。それは三枝屋百貨店だった。休みの日に仕事場に来るのはちょっと気まずい。しかも男の人と二人で。だが彼がどうしてもと懇願するので渋々自動ドアをくぐった。

店内に一歩足を踏み入れると、いつもと雰囲気が違うことに気付いた。フロアにお客が誰もいないのだ。販売員やガードマンはいるが、肝心な客が誰一人としていない。平日とはいえ、この時間に——まだ三時だ——お客が一人もいないなんて、そんなのはおかしい。訝《いぶか》しく思っていると、聖也が「行きましょう！」と手招きした。

二階の婦人服売り場に到着すると、伊吹は目の前の光景に驚き、エスカレーターから上手く降りられずに躓《つまず》いてしまった。そこには、社長の飯田をはじめとする三枝屋百貨店の役員たちが勢揃《せいぞろ》いしている。横一列になって聖也のことを待ち構えている。そして彼の顔を見るなり「お待ちしておりました。サンタ様」と声を揃えて一礼した。彼は「どうもどうも」と軽く手を挙げてそれに応《こた》える。異様な光景に思考が追いつかない。

飯田が揉《も》み手をしながら「サンタ様、よくぞおいでくださいました。今日は好きなだけ楽しんでくださいね」と聖也にすり寄る。そして伊吹に目をやった。あの強面《こわもて》の社長が今日は怖いくらいに笑顔だ。不気味で思わず鳥肌が立った。

「阿部君。サンタ様に感謝したまえよ」

「感謝？」

「サンタ様は君のために当館を貸し切りにしたいと言ってくださったんだ。あ、でも安心したまえ」と飯田は伊吹にそっと耳打ちをして、「営業を止めた分のお金はちゃんと頂いているからね」と、しっしっしと下衆《げす》く笑ってみせた。

　そういえば、彼のお屋敷を訪ねたときの新幹線もこんな感じだった。グリーン車内に乗客は一人もいなかった。もしかしたらあれも座席をすべて買い占めていたのかもしれないな……。

「伊吹さん！　今日はほしいものを好きなだけ買ってください！　僕がなんでもプレゼントします！」

「いやぁ、さすがはサンタ様！　全部買い占めて頂いてもよろしゅうございますよ？」

飯田が口の左端を緩めて厭《いや》らしく笑う。

「じゃあベビー用品も買っちゃおうかなぁ……って気が早いんやないか――い！」

「ナイス突っ込み！　さすがですなぁ！」

役員たちがどっと沸いた。しかし伊吹は笑えない。そして、

「……ほしいものなんてありません」

そこにいた全員が伊吹の言葉に「え？」と声を揃えた。聖也も目を丸くしている。

「い、伊吹さん？」と彼が顔を覗《のぞ》き込んできた。

目を背けると「わたし、なにもいりません」と語気を強めた。

「阿部君！　なに遠慮しているんだ！　サンタ様のせっかくのご厚意なんだぞ!?」

飯田の言葉にムッとして、顔に怒りを滲《にじ》ませてしまう。

ご厚意って……。こんなの全然嬉《うれ》しくないよ。

「伊吹さん。僕なにか嫌なことしましたか？」

不安そうな彼に、「すみません」と言うのがやっとだった。


その夜――。本当になにも買わなかった伊吹は、聖也に連れられて渋谷《しぶや》の高級ホテル最上階にあるフレンチレストランを訪れていた。窓側の席に座った二人。もちろんここも貸し切りだ。伊吹たち以外に客は誰もいない。

窓からは東京の夜景を一望に収めることができる。少し離れたところにオレンジ色に光る東京タワー。普段は大きな東京タワーもこんな風に高い場所から見たらやけに小さく感じるんだな、と思ったりもしたけれど、やっぱり居心地の悪さが身体に貼り付いて離れない。ふかふかの椅子もなんだか座り心地が悪い。

テーブルに運ばれた料理はどれも彩り豊かで、見るだけで美味しいことが容易に分かる。しかし食欲がちっとも湧かない。こんな立派な三ツ星レストランに来ておいて偉そうだけど、手を付けたいとまったく思えないのだ。

向かいの席に座っている聖也はさっきから高いワインをぐびぐび飲んでのべつ幕なしに話し続けている。

「サンタの呼び方は世界各国で違うって言われているんです。イギリスでは『ファーザー・クリスマス』、ドイツは『クリストキント』、フィンランドでは『ヨウルプッキ』なんて呼ばれているんです。でも傑作なのが日本！　これは笑いますよ〜。いいですか？　言いますよ？　腸がよじれますよ？　明治時代に初めてサンタが紹介されたときの名前。これが傑作なんですよ。ななんと、三太九郎！　あはは！　笑えますよね！　ちなみにサンタクロース家に日本の血が入ったのも明治時代で――」

熱心に話していた聖也の表情がふっと曇る。

「伊吹さん？　どうかしましたか？」

ぼんやり聞いているだけで心ここにあらずだった。伊吹は「いえ、別に……」とカールのかかった髪を揺らして首を振った。

「あの、もしかして僕、またなにか失礼なこと言っちゃいましたか？」

「そんなことありませんよ」と無理して笑った。しかし作り笑いだと分かったようで、

「もしそうなら言ってほしいんです！」とテーブルに両手をついて身を乗り出した。「僕バカだからそういうのよく分からなくて。ちゃんと指摘してもらった方が嬉しいんです。

だから教えてください！」

伊吹はテーブルの上の小ぶりのグラスを手に取り、水で口の渇きを潤すと、

「思ったんです。あなたとわたしじゃ住む世界が違うんだなって」

聖也が浮き上がらせた尻《しり》を椅子に戻した。突然の言葉に動揺しているようだ。

「女の子の中にはああいうのを喜ぶ子もたくさんいると思います。映画館も百貨店も貸し切りで、その上こんな高級レストランにまで連れてきてもらって。そういうのに幸せを感じる子もいるはずです。でも、わたしはちょっと苦手みたいです」

伊吹は膝《ひざ》に載せたナプキンに力を込めた。

「やっぱりどうしても思っちゃうんです。あなたが映画館を貸し切りにしたお金って、クリスマスプレゼントを買った人たちのお金の一部なんだって」

聖也の表情が消えた。吹き消した蠟燭《ろうそく》のように。

「おもちゃ売り場にいると、いろんなお客さんに会います。子供に誕生日プレゼントを買って帰るお母さんや、駄々をこねて『これがほしい！』って泣きじゃくる男の子とか。あと、サンタさんのフリをして子供の枕元にプレゼントを置くんだろうなぁってお父さんたちも。働いていると大変なことも面倒なこともたくさんあります。だけどおもちゃ売り場は——特にクリスマスのおもちゃ売り場は百貨店の中で、ううん、きっとこの世界の中で一番夢に溢《あふ》れている場所だと思うんです」

「夢に……溢れている……」消え入りそうな声で聖也が呟《つぶや》く。

「でもあなたは、その夢で得たお金で贅沢《ぜいたく》をしている。なんだかそういうのすごく嫌だなぁって。ごめんなさい。偉そうに」

聖也はなんと言い返したらいいか分からず惚《ほう》けている様子だ。きっちりと固めた髪は乱れて、前髪が情けなく垂れている。その下の顔は今にも泣きそうになっていた。

「偉そうに言いましたけど、わたしだってそうなんです。プレゼントを売ったお金でお給料をもらって生活しているわけだし。でも――」

伊吹は口に宿した微苦笑を消して真顔になった。

「でもわたしはわたしなりに一生懸命っていうか、おもちゃ売り場で働いていることを今は誇りに思っています。そこに来るお客さんや子供たちに少しでも夢のような時間をプレゼントできたらって、そう思っています。おもちゃ以外に大切なものを届けてあげたいっていうか……。ごめんなさい、脱線して。なにが言いたいかというと、別に贅沢するなとは言いません。だけどお金持ちならお金持ちらしく、ちゃんとしたお金の使い方をしてほしいって思ったんです。特にあなたが本物のサンタなら、子供たちや親御さんのそういう気持ちをちゃんと分かってあげてほしいんです」

そこまで言うと伊吹は吐息をふぅっと漏らした。

「――って綺麗《きれい》ごとですね。すみません。青臭いこと言って」

項垂《うなだ》れていた聖也が力なく頭を振った。そして「僕はバカですね」と嘲笑《ちょうしょう》した。

「そんなこと一度も考えたことありませんでした。僕が使っているお金の意味なんて」

「ごめんなさい。なんか説教っぽくなって」

「いえ！　おかげで目が覚めました！」彼は憑《つ》き物《もの》が取れたように爽《さわ》やかに笑った。

偉そうなことを言ってしまったけど、彼がそう言ってくれるなら苦言を呈した甲斐《かい》があった。ずっと心に引っかかっていた。子供に夢を与える存在のサンタが夢を与えず、プレゼントを買った人のお金で生活をしているのはおかしいって。分かってくれたならよかっ——、

「僕、あなたに惚《ほ》れ直しました！」

「はい？」

「僕の理想の人はあなただって、今はっきりとそう確信しました！」

いや、待って。確信されても困るんですけど……。

「芯《しん》が強くて、何事にも一生懸命で、素直で優しい人。伊吹さんがぴったりです！」

こ、困ったぞ。話が変な方に行ってしまっている。軌道修正しなくては。

「あの、聖也さん？」

「あ！　初めて名前で呼んでくれましたね！　照れますね、ははは！」

「そんなことはどうでもいいんです。わたし前に言いましたよね？　あなたとは結婚できませんって。チャンスをあげるだなんて偉そうなこと言いましたけど、でもきっとあなたを好きになることはないと思います」

随分と厳しいことを言ってしまった。でもこういうときはちゃんと断らないとズルズ

ル引きずるだけで、かえって彼を傷つけてしまう。

聖也はグラスに入った赤ワインをぐいっと一気に喉《のど》の奥に送った。そして、

「でも僕、決めたんです！　雨が降っても、槍《やり》が降っても、隕石《いんせき》が降ってきても、それでも頑張ってあなたに好きになってもらおうって！」

そう思ってくれるのは嬉しいけど、わたしはそんな大層な女じゃない。

どうしてわたしなのよ……。

「でもわたし、人の心や気持ちが分からない人は嫌いです！」

聖也は矢で胸を射抜かれたように顔を歪《ゆが》めた。小さな罪悪感が胸を覆う。しかし伊吹は心を鬼にして、

「だからわたしのことは諦《あきら》めてください。あなたのことを好きになることはこれから先も絶対にないですから」

それは彼に限らずだ。わたしはきっとちゃんと人を好きになることはできない。心の底で思っているんだ。幸せになるべきじゃないって。ずっとずっとそう思ってきた。お父さんのことがあってから、ずっと。だから――、

「そんなこと言わないでください！　好きになってもらえるように頑張りますから！」

食い下がる聖也に閉口する。

どうやったら諦めてくれるのよ……。

げんなりして窓外に顔を向けると、渋谷のスクランブル交差点が目に入った。

伊吹の胸にある考えが去来した。でもそれは狡《ずる》くて汚い断り方だ。だけど――。伊吹は聖也に向き直った。

「じゃあ、わたしをドキドキさせてください」

「え？」

「女って時には男の人にドキッとすることをしてもらいたくなるんです」

「す、すみません。僕そういうのよく分からなくて。どんなことをすれば――」

伊吹は窓の向こうの渋谷の街を指さした。

「スクランブル交差点の真ん中で叫んでください。僕はサンタクロースだって。わたしのことが好きだって」

聖也は絶句した。そして崖下《がけした》を覗《のぞ》くように恐る恐る窓外の交差点に目をやる。が、あまりの人の多さに息を呑んで、逃げるように視線をテーブルに戻した。

申し訳ない気持ちが喉元《のどもと》までこみ上げる。卑怯《ひきょう》な断り方だって自分でも分かっている。しかしこうでもしないと彼はきっと諦めてくれない。嫌われたって構わない。もうこれで会うのも最後だろうから。

「冗談です。あなたにそんなことできないのは分かっています。だからもうこの話は終わりにしましょう。それに会うのもこれで最後に。気を持たせるようなことして本当にごめんなさい」

これでさすがに諦めてくれるだろう。わたしは彼にそこまで想われるような価値のある女じゃない。いろんなことを諦めて、惰性で生きているダメな女だ。そのくせに偉そうに彼のことを振り回してはいけない。そうだ。もうこれで終わりにするんだ。

この世の終わりみたいな顔をする聖也を見て、ズキリと心に、棘《とげ》が刺さった。

❄

伊吹と別れてから、聖也は渋谷の街を当てもなく彷徨《さまよ》い歩いた。すぐに戸中井に迎えに来てもらってもよかったのだけれど、どうしても帰る気にはなれなかった。

夜八時を過ぎた渋谷は多くの人で溢れている。人混みは苦手だ。流れに身を任せて文《ぶん》化村《かむら》方面へ歩いていると、中年のサラリーマンと肩がぶつかって舌打ちをされた。聖也は頭を下げて謝ると、人の邪魔にならないように道の端を歩いた。

こんな風に人混みを歩くのはいつ以来だろう。空気は汚れていて排ガスの臭いもひどい。人々の果て無き喧騒《けんそう》に眩暈《めまい》すら起こしそうになる。それでも聖也は歩き続けた。そして、さっき伊吹に言われたことを何度も何度も心の中で反芻《はんすう》した。

ふと足を止めると、百貨店の前だった。三枝屋百貨店のライバルである鉄道系の百貨店だ。閉店間際だったがフロアにはまだ人が多い。二階の婦人服売り場では女性客が熱心に服を選んでいる。もしかしたらクリスマスのデートに着て行く服を選んでいるのかもしれない。そんな人々を尻目《しりめ》にエスカレーターで上を目指すと、子供のはしゃぐ声が聞こえた。八階の子供服雑貨売り場だ。フロアに踏み入ると、どこからかヴァイオリンが淡く奏でる『ジングルベル』が聞こえた。あと一週間もすればクリスマスだ。売り場は三枝屋百貨店同様すっかりクリスマスムードに彩られている。

おもちゃ売り場には子供たちが好きそうなキャラクターグッズが並んでいた。これを買った人のお金の一部が僕の懐に入っているのか。聖也はおもちゃをぼんやり眺めた。

「ゆうちゃんはサンタさんになにをプレゼントしてもらいたいのかな？」

女性の声がして横を見ると、小さな女の子が母親と手を繋《つな》いで歩く姿があった。

「うんとねぇ！　お姫様の変身セットがいい！」

「じゃあサンタさんにお手紙書かなきゃね」

「うん！」

あの子はサンタを信じているんだ。十二月二十五日の朝に目が覚めたとき、枕元に大きな箱のプレゼントが置かれているって。サンタクロースが届けてくれたんだって。心からそう信じるのだろう。

白髪頭の初老の男性が大きなおもちゃの箱をレジに置いて販売員と話している。孫にプレゼントするようで「クリスマスプレゼント用に包装してもらえますか？」と目尻《めじり》に皺《しわ》を作って幸せそうに笑っている。

そんな光景を眺めていると、伊吹の言葉がまた胸を過《よぎ》った。

――特にクリスマスのおもちゃ売り場は百貨店の中で、ううん、きっとこの世界の中で一番夢に溢《あふ》れている場所だと思うんです。

――でもわたし、人の心や気持ちが分からない人は嫌いです！

伊吹さんの言う通りだ……。僕はこの人たちの幸せを糧に暮らしている。この人たちが一生懸命稼いだお金で買った夢や希望や、誰かを喜ばせたいと思う純粋な気持ちによって生かされているんだ。そんなこと一度も考えたことはなかった。

――お前にとってサンタクロースとはなんだ？

七年前、僕は父さんや親戚《しんせき》に認められたい一心で生きていた。本当の意味で誰かのためになんて考えていなかった。もしかしたら父さんはなにも考えていない僕に失望したのかもしれない。

サンタクロースって、なんなんだろう？

僕になにができるんだろう。サンタクロースとして、ここにいる人たちに、そして伊吹さんに対して、一体なにができるのだろう。

こんな無力で人の心が分からない僕なんかに……。

僕は自分のことが嫌いだ。怠け者で、トロくて、要領も悪くて、わがままで。いいところなんてひとつもない。きっとこの先も自分のことは好きになれない。そう思っていた。でももう嫌だ。もう嫌なんだ――。

拳《こぶし》を強く握りしめた。そして、

「すみません」

女性販売員に声を掛けると、彼女は「どうなさいました？」と笑いかけてくれた。

「僕……」

「はい？」

聖也は覚悟を決めて顔を上げると、

「ほしいものがあるんです！」


デパートを出ると、風を切って一目散に歩いてゆく。すれ違う人々がこちらを見て驚いた顔をする。中には指をさして笑う人もいる。それでも聖也は立ち止まらない。心臓は下から蹴《け》り上げられているみたいに胸の中で飛び跳ねている。背中は汗でぐっしょりだ。寒さなんてちっとも感じない。

「なにあれ」「気が早くない？」「ウケるんだけど」「頭おかしいんじゃないの？」

後ろ指をさされながらも歩き続けた。

そして、聖也は渋谷のスクランブル交差点にたどり着いた。

赤信号で立ち止まっていると人々の笑い声が耳に響く。自分を見て笑っているのだとすぐに分かった。怖くて歯がガチガチと音を立てる。眩暈もする。逃げ出したくてたまらない。こんな風に人に注目されるなんて絶対に嫌だ。

それでも――。

伊吹の言葉を思い出す。

──わたしをドキドキさせてください。

震える歯をぐっと嚙《か》みしめた。

──あなたにそんなことできないのは分かっています。

聖也は着ている服に目を落とした。

さっきの百貨店で買ったサンタの衣装を纏《まと》っている。

今の無力な僕にできることはひとつもない。あなたを喜ばせることも、サンタとしてできることも、きっとなにもないと思う。

僕はそんな風にいつも諦《あきら》めてきた。「自分なんて」って逃げてきた。

でも、もう嫌だ。

そんなのもう嫌なんだ。

踏み出したい……。

もう一度、勇気をもって踏み出したい。

それでいつか伊吹さんに振り向いてもらいたい。

だから僕は……僕は──、
次の一歩を踏み出すんだ！

信号が赤から青に変わると同時に、聖也は颯爽《さっそう》と走り出した。

誰よりも速く交差点の真ん中へと駆けてゆく。東京のネオンが、街の光が、美しく輝いて見えた。胸が高鳴っている。その輝きが、鼓動が、聖也に生きていることを実感させた。

まだ誰もいない交差点の真ん中で立ち止まると、大きく息を吸い込んだ。

「僕は……」

声が震えたけれど、それでもぎゅっと目を閉じた。

そして力の限り、思い切り、叫んだ。

「僕はサンタクロースです！」

交差点を行き交う人々が驚いてこちらを見た。好奇な視線が一斉に向けられる。笑い声が起こる。それでも聖也は叫ぶ。

「僕はサンタクロースです!!」

興味本位にスマートフォンを向ける人々、バカにしたようにこちらを指さして笑う人々、茶化すような歓声が上がって外国人観光客に写真を撮られた。

――スクランブル交差点の真ん中で叫んでください。わたしのことが好きだって。

伊吹さん。僕は――

「僕は！」

僕はあなたのことが……

「僕は伊吹さんのことが！」

聖也は大声で叫んだ。

「伊吹さんのことが好きです！」

涙が溢れた。でも怖かったからじゃない。伊吹のことを想うと、どうしようもなく心が震えて涙が溢れる。

「僕は伊吹さんが好きです！」

こんなこと、いくら叫んでも伊吹さんには届かないって分かっている。だけど、どうしても叫びたかった。叫ばなきゃって思った。今の僕じゃあなたを振り向かすことも、ましてや幸せにすることもできない。好きになってもらえないことも分かっているんです。でももしも、この街のどこかであなたが僕の声を聞いてくれたなら――、

「僕は……！」

僕はそれだけで、ただそれだけで、生まれ変われるような気がするんです。

次の一歩を踏み出せるような気がするんです。

だから僕は誓う。この東京の真ん中で。

いつかあなたに誇れるサンタになることを。

「僕は伊吹さんのことが大好きです‼」

聖也は叫んだ。この東京のどこかにいる伊吹に届くほどの大声で、何度も、はっきりと、彼女を想う気持ちを力の限り叫び続けた。

❄

そのニュースを見たとき、伊吹は手に持っていた薔薇《ばら》を落とした。掃き出し窓のすぐ傍に置いてある二十八インチのテレビの中で、必死に叫んでいるサンタクロースの格好《かっこう》をした男。

聖也だ――。

道行く人が面白半分で撮ったであろうスマートフォンの粗い映像の上には『渋谷の交差点にサンタが出現！　突然の愛の告白！』と囃《はや》し立てるようなテロップが躍っている。顔にはモザイクこそ掛けられていたが、その声は加工されてはいなかった。

彼は渋谷のスクランブル交差点の真ん中で何度も叫び続けている。

「僕はサンタクロースです！」

「僕は伊吹さんのことが大好きです!!」

何度も何度も、呆《あき》れるくらい叫んでいる。

伊吹は混乱で力が抜けて膝《ひざ》をついた。そしてただ呆然《ぼうぜん》とテレビを見つめた。

どうしてこんなこと……。

彼の行動が理解できず、訳が分からず、涙が目尻《めじり》に盛り上がった。

――わたしをドキドキさせてください。

わたしのせいだ。わたしがあんなこと言ったせいで……。

テレビの中でキャスターが言った。『なお、男はこのあと渋谷署に連行されて現在は事情聴取を受けている模様で――』

その言葉を聞いた瞬間、伊吹は部屋を飛び出した。玄関で慌ててパンプスを履いて転げるように階段を駆け下りると、大通りに出てタクシーを止めた。

「渋谷警察署までお願いします！」

❄

聖也は逮捕された。

赤信号になっても交差点で叫んでいたせいで車が動けず大渋滞を作ってしまった。そして腹を立てた運転手に顔面を殴られたのだ。駅前の交番から警官が大慌てで駆け付けて「なにやってるんだ！」と羽交い絞めにされ、そのまま近くの警察署に連行された。

どうやら聖也のことを酒に酔った若者と思ったらしい。取調室に叩《たた》き込まれると、胡《ご》麻《ま》塩《しお》頭の老刑事に「そういうのはクラブでやれ！」と叱られてしまった。

しかしほどなくして何事もなかったように釈放された。警察署の外に出ると戸中井たちが待っていた。きっと裏から手を回して釈放の手はずを整えてくれたのだろう。

「帰りましょう、聖下」戸中井は微笑んで車の後部座席のドアを開けた。

どうしてなんだろう……。どうして戸中井はいつも怒らないんだろう。どんなわがままを言っても、どんな無礼なことを言っても、今日のようなことをしても、僕に対して怒ったことなど一度もない。行動を咎《とが》めたり、否定することすらない。

運転する戸中井の姿をバックミラー越しに見つめて聖也は少し不思議に思った。

ホテルに着くと熱いシャワーを浴びて、神宮が用意してくれたホットミルクをソファに座ってちびちび飲んだ。さっきから喉《のど》が痛い。あんな風に大声を出したのは生まれて初めてだったから、喉が驚いているみたいだ。

小さなボリュームで点《つ》けっぱなしになっているテレビでは聖也の奇行が流れていた。それを見ながら戸中井が静かに言った。

「マスコミ各社には手を回しました。明日のニュースで流れることはないでしょう」

「でもSNSで拡散されちゃった動画はどうしようもないんですよねぇ。一応削除依頼は出しますけど」と神宮がため息をついて眉根《まゆね》を寄せる。

「なぁに！　変わり者の奇行としてあっという間に忘れられますわ！」

曽利が豪快に笑うと、戸中井が「聖下に対して変わり者とは失礼ですよ」と少し厳しい口調で注意した。曽利は「失礼」と失言を恥じて下を向いた。

「しかし曽利さんの言う通り、人の噂などすぐに下火になることでしょう。ですが、ご用心いただきたいこともあります」

そう言って戸中井はスマートフォンをこちらに向ける。ツイッターでは今日の聖也の行動についてたくさんのユーザーが目撃証言を書いている。その中に——。

「SNSで熱心に声を上げている者がいます」

一人のユーザーが表示された。聖也の行動について『今日の渋谷の一件はサンタのことを侮辱している！』と怒りの言葉を並べていた。そして『サンタクロースは実在するんだ！』と熱心な書き込みを続けている。

「彼は自称サンタクロース研究家の船井《ふない》航一《こういち》という男です。サンタクロース家の存在に薄々気付いて、当家の正体を嗅《か》ぎまわっています。元は帝都大学で民俗学の准教授だったそうです」

「なぁに！　こんな男がなにを言おうと当家の秘密が表に漏れることはありません！　気にすることなどありませんぞ聖下！」

「確かに気にすることはない。しかしどこに落とし穴があるかは分かりません。聖下、どうかくれぐれもご用心を」

　聖也はソファの前にある大理石のテーブルにカップを置いた。そしてまだ生乾きの髪の毛を揺らして「みんな、今日は迷惑かけて悪かった」と執事たちに頭を下げた。

「わぁ！　聖下が謝った！」と神宮が腰かけていたダイニングチェアから転げ落ちそうになった。「聖下が謝るなんて、わたし初めてですよぉ！」

「どうなさったのですか？　聖下……」と曽利も驚いている。

「ちょっと思っただけだよ。今まで随分わがまま三昧《ざんまい》で、贅沢《ぜいたく》もたくさんしちゃったなって。あ、それから、部屋を変えてくれないか？」

「部屋を？」神宮が目をしばたたいた。

「スウィートルームじゃなくていいよ。これからはもっと小さな部屋にしてくれ」

「えぇぇ……。本当にどうしたんですかぁ？　もしかして池に落ちて綺麗《きれい》な聖下に生まれ変わったんですか？」

「手配しておきます。さぁ、今日はもうお休みください」と戸中井が聖也を労《いた》わる。曽利も「そうです！　先ほど阿部様が訪ねて来ましたが、お疲れだと思って帰るように言っておきました！」と潑剌《はつらつ》として言った。

「……はい？」聖也は眉《まゆ》をひそめた。「今なんつった？」

「ですから、阿部様には帰ってもらいました！」

「はぁ――――!?　なんてことするんだよ!!」

❄

彼が釈放されたことを警察署で聞いた伊吹は、聖也が宿泊している東京ウェルズホテルに向かった。ここを東京の根城にしていると食事中に話していた。

このまま家に帰ってもよかったが、今日の一件についてちゃんと謝っておきたかった。それにどうしても気になってしまった。なんであんなバカげたことをしたのかを。

しかしホテルまで来たものの、部屋番号を知らないのでフロントで立ち往生してしまった。彼の名前を告げても係員はだんまりだ。顧客情報は決して口にはしない。

諦《あきら》めるしかないか。伊吹は肩を落として踵《きびす》を返す。ロビーを横切り出口を目指すと、エレベーターに乗り込む曽利を見つけた。慌てて「あの！」と駆け寄ると、聖也に会いたい旨を伝えた。しかし曽利は「聖下はお疲れですので今日はお引き取りを」と聞く耳を持たずにエレベーターに乗り込んでしまった。しかしどうにも帰る気になれず、そのままロビーに据えてあるソファに沈み込んだ。

それからしばらく聖也が来るのを待ったが、時計の針が十二時をさそうとした頃、いよいよ諦めて立ち上がった。きっともう彼が降りてくることはないだろう。明日また仕事終わりに来ることにしよう。ため息まじりに足を——、

「伊吹さん！」

聖也の声がした。振り返るとエレベーターを降りてこちらへ走って来る彼の姿が見えた。白のダンガリーシャツと黒いチノパンというラフな格好をしているが、伊吹の脳裏にはさっきのニュースに映っていたサンタの衣装が強烈に焼き付いている。走って来る彼の姿にサンタの姿がオーバーラップした。

「どうしたんですか⁉　こんな時間に！」

彼の声は少し嗄《か》れていた。そのしゃがれた声に胸が痛くなる。

「どうしたじゃないですよ！」

怒鳴り声を上げると、聖也はびっくりして身体を縦に揺らした。

「なんであんなことしたんですか⁉」

それが交差点での出来事だと分かったようで、彼はバツが悪そうに口の端を歪《ゆが》めた。

「ねぇ、どうして⁉」

「すみません。あなたの名前、勝手に叫んじゃいました。ニュースにも出ちゃったし、迷惑かけちゃいましたよね……」

「そんなことを怒ってるんじゃないんです！　どうしてなんですか⁉」

感情が高ぶって涙がこみ上げた。すると、聖也は伊吹に微笑みかけた。

「踏み出したくなったんです」

「え……？」

「さっきあなたに『そんなことできない』って言われたとき、すごく悔しかったんです。なにも言い返せなかったことが、その通りだったことが、悔しくてたまらなかったんです。僕にはできない。絶対にできっこない。確かにあのときそう思いました。でも、諦めるのがどうしても嫌で……。だから踏み出そうって思ったんです」

彼は恥ずかしそうに襟足の辺りを撫《な》でた。

「そしたら結構気持ちよかったんですよ！　注目されるのも案外悪くないなぁって思いました！　人前で叫ぶのってストレス発散になるんですね！　ははは！」

そんなの嘘だ。家から出ただけで失神しちゃうような弱い人なのに、あんな大それたことをできるわけがない。きっと怖かったはずだ。逃げ出したかったはずだ。それなのに……。彼は嘘をついている。わたしを安心させるために。

「だから伊吹さん！　そんな顔しないでください！」

聖也はあっけらかんとした様子で笑った。その笑顔が伊吹を苦しくさせた。

「バカじゃないの……」

「え？」

「あなたバカよ！　レストランで言ったこと真に受けたりして！　あんなの本気じゃないに決まってるじゃない！　それなのに！　それなのに、あんなことして！」

涙を堪《こら》えられずに下を向いた。すると、

「泣かないで……」

優しい声で聖也が言った。顔を上げると、彼は眉尻《まゆじり》を下げて笑いかけてくれていた。その顔を見たら、堪《たま》らない気持ちになって涙が溢《あふ》れた。

「ごめんなさい……」

「どうして謝るんですか？」

「わたしがあんなこと言ったから。あなたの気持ちを試すようなことをしたから……」

「伊吹さんのせいなんかじゃありませんよ。それに——」

聖也がポケットに手を入れて一枚のハンカチを取り出した。それはあの日、伊吹が貸したハンカチだ。聖也は大切そうにそれを見つめた。

「それに僕、あなたに感謝しているんです」

「え？」

「あなたは僕に、勇気をくれました」

「……勇気？」

「はい。まだまだダメながまくんだけど、それでも僕、飛んでみたいって思えたんです。ぴょんぴょんって飛び跳ねて、それでいつか井戸の中から飛び出したいって、広い世界に出てみたいって、そう思えたんですよ」

彼は少し涙を浮かべて微笑んだ。

「そう思わせくれたのは、伊吹さんなんです……」

聖也はハンカチをこちらに差し出した。その笑顔はとても優しい。心が震えてしまうほどに。

ハンカチを受け取ると、両目に押し当てて伊吹は言った。

「わたしはあなたが思うような女じゃありません。ダメな女なんです。夢も捨てて、目標もなくて、メンタルだってあなたほどじゃないけど全然強くなくて。あなたの理想の女性なんかじゃないの。だから……」

わたしは弱い女だ。彼のことをバカになんてできない。絵本作家になる夢を捨てて、惰性で生きてるダメな人間だ。理想の女性なんかじゃない。

「わたしは、どこにでもいる普通の女なんです」

だからもう、わたしのために無茶なことはしないでほしい。

もう諦めてほしい……。

「でも僕はきっと――」

彼は目を細めてにっこり微笑んだ。

「そんなどこにでもいるあなたのことを探していたんです」

「聖也さん……」

「だからあなたに出逢《であ》えて僕は幸せです。この東京で、ううん、この世界で一番、誰より幸せ者なんです」

また涙がこぼれてしまった。彼は恥ずかしそうに頭を掻《か》いて、

「って、ちょっとクサすぎましたかね。ははは」

その姿が可愛くて、ふふふと笑みも続けてこぼれた。

「クサすぎ。サンタクロースって口が上手《うま》いのね」と涙声で言った。

「茶化さないでくださいよ。いっぱいいっぱいなんですから」

「ごめんなさい。でも、嬉《うれ》しい」

「え？」

「嬉しいです。そう言ってもらえて……」

「じゃ、じゃあ！」

「あ、でも好きとかそういうんじゃありませんからね」

彼は「ですよねぇ」と首を垂らした。その顔を見て伊吹は思った。

この人は子供みたいに純粋な人だ。思ったことをなんでも言っちゃう、少年みたいな人なんだ。そう思うと、ちょっとだけ可愛く見える。

不思議だな……。あんなに嫌だった人なのに、デリカシーがない人だって思っていたのに、今はほんの少しだけ、わたしもこの人と同じで――。

うらん、なんでもないや。

「伊吹さん。あの、もしよかったら、また今度僕と……」

照れて俯《うつむ》く彼を見て、伊吹はふっと笑みをこぼした。そして、

「今度はわたしがご馳走《ちそう》します」

「え!?」

「今日のお詫《わ》びと、それから――」

ほんの少しだけ、ドキドキさせてくれたそのお礼に……。

「それから？」と聖也が目をぱちぱちさせる。

伊吹は照れ臭くて「とにかく。今度はわたしがプランを全部考えますから」と素っ気なく言った。しかし聖也は嬉しそうだ。そして、その幸福を噛《か》みしめるように、

「やった。楽しみにしていますね」

楽しみか……。こんな風に誰かが会うことを楽しみにしてくれるのはいつ以来だろう。悪い気はしない。うらん、むしろ嬉しい。たとえそれがちょっと変わった人でも。こんな風に笑ってくれると、無条件に嬉しいって思ってしまう。

「あ、でも今日みたいな服装はやめてくださいね」

「ダ、ダメですか？」

「当たり前です。一緒に歩くの恥ずかしいもん」

聖也は苦笑して「分かりました」と鼻の下を指で擦った。

「もっと普通の格好《かっこう》で来てください。それで――」

伊吹は笑った。自然と溢れ出た心からの微笑みだ。

「どこにでもあるような、ありふれた普通のデートしましょう」

「……はい！」

ほら、認めちゃいなさいよ――。

伊吹は自分に語りかけた。

思っているんでしょ？

あんなに嫌だった人なのに、デリカシーがない人だって思っていたのに、今はほんの少しだけ、この人と同じで「出逢えてよかった」って思ってるんでしょ？

ほら、認めなさいよ。


そうね。そうかもしれない……。

あの事故を思い出させる大嫌いなサンタクロース。でももしかしたらもう一度、好きになれるかもしれない。

目の前にいる、この本物のサンタクロースに出逢えたことで……。

第二章　真心を君に

　十二月二十四日の朝はなんとも清々しかった。東京ウェルズホテル一階にあるカフェラウンジ。窓から陽光が燦燦《さんさん》と差し込み、辺りは温かな空気に満ち溢《あふ》れている。

　窓辺の席に座る聖也は、その陽だまりの中、テーブルの上のティーカップを指で摘んでゆっくりと口に運ぶ。カモミールティーのすっきりとした味わいが喉《のど》を通って胃に垂直に落ちるのを感じる。そんな優雅で心健やかなる時間の中で聖也は思った。

　普通のデート――。なんと素敵な言葉なのでしょうか。今から小生は伊吹さんと普通のデートをして参ります。なぁに、特別なものではございません。誰もがしているなんの変哲もない普通のデートでございます。しかしながら、そんなありふれたことが今の小生にとっては得も言われぬ幸福なのであります。空が青い。太陽が眩《まぶ》しい。カモミールティーが美味《おい》しい。その些細《ささい》で平凡なひとつひとつがかけがえのない奇蹟《きせき》なのだと、この明日真聖也、お恥ずかしながら恋を通じて絶賛学習中なのであります。

「あのぉ聖下、悦に入ってるところ申し訳ないのですが」

　その声で現実世界に引き戻された。気付くと神宮が正面にちょこんと座っていた。

「なんだよ。せっかくの至福のひと時を邪魔するな」と聖也は眉を寄せる。

「戸中井さんからの言伝《ことづて》なんですけど、前に話した船井って人、覚えてますかぁ？」

「ああ。サンタクロース研究家のうさん臭い男だろ。それがどうした？」

「なんでもあの渋谷での一件以来、聖下のことを嗅《か》ぎまわっているらしいんですよぉ」

「嗅ぎまわってる？　どうして？」

「あのニュース、次の日にはどこも取り上げなくなったじゃないですか。それを不審に思ったんじゃないかって戸中井さんが。もしかしたら聖下が本物のサンタクロースだって勘付いたのかも。なので行動にはくれぐれもお気を付けくださぃ、とのことです」

「心配ご無用。僕は今日、普通のデートをしに行くだけだ。無茶はしないさ」

「でも十二月二十四日のデートって普通じゃないですよね。クリスマス・イヴだし」

「だはは！　分かってきたじゃないかベル！　そうなんだよ！　イヴにデートに誘うなんて、やっぱり伊吹さんは僕に気があるんじゃないかなぁ⁉」

「ないない。たまたま休みだっただけですよ、きっと」

「へいへい、ベルちゃん。どうしてそう夢のないことを言うんだい？　夢のない人生なんておかかの載ってない冷ややっこみたいなもんだぞ。おっと時間だ。では小生、そろそろ普通のデートに行って参ります」

　ティーカップの中身を飲み干し腰を上げた。すると、

「普通のデートなら」と呼び止められた。

「なんだよ？」

「紋付袴《はかま》はやめた方がいいと思いますけど」

「え？」視線を下ろして纏《まと》った黒の袴に目をやった。「でも、粋じゃ――」

「ない。絶対に奇人扱いされますよ」

奇人扱い……。どうやら女性にとって袴は普通でないらしい。

「仕方ない。じゃあ着替えるか……」

会計を済ませておいてくれと言い残し、カフェラウンジを出ようとすると、

「もうひとつ！」と神宮が椅子を倒さんばかりの勢いで立ち上がった。その声に振り返ると、彼女は懇願するように言った。

「曽利さんのことなんですけど――」

神宮の話によると、近頃曽利は度重なる失敗で落ち込んでいるらしい。心配になって食事に連れ出したのだが、場末の居酒屋で日本酒をずずとすすりながら「聖下はもう、この曽利を必要とは思っていないのかもしれない」なんて弱音を漏らして空気の抜けた風船のようにしぼんでいたらしい。

「そんなの、あいつがミスを連発するからいけないんだろ」と聖也は吐き捨てた。

「それはそうだけど、ちょっとでいいんで曽利さんに優しくしてあげてくださいよぉ」

「嫌だね。なんでそんな面倒なことをしなきゃいけない。僕はこれから楽しいデートなんだ。出がけに興が醒《さ》めるようなことを言うんじゃないよ」

口をへの字にして仏頂面を作ると、聖也はカフェラウンジを後にした。

伊吹との待ち合わせは大江戸《おおえど》線新宿駅の改札前だった。

駅までタクシーで行こうとしたが、無駄遣いはいけないと自分を戒め歩くことにした。今日はとても暖かい。まるで季節が春を先取りしているようだ。日差しのぬくもりに道端の街路樹も枝を揺らして喜んでいる。こんな風に季節や風景に目を向けるなんて本当に久しぶりだ。外を歩かなければ気付けなかったことだろう。

交差点の脇にある地下に続く階段を下りながら、聖也は服に視線を落とした。黒のダンガリーシャツ、紺のピーコート、ジーンズ。いささか地味すぎやしないだろうか？「つまらない男」と思われたらどうしよう。やっぱり袴で来るべきだったか。ベルの意見を聞いたのは失敗だったな……と、思った矢先、

「よかったぁ！」先に到着していた伊吹が聖也の姿を見て、花を咲かすようにぱっと笑った。「普通の格好で来てくれてよかったです。袴とかで来たらどうしようって、朝からちょっとビビってたんですよね。ははは」

顔を引きつらせながら「ま、まさか……。でももし袴で来たらどうしましたか？」と訊《たず》ねてみると、伊吹は「速攻で帰ってました！」とにっこりした。

ファインプレイだぞ、ベル……。

心の底から神宮に感謝した。

「えぇ⁉　電車乗るの初めてなんですか⁉」

　大江戸線の車内に伊吹の声が響き渡った。周りにいた乗客たちが迷惑そうにこちらを見ると、伊吹は肩をすぼめて「ごめんなさい」と口だけ動かして謝った。父親に怒られた子供のようで、見ていて笑みがこぼれてしまう。

「でも電車乗るの初めてって……。それでよく生きてこられましたね」

「今まではどこに行くにも車移動だったので」

　伊吹は少しからかうようにマイクを向ける仕草をしてみせると、

「どうですか？　電車デビューの感想は」

　返答に困ってしまった。彼女の仕草があまりに可愛くて脳がその姿を保存しようと全力を尽くしている。だから思考がまったく働かない。

　なにか言わなくては、聖也は今思っていることを素直に口にした。

「えっと……。初めての電車が、その、伊吹さんと一緒ですごく嬉《うれ》しいです」

「またまた～」

「本当です！　本当に嬉しいです！」

　乗客の咳払《せきばら》いが聞こえる。また注目されてしまった。二人して「ごめんなさい」と会釈すると、それから顔を見合わせてくすりと笑った。彼女の自然な笑顔を見ることができて心がスキップしている。

今日の伊吹は殊更に綺麗《きれい》だ。白のロングコートにチェックのスカート、ロングブーツといういで立ちで、ぽってりとした唇にはピンク色のルージュが引かれている。ほんのり桜色のチークも可愛くて、つり革に摑《つか》まりながら上目遣いで見られると心がマシンガンで蜂の巣にされる気分だ。ハチミツみたいな甘い幸福を聖也は嚙《か》みしめた。

赤羽橋《あかばねばし》駅で電車を降りて地上に出ると、交差点とガソリンスタンドの向こうに高くそびえる東京タワーが目に飛び込んだ。雲ひとつない青空の下にオレンジ色が鮮やかに映える。肉眼で見るのは初めてだ。僕は今、東京の真ん中にいるんだと感じる。

「ベタでしたかね？　東京らしいところがいいなぁって考えたら、やっぱ東京タワーかなぁって思ったんですけど。あ、もしかして高いところ苦手でした？」

「そんなことありません！　僕、高いところ大好きです！　それに東京タワーにも昇ってみたかったんです！」

伊吹は「ならよかった」と雲のような白い頰をくいっと持ち上げた。

彼女と出かけられるなら、どんなところだって嬉しい。それがたとえサハラ砂漠だとしても。それに、僕のために今日行く場所を考えてくれたことがなにより嬉しいのだ。彼女の日常の中のほんのわずかな数分でも、僕のためにその時間を使ってくれた。これ以上の幸せはない。

東京タワーからの眺めは素晴らしかった。晴れ渡った空の下に広がる東京の風景は圧巻だ。建ち並ぶ無数のビル。血管のように都市を走る道路。そこを流れる車はまるで血液のようだ。初めて見る大都市の景色に飽きることはない。でも同じ場所で長い間無言で窓に張りついていたら、「行きますよ」とコートの裾《すそ》を引っ張られてしまった。それからエレベーターで特別展望台まで昇った。大展望台より百メートル高くなっただけで、空にぐんと近づいた気がした。手を伸ばせば宇宙に触れられそうなほど太陽がすぐ傍にあった。

「わたしも高いところ好きなんですよ」伊吹が手すりに身体を預けて遠い向こうの街並みを見ながら言った。

「そうなんですか！」

「へ？　なんで嬉しそうなの？」

「いやぁ、伊吹さんと一緒で嬉しいなぁって思って」

　伊吹は「またそんなこと言って」と、ぷいっと窓外に視線を向けた。ほっそりとした指先でウェーブのかかった髪を耳にかけると、白くて形のよい耳がほのかに赤くなっていることに気が付いた。寒いからだろうか？

「初めて東京を上から見たとき本当にびっくりしたんです」

　気を取り直すように彼女は目を細めて眼下を見つめた。

「うわぁ、こんなに建物がたくさんあるんだーって。ここに何千万もの人がいて、みんな一生懸命働いてるんですよね。今こうしている間にも、この街ではたくさんの人が生きている。そう考えるとすごいなぁって思ったんです。あと上京できたことが嬉しくて。

わたしは今東京にいる！　って、ちょっとテンション上がっちゃいました」

そんな風に考えたことなど一度もなかった。この街にはたくさんの人が生きている。楽しいことや、辛《つら》いこと、苦しいことなんかを抱えながら毎日を一生懸命暮らしている。そして今日はクリスマス・イヴ。この街にいるたくさんの子供たちが、サンタクロースが来ることを心から願っているんだ。そう考えると今日が特別な一日なんだと改めて感じる。みんなの信じる気持ちが街に溢《あふ》れる幸福な一日。その中で僕らは今こうして一緒にいるんだ。

「伊吹さん。ひとつ訊《き》いてもいいですか？」

「なんです？」

「どうして今日デートしてくださったんですか？」

「え？　だってこの間約束したから」

「いや、そうじゃなくて。ほら、今日はクリスマス・イヴだから……」

気分を害さないように慎重に訊ねると、伊吹は目を線のようにした。

「そんなのたまたまです。たまたま今日が休みだったからです。特別な意味なんてありません。だってこれは普通のデートですから」

やっぱりそうか。そりゃそうだよな。ベルに言われて分かってはいたけど、ショックで釘《くぎ》が心臓に刺さったみたいだ。訊かなければよかった。

梅干しでも食べたように顔をぎゅっとさせて悲しみに堪えていると、伊吹がその顔を見てくつくつと笑った。

「変な顔。おじいちゃんみたい」

ショックで一気に老ける思いだ。浦島太郎《うらしまたろう》になった気がする。

「まぁでも、嫌いな人とはイヴにデートはしませんけどね」

心の中で玉手箱をかなぐり捨てた。「え⁉　それって⁉」

「あ、再三申し上げているように、好きとかそういうんじゃありませんからね」

伊吹は人差し指を立てながら念を押した。

「好きでも嫌いでもない？」

「そういうことです」

いかんいかん。落ち込んではダメだ。考えてもみろ。この間まで大嫌いと言われていたんだぞ。それが好きでも嫌いでもないに昇進したんだ。それって平社員から部長にジャンプアップしたようなものじゃないか。大出世だ。

「じゃあ頑張りますね！」聖也は胸の前で両手をグーにしてみせた。

「頑張る？」

「はい！　少しでも、伊吹さんが好きの方に傾くように！」

伊吹はマフラーを鼻まで上げた。頬がほんのり薄紅色をしているのが見える。

「それはご自由に。ちなみにですけど、どう頑張ってくれるんですか？」

「どうって……。あ、また無理難題言うつもりじゃ！」

渋谷の交差点で叫んだ悪夢が蘇《よみがえ》る。あのときの恥ずかしさを思い出すと、顔から火が出て辺り一面を焼け野原にしてしまうほどだ。

彼女はそんな心中を読み取ったのか、少し悪戯《いたずら》っぽく「言っちゃおうかな〜」と笑った。「そうだなぁ。じゃあ例えば、スマホもネットも使わないで東京のどっかにいるわたしのことを見つけて〜とか」

「えぇぇ」と二、三歩後ずさる。「でも僕、あんまり東京に詳しくないし……」

「冗談ですよ」と伊吹は噴き出した。「そんなの見つけられるわけないじゃないですか。東京ってこんなに広いんですよ？　その中からたった一人を見つけるなんて、そんなの無理ですよ」

よかったぁ。安堵《あんど》のため息を──しかし聖也は首を振った。

伊吹が、どうしました？　と怪訝《けげん》なまなざしを送ると、その瞳《ひとみ》をまっすぐ見つめた。

「見つけます」

「え？」

「もしはぐれちゃったら、そのときはあなたのことちゃんと見つけます」

伊吹は黒目がうろうろと動いている。

「必ず見つけ出して会いに行きます。伊吹さんに」

彼女は白いロングコートのポケットに手を突っ込んで小さく咳《せき》払いをした。それから視線を逃がして、「ふーん。本当かなぁ？」とぽつりとこぼす。

「はい！　誓います！」と力強く頷《うなず》くと、伊吹は「いやいや、誓われても困りますけど……」と風に揺れる草花のように身体を横にゆらゆらと揺らした。その姿を見て聖也は、しまったぁと心の中で頭を抱えた。また余計なことを言ってしまった。東京の中から見つけ出すってストーカーにもほどがあるだろ。

「さてと。そろそろ行きますか」彼女はくるりと反転してさっさと行ってしまう。

やっぱり、引かれてしまったか。思ったことをなんでも言ってしまう癖が嫌になる。

聖也はしょげ込みながらその後を追った。

東京タワーを降りると「実はこの先、夕食までノープランなんです。聖也さん、どこか行きたいところありますか？」と訊《たず》ねられた。行きたいところか……。聖也はしばらく考えて、「あ！」と大きく手を叩《たた》いた。

「伊吹さんとぜひ行ってみたいところがあるんです！」

「わたしと？」伊吹は目をしばたたいた。


やって来たのは三枝屋百貨店・新宿店だ。正面玄関の前に二人並んで立っていると、

「どうして？」と伊吹が不思議そうにこちらを見た。

「もしかして嫌でしたか？　この間のこともあったし」

「ううん。そうじゃないけど……。でもどうしてここなのかなぁって」

「行きましょう！」

聖也はあえてなにも言わずに自動ドアをくぐった。

クリスマス・イヴの百貨店は大盛況だ。特にデパ地下は人が溢れ返っているようで、主婦であろう女性たちがこぞってエスカレーターで下を目指している。そんな姿を尻目《しりめ》に上の階に向かう。後ろに立つ伊吹は相変わらず怪訝な顔だ。それもそのはずだ。クリスマス・イヴのデートで百貨店に行きたいだなんて、なかなかに珍しい。

六階でエスカレーターを降りると「来たかったのは、ここなんです」と手のひらを広げてフロアを指さした。

そこは、おもちゃ売り場だ。「わたしの職場？」と伊吹は首を右に傾《かし》いだ。

「見てみたかったんです。クリスマス・イヴの、世界で一番幸せな場所の景色を」

伊吹は「なるほど」と納得して笑った。

おもちゃ売り場にはたくさんの親子連れの姿がある。手を繋いで歩く親子。ベビーカーを押す母親。子供を肩車する父親の姿も見える。子供の笑い声が響いて辺りは温かな空気に包まれている。暖房のせいではない。幸せのぬくもりがそこかしこに溢れているのだ。

伊吹さんの言う通りだ……。

クリスマスのおもちゃ売り場は世界で一番幸せな場所なんだ。

「僕、サンタのくせに一度も見たことなかったんです。クリスマスにプレゼントをもらう子供の姿って。あとプレゼントを買ってあげる親御さんの姿も。だから一度見てみたいって思ったんです」

「へぇ、偉いんだ。ちゃんとサンタクロースなんだね」

伊吹が感心感心と黒髪を揺らして頷いた。しかし聖也は頭を振る。

「そんな風に思えたのは、伊吹さんのおかげです」

「わたしの？」

「伊吹さんは僕にたくさんのことを教えてくれました。僕が知らなかった大切なことをたくさん」

それが嬉《うれ》しいんです。あなたの隣にいて、今まで知らなかった素敵なことをたくさん知ることができて。人を好きになる気持ちや、人に感謝すること、サンタクロースを信じている子供たちの笑顔を……。今まで知らなかったたくさんのことを、伊吹さんは僕に気付かせてくれた。教えてくれたんだ。

「ねぇ」と伊吹がつんつんと遠慮がちにコートのポケットの辺りをつついた。

「聖也さんって子供の頃はサンタクロースのこと信じてたの？　ほら、普通の子供にはサンタさんは見えないでしょ？　でも聖也さんの場合は、お父さんが本物のサンタだったから。それってどんな気持ちなんだろうって思って」

「もちろん小さな頃はみんなと同じように目に見えないサンタを信じていました。父親が本物のサンタクロースだなんて知らなかったし、クリスマスの朝にはちゃんと枕元にプレゼントが置いてありましたから」

「そっか。じゃあ普通の子と同じだね」

「でもひとつ違うのは、サンタの正体が父だと分かったときです。普通は幻滅したり悲しんだりするんだろうけど、でも僕は違いました」

幼い頃の記憶を巡らせる。父さんの書斎に忍び込んだとき、偶然見つけてしまったサンタクロース家の書物。うちがサンタクロースの家系であると知ったときの衝撃が鮮明に蘇る。そして、父がサンタであることを知って——。

「僕は誇らしく思ったんです」

「誇らしく？」

「はい。父が空を飛んで世界中の子供たちにプレゼントを届けているんだって、本気でそう思ったんです」聖也は目の端を垂らして笑った。

「あはは。なるほどね」と伊吹も釣られた。

「みんなを喜ばせている父さんはすごいなって、心から尊敬しました。まぁでも、その年を境に僕の枕元にはプレゼントが置かれることはなくなりましたけどね」

「それは残念ね」伊吹は労《いた》わるように眉尻《まゆじり》を落とした。

「でもいいんです。父さんがサンタだって分かったとき、僕にこんなことを教えてくれたんです。子供がサンタを信じる時間はほんのわずかだけど、そのわずかな時間でできた思い出はきっといつまでも心に残り続けるんだって。朝、目が覚めたとき枕元にプレゼントが置いてあるのを見つけた興奮とか、書いた手紙がサンタに届いたんだって思う感動は、きっと大人になっても消えることはない。サンタはかけがえのないものを子供たちに残す存在なんだって」

　伊吹は黙って聖也の横顔を見つめている。

「……父さんは、かけがえのないものを僕にくれました」

　今はもうなくなってしまった家族のぬくもり。父さんはそれを僕にくれた。母さんがいて、父さんがいて、ささやかでありふれた家族の風景を思い出すと、今でも胸がひたすら痛くなる。けれど、それは僕にとってかけがえのない宝物の記憶だ。

「わたしもです」と伊吹がそっと口を開いた。さっきまでの潑剌《はつらつ》さはなりを潜め、少し寂しさを孕《はら》んだ声色だった。「前に訊《き》いた絵本のこと、覚えてますか？」

「え？　それはもちろん」

「あれ、お父さんがクリスマスプレゼントに買ってくれたものなんです。あの絵本はわたしに夢を与えてくれた。大切な宝物でした」

「夢？」

「わたしね、絵本作家になりたかったの」

「そうだったんですか」

「でも、その夢はもう諦《あきら》めちゃったけどね」

　伊吹は自分に呆《あき》れるように両眉《まゆ》を上げて額に皺《しわ》を作った。無理をしている顔だ。しかしそれからすぐに真顔に戻って聖也の方を見た。

「それでもわたしにとってあの絵本は、あのクリスマスは、かけがえのない思い出なんです……」

僕が知っている伊吹さんはほんのわずかだ。きっと今までの人生、楽しいこともあっただろう。悲しいこともあっただろう。様々な経験を経て今この場所に立っているんだ。彼女の夢や宝物を知れるのは嬉しい。でもそれ以上に隣で寂しそうに笑う姿を見ていると、心がえぐられるように痛くなる。僕はなにも知らないんだ。伊吹さんの本当の気持ちをなにも。そして同時に思ってしまう。

僕にできることがあれば……って。こんなになにもできないダメなサンタクロースだけど、伊吹さんのためにできることがひとつでもあれば。

どうしようもないほど、そう思ってしまう。

百貨店を出たのは六時過ぎだった。日はとっぷりと落ちて、新宿の街は外灯やネオンの光に包まれている。風は凍るように冷たく、昼間の暖かさが嘘のように冷え込んだ十二月らしい寒さがそこにある。「おなか減りましたね」と新宿通りを歩きながら彼女が隣で言ったので、「実は僕もぺこぺこで」と情けなく腹をさすった。

「よし、じゃあわたしの友達のお店でご飯を食べましょう」

伊吹に続いて駅に向かって足を――、

視線を感じて振り返った。しかしそこには道行く人々の姿があるだけだ。スマートフォンを触りながら歩く若者、ティッシュを配っているサンタの格好《かっこう》をしたショップ店員。不審な人影はない。おかしいなと思っていると、彼女に名前を呼ばれたので急ぎ足で後を追った。しかし小さな違和感はしこりのように胸に残っていた。

京王線で笹塚駅までやって来て、そこから十分ほど歩くと、『ユーレニッセ』というビア・バーにたどり着いた。なかなか味のある外観をした洒落《しゃれ》た店だ。レンガの外壁が特徴的で赤いネオンで店名のアルファベットが光っている。重い木製の扉を開くと暖房の暖かな風が顔を優しく撫《な》でてくれた。

まだ時刻が早いから客はまばらで、スピーカーからはクリスマスソングが静かに流れている。伊吹は少し気まずそうにカウンターの女性に手を挙げた。どうやら彼女が友達のようだ。おなかの大きなその女性は「よぉ」と歯を見せてニカッと笑った。

伊吹は彼女をさすと、「この人がわたしの友達の小雪です。それでこちらが――」

「この人がサンタ!?」

言葉を遮り小雪がカウンターに身を乗り出す。妊婦なのに危なっかしい人だな、と聖也はこみ上げる苦笑いを嚙《か》み殺した。

「ほら、あんた！　見てごらんよ！　サンタサンタ！」

カウンターの奥にあるキッチンから、大柄な男性がのっそりと現れた。彼女の旦那《だんな》で銀太さんというらしい。ゲームに出てくるゴーレムのような立派な体格をしている。

「明日真聖也と申します……」

二人に観察されながら挨拶《あいさつ》をする。人見知りだから初対面の相手はどうも苦手だ。しかもこんな風に注目されると余計に辛《つら》い。どうしたものかと困っていると、伊吹が「あんまり見ないの」と注意した。それから着ていたコートを預かってくれて、手慣れた感じでハンガーに通して壁に引っ掛けた。そんなさりげない親切が嬉しい。

それから二人並んでカウンター席に腰を下ろして、シャポー・ウィンターグーズというサンタのイラストが描かれたビールを飲むことにした。伊吹のお気に入りのビールだ。注がれたブラウン色のビールは今まで飲んだどのビールよりも美味《おい》しそうに見えた。

「じゃあ乾杯」右隣に座る伊吹が円錐《えんすい》形のグラスを手に微笑んだ。「乾杯」とたどたどしく返事をしてグラスを重ねると、チンという音が店内に響いた。なんて幸せな音なのだろうか。

初めて飲んだそのビールはフルーティーな味わいで飲みやすかった。甘酸っぱいけど口に残らないすっきりとした後味だ。あんまりお酒は強くないけど、これなら美味しく飲めそうな気がする。そして伊吹が好きなものを自分も好きになれたことが純粋に嬉《うれ》しかった。聖也はビールの喉越《のど》しと共にその幸福を堪能《たんのう》した。

「美味しいです」

「よかった」と伊吹が微笑みを返してくれる。すると、

「あんたたち恋人同士みたいねぇ」と小雪がそんなことを言ってからかうから、伊吹は頭から湯気が噴き出そうなほど顔を真っ赤にして「うるさいなぁ！」とカウンターに両

手をついて怒った。「そんなわけないでしょ！」

そんなわけない。完全否定のその言葉は刀で切りつけられるくらい痛かったけれど、〝恋人同士〟と言ってくれた小雪のことは一瞬で好きになった。

小雪は次々と料理を出してくれた。料理はどれも美味しい。もちろん普段食べている三ツ星レストランに比べれば味は劣るだろう。でも今夜はクリスマス・イヴ。好きな人が隣にいる。これ以上のスパイスはない。食事とはなにを食べるかよりも、誰と食べるかが大事なのだと心のノートに書き記した。

「はい、どうぞ」と銀太がハンバーガーをふたつカウンターに置いた。

「ここのハンバーガーすごく美味しいんですよ」伊吹はそう言って二つ並んだ包み紙のひとつをひょいっと取って、手慣れた感じで開いてみせた。

「パティをお酒で作ったソースで煮込んでるんです。ね？　銀太さん」

「ウィスキーソースで五時間ほどね」銀太は自慢げに口の端を持ち上げた。怖い印象だったけれど、笑うと柔和で優しげな顔に変わる。いい人そうでよかった。

鼻孔をくすぐるソースの匂いに誘われて、聖也もがぶりと一口齧《かじ》ってみる。すると、あまりの美味しさに、うんうんと自然と頭が動いた。伊吹は口をもぐもぐさせながら「でしょ？」と目で言った。それから二人揃《そろ》ってぺろりと完食した。

なんて幸せなんだろう……。伊吹さんとこんな風に隣合わせに座ってビールを飲んでご飯を食べる。些細《ささい》なことかもしれないけれど、僕にとってはかけがえのない夢のような時間だ。これが誰もが当たり前のようにしている〝普通のデート〟なのだろうか。でも、なんだか違う気がする。僕にとってこれは――。

「サンタのこともっと教えてよ」

小雪が真正面に丸椅子を持ってきて、どすんと腰を落とした。

「クリスマス・イヴなのに飲んでていいの？　プレゼント配りに行かないの？　クリスマスはなにしてるの？　やっぱり子供絡みの仕事とかしてるの？」

矢継ぎ早の質問に困ってしまう。あわあわと右に左に忙しく目を動かしていると、伊吹が「小雪」と咎《とが》めてくれた。「あんまり訊いたら失礼よ」

「えー、いいじゃん！　わたしがサンタになったときの参考にしたいのよ」

「サンタになったときの参考？」

なにを言っているんだ？　サンタになる？　小雪さんが？

意味が分からず瞬《まばた》きしていると、小雪は大きなおなかをさすりながら快活に言った。

「いつか、わたしはこの子のサンタになるんだからさ」

その言葉に、森の奥の枯れた泉に再び水が溢《あふ》れ出したような心持ちがした。

ああ、そうか……。そうだったんだ。

サンタクロースって僕だけじゃなかったんだ……。

伊吹が「なに笑ってるの？」と聖也の横顔を見て眉を寄せた。

「いいえ、なんでも」と誤魔化すようにグラスを傾ける。

「なにそれ。教えてくれてもいいのに」彼女は不満そうに片頬を膨ませた。

今はこの気持ちを一人で嚙みしめていたい。こんな大切なことを知ることができて、今日は最高のクリスマス・イヴだ。そしていつか、伊吹さんに今感じているこの気持ちを話してみよう。僕が一人前のサンタクロースになったときに。


十時過ぎに店を出ると、伊吹は「じゃあここで」と別れの挨拶をした。まさかここでお別れだなんて思っていなかったから、急に寂しさが募って「家まで送りますよ！」と食らいついてしまった。が、針のような視線が突き刺さる。

「そんなこと言って家に上がるつもりでしょ？」

「まさか！　夜道が危ないって思っただけですよ！」

「冗談。分かってますよ。あなたにそんな勇気がないことくらい」

それはそれで悲しい。男として失格と言われているような気分だ。

「本当にここで大丈夫です。ここから家まで歩いて十分くらいだから」

「そうですか……」

「なに？　どうしたの？」

「いや、バイバイしたくないなって」

「そういうのは受け付けません。さよなら」

「あの……」

「なんですか？」

「今日はすごく楽しかったです。本当に、すごくすごく楽しくて、もしかしたら僕の人生で一番楽しい一日だったかもしれません」

「はは、大げさですよ」

「本当です。本当にそう思ってます」

「普通のデートですよ？　そんなに感動するなんてやっぱり変わってますね」

「でも僕！」

「ちょっとぉ！　いきなり大声出さないでください！」

「ご、ごめんなさい。あの、でも僕、あなたと普通のデートはできそうにありません」

「え？」

「あなたといると嬉しいんです。ドキドキして、ワクワクして、伊吹さんのことばかり見ちゃうんです。あ、見ちゃうって気持ち悪いですね。そういう意味じゃないんです」

「分かってます」

「あなたの隣にいられると……その……僕、とっても幸せなんです」

「…………」

「どうしようもなく幸せなんです」

「…………」

「だからあなたとのデートは僕にとって、いつでも特別なデートなんだと思います。その、なにが言いたいかというと――」

　聖也は勇気を振り絞って顔を上げた。

「僕とまたデートしてください！　特別なデートを！」

　彼女は黙っている。長いまつげを風に揺らしながら困った様子で視線を逸らす。

　嫌な気にさせてしまっただろうか……。

　二人の間に冷たい夜風が吹き過ぎてゆき、車が二台、その横を通り過ぎた。

　十秒ほど黙っていただろうか、伊吹は肩から提げていたキャメル色のトートバッグに手を入れた。そして赤いリボンが結ばれたセロハンを出す。中には不格好《ぶかっこう》なクッキーが入っている。少し焦げてしまったクッキーだ。

「これ、クリスマスプレゼント」

「え!?」

「サンタさんにプレゼントあげるなんてちょっとプレッシャーで、なにをあげたらいいか全然分からなくて。それで自分の中で協議した結果、食べ物がいいかなぁって」

「もしかして手作りですか……？」

「美味《おい》しくないと思うけど」

「美味しいです！　美味しくなかったら僕、この舌を引っこ抜きます！」

「怖い怖い。そういうの引くから」

「すみません、変なこと言――あ!!」

「もぉ！　また大声出して！　今度はなんですか⁉」

「ごめんなさい……。僕、クリスマスプレゼント用意してないです」

その場にしゃがみ込んで頭を抱えた。

「うわぁ〜〜、なにやってんだ〜！　サンタなのにプレゼント用意しないなんてどうかしてますよね！　本当すみません！　僕はサンタ失格だぁ！」

伊吹はくすりと笑うと、しゃがんで聖也の顔を覗《のぞ》き込む。その微笑みはクリスマス・イヴに舞い降りた天使のようだ。

「いいですよ。プレゼントなんて」

「いえ、次会うときには必ずプレゼントを届けます。約束します」

「じゃあまぁ、そこまで言うなら……」

返答に困った様子で立ち上がると、伊吹はくるりと背を向けて歩いて行った。聖也はその小さな背中を見ながら、こんな気持ちは初めてだ――と思った。

こんな風に誰かを喜ばせたいと思ったのは生まれて初めてだ。伊吹さんは僕にたくさん与えてくれる。僕が知らなかった温かい気持ちを。優しい気持ちを。

そのことが、ただひたすらに嬉《うれ》しい。

イヴの夜、前を歩く白いコートの伊吹の姿を、聖也は一生忘れないと心に誓った。

「――その絵本を探したいんだ」

ホテルに戻った聖也は執事たちにそう告げた。出し抜けの言葉に彼らは顔を強張らせる。きっと無理だと思っているのだろう。

「畏《おそ》れながら聖下ぁ」最初に口を開いたのは神宮だ。「タイトルも作者も出版社も分からないんですよねぇ？　それじゃあ探せないと思うんですけどぉ」

曽利も神宮に同意する。眉間《みけん》に深い皺《しわ》を作り、

「左様です。お気持ちは分かりますが、いくらなんでも情報が少なすぎます」

「あ、探偵に頼むっていうのはどうですかぁ？　手がかりくらいは見つかるかもしれませんよ。でも絵本が見つかるかどうかは……」

及び腰になる気持ちは痛いほど分かる。伊吹が二十年近くも探しているのに見つけられない絵本だ。この世界に何万とある絵本の中からたった一冊を探し出すのは困難を極めるだろう。河原で落としたたったひとつの石を見つけ出すくらいに難しい。でも、

「僕は自分の力で探したいんだ。これは伊吹さんにとって大切な絵本だ。だから探偵や他人の力は借りたくない」

「でもどうやって？　ネットにも情報はないんですよねぇ？　探せるわけ――」

「弱音を吐くなベル！　聖下がご決断されたなら、我ら執事は後押しするのみ！」

「あーずるい！　曽利さんだって今の今まで無理だって言ってたのにぃ！」

「気が変わったんだ！　この世界に存在する絵本なら必ず見つけられるはずだ！　聖下、探しましょう！　この曽利にお任せください！」

曽利が太い首を折り曲げて力強く頷《うなず》いてみせる。今まで失敗だらけの曽利が今日ばかりはたくましく見えた。その熱意にほだされたのか、神宮も「分かりましたよぉ」と渋々頷く。「聖下が人のためになにかしたいなんてはじめてのことですもんね。だったらできる限り頑張ってみましょうよ」

三人で顔を見合わせて決意を新たにしていると、今まで黙っていた戸中井が「しかしながら」と口をはさんだ。

「ゲーテは言いました。『人間だけは不可能と思われることを成し遂げることができる。ただしそれには忍耐力がなければならぬ』と。手がかりのない絵本を探すということは、かなりの忍耐が必要になることでしょう。その覚悟、聖下にはおありですか？」

眼光は鋭い。いつも穏和な顔の戸中井が今日ばかりは厳しい表情をしていた。

「ご覚悟のほどをお聞かせください。我らの原動力は聖下の覚悟なのですから」

覚悟か……。聖也ははじめて伊吹と会ったときのことを思い出した。その一冊の絵本を見つけるために、遠く見知らぬ場所までやって来た彼女の覚悟を。きっと勇気がいることだったに違いない。それほどまでして見つけたい絵本なんだ。

――お父さんがクリスマスプレゼントに買ってくれたものなんです。あの絵本はわたしに夢を与えてくれた。大切な宝物でした。

だからこそ見つけてあげたい。もし絵本を伊吹さんの前に差し出せたなら、彼女はどんな風に笑ってくれるだろう。その笑顔を想像したら、覚悟はすでに決まっていた。

「僕は彼女が笑ってくれるならなんでもする。ピエロにだってなるし、悪にだってなる」

曽利と神宮はこちらを見て微笑んでいる。しかし戸中井にはまだ笑顔はない。

「聖下。サンタクロースには、ループレヒトとクランプスという従者がいることをご存じですか？」

「あ、それ知ってる」神宮がぽんと手のひらを叩《たた》いた。「なまはげみたいな悪魔ですよね。悪い子供を懲らしめるっていう」

「しかし悪魔のように描かれている彼らの本来の目的は、子供たちを正しい道に戻すことです。サンタクロースに代わって悪者役を担っているのです。聖下、あなた様が悪になる必要などありません。もしもそのときがきたら、我らがその役目を買って出ます。だからあなた様は、いつでも正義であってください」

「正義……」

「子供たちのために、愛する人のために正義を貫く。それがサンタクロースです。忘れてはなりませんよ？　再び袖《そで》を通したあの赤い服の持つ〝本当の意味〟を」

「戸中井、みんな」と執事たちを見やった。「なれるかどうか分からないけど、僕はこれからちゃんとした一人前のサンタになりたい。もちろんお前たちの助けを借りなきゃまだなにもできない。でももう一度頑張りたいんだ。それで近い将来、百貨店やおもちゃ会社からもらっているお金も受け取らないで、やっていけるようにしたい。そのために今は自信がほしいんだ。ひとつのことをやり切ったっていう自信が。だから力を貸してくれ。頼むよ」

「仰《おっしゃ》るまでもありません――」

戸中井が颯爽《さっそう》と床に大きな地図を広げた。それは東京の地図だ。至るところに赤丸のシールが貼ってある。

「都内の本屋、古本屋、出版社、図書館など、本にまつわる場所はすべてピックアップしております。聖下がいつかその絵本を探したいと仰ると思い、用意しておきました」

そう言うと、戸中井はようやく笑ってくれた。

「聖下！　やりましょう！　この曽利がいれば百人力です！　お任せください！」

「宝探しみたいで楽しいですね！」と神宮もはしゃいだ。

僕はいい執事に恵まれた。今までわがまま三昧《ざんまい》だったけど、いつか立派になった姿を見せて恩返ししたい。聖也の胸はじんわりと熱くなった。

「よし、じゃあ今日は景気づけにお前らにも伊吹さんの手作りクッキーを食べさせてやる！　曽利！　帰って来たときにお前に預けたよな！　持って来てくれ！」

曽利が死んだ魚の目をしている。さっきまでの威勢のよさは消え、完全に生気を失くしていた。聖也はすぐさまピンときた。

「てめぇ、食ったな？」

「ま、まさか」

「あ！　曽利さん！　口にクッキーの粉が付いてるぅ！」

神宮が口元を指さすと、曽利は大慌てでそれを払う。

「バカを申すなベル！　そんなわけあるはずなかろう！」

「曽利さん。白状なさい」さすがの戸中井も白い目をしている。

「いや、この曽利へのお土産なのかなって……」

「美味しかったかい？」聖也が静かに訊《たず》ねた。

「え？　それは……」

「そうかい。美味《うま》かったかい。ならよかった。さてと、僕はそろそろ寝ることにするよ。じゃあみんな明日は頼んだぞ……ってなると思うかこの野郎!!」

殴らんばかりの勢いで飛びかかった。曽利は悪魔でも見たような顔で悲鳴を上げて
「すみません！」と半べそをかいた。

「すぅーみぃーまぁーせぇーんんんんん？　すみませんで済むかい！　つか、なんなんだいお前はこの間から！　嫌いかい!?　僕のことが嫌いなのかい!?」

「そ、そんなこと！」

「じゃあワザとかい!?　天然かい!?　どっちにしてもとんでもねぇバカ野郎かいお前は！」

「聖下言いすぎですよぉ！　曽利さん泣いちゃいます！」

「うるさいうるさいうるさい！　泣きたいのはこっちだ！　つか、もう泣いてるよ！

いいか曽利！　これ以上僕を泣かせるな！　苛立《いらだ》たせるな！　怒らせるな！　邪魔するな！　分かったな‼」

曽利は歯を食いしばって俯《うつむ》いている。その姿からクッキーを食べたのはワザとじゃないことは分かる。だとしてもここ最近のミスは見逃せないものが多すぎる。聖也は言い過ぎたと思いつつも、涙ぐむ曽利を無視して寝室へ向かった。

伊吹さんの手作りクッキーが……。泣きたいのはこっちだよ。

その夜、聖也は布団にくるまり枕を濡《ぬ》らした。

❄

新しい年がやって来て、クリスマスムードはあっという間に吹き飛んでしまった。

年初めには毎年恒例の新春バーゲンセールがある。これは三枝屋百貨店全店で行われる大イベントのため、伊吹ももちろん出勤する。だから毎年の仕事始めは一月二日だ。大みそかも遅くまで働いていたのに休む間もなく出勤だなんて……と、ぶつぶつ文句を言いながら身支度をするのが年明けの恒例となっていた。とはいえ、年明けのピンと張りつめた厳かな空気は好きだ。街に漂う悪い空気がすべて浄化されたようなあの神聖な雰囲気や、人通りの少ない街路や、ガラガラの電車も。

しかし一歩百貨店に足を踏み入れればそこは戦場だ。開店から閉店まで――あくる日の準備まで——休む暇なく働く。バーゲンセールの忙しさは熾烈《しれつ》を極めるのだ。

三枝屋百貨店の商品は、おもちゃ売り場に限らず、ほぼすべてメーカーから買い取って販売している。他店の多くは卸問屋が百貨店内に出店するという形で店舗経営をしているが、当店は〝自主運営〟がモットーだ。だから値引きがしにくい玩具《がんぐ》なども、できる限りディスカウントして福袋にするよう努めている。お年玉を握りしめて福袋を選ぶ子供の姿はなんとも可愛らしいが、中身が気に入らないとクレームを言ってくる親御さんもいる。バーゲンとゴルフは人間性が出る——これはフロアマネージャーの格言だ。対応するだけで一苦労なのだ。

そんな年明けの慌ただしさに忙殺されて、気付けば一月も中旬に差し掛かっていた。

「もう十五日!?」なんてことを考えるのも毎年恒例。きっと今年もあっという間に過ぎ去っていくんだろうなぁと、時の流れの早さに暗澹《あんたん》たる気持ちになる。油断したらすぐに三十歳だ。貴重な二十代がもうすぐ終わってしまいそうで妙に切ない。

東京は年明けからずっと天気が悪い。一昨日《おととい》も大雪が降って都心の交通を麻痺《まひ》させた。雪に包まれた都市は不思議だ。気温はぐっと下がって凍えるくらい寒いのに、それでも街は不思議と暖かそうに見える。まるで白い毛布をかぶったように。

今日も朝から雪が降っていた。転ばないように地面をしっかり見ながら出勤のため駅までの道をゆっくり歩く。いつからだろうな——雪の中を歩きながら伊吹は思った。雪が降ったとき、いつから地面にだけ目を向けて歩くようになったんだろう。昔は雪が降ると空ばかり見ていた。舞い落ちる白雪が綺麗《きれい》で、摑《つか》まえたくて手を伸ばしたり、口を開いたりしてはしゃいでいた。でも今は違う。いくら雪が降っても嬉《うれ》しくなんてちっともない。電車は遅れるし、出勤は大変だし、転ばないように下ばかり見ている。

そんな風に思うと、あの頃の純真さを失くした気がしてただただ寂しい。

そして伊吹には、もうひとつ心を寂しくさせることがある。

「――伊吹さん、最近元気ないですね」

昼休みの休憩から戻って来た美紗がレジカウンターから声をかけてきた。年始の騒々しさもすっかり収まり今は通常営業。売り場は閑散としていた。

彼女は去年のクリスマスにできた彼氏の趣味に合わせて髪の色を栗色に変えた。可愛さ倍増で憎らしいことこの上ない。美紗は就業規則ギリギリの色の髪をいじりながら「なにかあったんですか?」とこちらにやって来る。

「別になにも。元気だよ。体調だって悪くないし」手を動かしながら答えた。

「そうじゃなくて。なーんか寂しさが顔に滲《にじ》んでるんですよねー」

伊吹は「寂しさ?」と自分の顔にペタペタと触れた。

「あ! もしかして失恋!?」

「はぁ? なにそれ嫌味? 振ってくれる相手すらいないんですけど」

「またまた~。サンタの格好《かっこう》した人がいたじゃないですか? ほら、前にエスカレーターを駆け上がって急に告白してきた人。あれは衝撃的だったなぁ」

「あー、いたねぇ、そんな人。別にその後はなにもないけどね」

「その言い方、やけにトゲトゲしい。苛立ってますねぇ」

図星を突かれて手が止まる。「美紗ちゃんが的外れなこと言ってからかうからよ」とレジカウンターの包装紙を棚に戻しながら素っ気なく言い返した。

「的外れ？　わたしは結構、的を射ていると思うけどなぁ～」

「これ以上追及したら、その髪の色、ドレスコードに引っかかってるって揉山マネージャーにチクるからね」

「えー、それパワハラー」

眉《まゆ》をハの字にする美紗を無視して在庫チェックに向かった。

別に苛立ってなんてない。そう言われるのは心外だ。ひと月くらい連絡がなくたって全然構わない。わたしはわたしで忙しいし、デートに誘われたって今はそんな時間もない……って、それじゃあデートに誘われ待ちしてるみたいじゃん。別に待ってないし。このまま連絡がなくなったってわたしは痛くも痒《かゆ》くもありませんから。

と、その話を小雪にしたら鼻で笑われてしまった。

「メチャメチャ痛がってるし痒がってるじゃん」

『ユーレニッセ』のカウンターで伊吹は苦い顔をしている。

「別に痛がってないもん」

「なにが、ないもん、よ。二十代後半にもなって恥ずかしい。それに嘘はやめなさい。

サンタ君から連絡が来なくてヤキモキしてるんでしょ?」

「違う。全然違う」きのことベーコンのアヒージョにバゲットを浸して口に運んだ。

「ふーん。でも、わたしはあんたたちお似合いだと思ったけどね」

「またそんなこと言って。からかうのはやめて」と、バゲットをもう一枚取る。

「からかってないわよ。この間のあんたたちを見て、サンタ君となら伊吹は幸せになれるんじゃないかなって本気で思ったのよ」

バゲットを浸す手が止まった。

幸せか……。わたしは〝幸せ〟という言葉が苦手だ。昔から心のどこかで幸せになることに少しだけ恐怖を感じている。原因はお父さんのことだ。

今までお付き合いした人の中には結婚を求めてくれる人もいた。本気のプロポーズじゃないけれど「いつか結婚したいね」って言ってくれた。でも上手《うま》く返事できなかった。

「幸せになってもいいのだろうか?」って及び腰になってしまうのだ。わたしはそうやって幸せから逃げている。過去からも、あの事故からも、夢からも、そして恋愛からも。全部に背を向け、この〝惰性の人生〟を生きているんだ。

「そろそろ帰るよ」と立ち上がってハンガーに掛けたダウンコートを取った。かつて聖也の屋敷に着て行ったあのコートだ。

「今日は随分早いじゃない」

「明日実家に帰るんだ。連休もらえてさ。お墓参りも行かないといけないし、それにお母さんの誕生日も」と手に持った本屋の袋をぽんぽんと触った。「一週間以上過ぎちゃったけどね」

「一週間くらいなんてことないわ。おばさん喜ぶよ。親孝行してあげな」

親孝行か……。今まで一度として親孝行なんてしてこなかったな。

水道道路をまっすぐ進んでマンションを目指す。ギンガムチェックのマフラーを鼻まで上げて、コートのポケットに手を突っ込んで身を縮める。すると、ポケットの中に小さな紙を見つけた。出してみると、それは岐阜に行ったときに乗った在来線の切符だった。白い息を吐きながら手の中の切符を眺めていると、交差点の信号が点滅して赤に変わった。

急げばよかったな。片目を瞑《つぶ》って後悔しながら横断歩道の前で立ち止まる。その場で足踏みをしながら寒さに堪えて信号が変わるのをじっと待つ。手をこすり合わせて息を吹きかけていると、目の前を大きなトラックが横切って行った。瞬間、あの事故のことを思い出してしまった。背中に父の手の感触が今でも残っているような気がする。どうしてこんなこと考えちゃうんだろうな。伊吹は夜空を見上げて思った。きっと明日お墓参りに行くからだろう。帰省の前はいつも少しナーバスに――、

「阿部さん？」

聞き覚えのあるその声に、背筋に氷を放り込まれたように悪寒が奔《はし》った。

この声、あの人だ……。

「やっぱり阿部さんじゃない！」

タクシーを降りて一人の女性が駆け寄って来た。マッシュボブの髪型をした小柄な女性。気の強そうな顔立ちをした彼女は、かつての伊吹の担当編集者・西荻百合《にしおぎゆり》だ。

西荻は温かそうなバーバリーのロングコートを着込んでこちらに手を振っている。その姿にあの頃の記憶が蘇《よみがえ》った。絵本を描くために必死に机に齧《かじ》りついていた頃の苦い思い出が濁流のように襲いかかってくると、呼吸が浅くなって、両腕とうなじの辺りがひんやりとして極度の不安に襲われた。自律神経が乱れていた頃によく起きていた忌まわしい発作だ。何年もこんなことなかったのに……。

「久しぶりね。こんなところで会うなんて！」と西荻は驚きつつも嬉しそうな笑みで、伊吹のことを上から下までしっかりと眺める。再会を心から喜んでいるようだ。

「お久しぶりです」やっとの思いで言葉を振り絞った。

「どうしてこんなところにいるの？」

「家が近くで……」

「あ、そうなの！　わたしも近くなの！　奇遇ね！」

彼女は以前より少しふっくらとした頬を緩めた。

「あれ？　でも阿部さんの家って高円寺じゃなかった？　ほら、昔よく駅前の喫茶店で打ち合わせしたでしょ？」

「あのあと引っ越して……」

「あー、もう何年も経ってるし引っ越してて当然か。今はなにをしてるの？」

絵本を描いているの？　と訊《き》かれたのかと思って「今は描いていません！」と反射的に答えてしまった。思ったより大声が出て自分自身驚いた。

西荻は伊吹の心中を察したようで「そっか」と曖昧《あいまい》な表情をした。

「西荻さんは？　お元気ですか？」

少しでも話を逸らしたい。今の自分の暮らしぶりについて訊かれたくない。

「相変わらず同じ部署で絵本を作ってるわ。編集者ももう五年目。あの頃新米だったのに時間が経つのって本当に早いわよね。あ、これ名刺。もしよかったら」

伊吹は短く礼を言ってそれを受け取った。どうやら本社ビルが移転になったようだ。

「でも元気そうで安心した。わたしね、阿部さんに悪いことしちゃったってずっと思ってたの。あの頃は若かったし、初めての担当だったからつい力み過ぎちゃって。もっとうまくハンドリングしてあげていれば、あんなことにはならなかったんじゃないかって……」

「いえ、わたしのせいですから」

こんなとき咄嗟《とっさ》に自分を責めてしまうのが情けない。しかし事実だ。わたしに描く力がなかったばかりに西荻さんに迷惑をかけてしまった。失望させてしまった。才能があれば、勇気があれば、強ければ、あんなことにはならなかったんだ。

そう思って目を伏せていると、西荻が伊吹の二の腕に小さなその手をそっと添えた。びくっとして顔を上げると、西荻は沈痛の面持ちを浮かべている。そして、風に消えそうなほど小さな声で「ごめんなさいね」と謝った。

その言葉に身体が切り裂かれる思いがした。傷口に冷たい風が吹き込んで心がジンジンと痛くなる。耐えられないほど発作がひどくなってゆく。

信号が青に変わっていることに気付いて「部屋に友達を待たせてて。失礼します」と逃げるように横断歩道を渡った。背後から彼女の視線を感じたが、振り返らずにそのまま走って逃げた。そして走りながら唇を嚙《か》んだ。

わたしはやっぱり今も過去から逃げてばかりだ。

朝から頭が重くて最悪な気分だった――。

午前七時。布団からのそのそと這《は》い出て、顔を洗って自分を叩《たた》き起こす。それからボストンバッグに着替えと母へのプレゼントを押し込んで、メイクもそこそこに家を出た。

電車で大宮《おおみや》まで行って新幹線で栃木を目指す。車窓に流れる景色を眺めながら、昨日西荻に言われた「ごめんなさいね」という言葉を思い出していた。

謝らないでほしかったな……。謝られると惨めになる。

実家のある駅に着くと母が車で迎えに来てくれていた。会うのは実に一年ぶりだ。前に見たときよりも小さく、年老いた母の姿に少し驚いた。今年六十一歳になったからもう決して若くはない。けれど、こんなに白髪が多かっただろうか。実家に寄り付かずにずっと母をほったらかしにしていたんだなぁ、と申し訳なく思った。

「あらやだ、あんたちょっと太った？」

一年ぶりに会った娘への第一声がそれ？

ちょっとムカついて助手席のドアを勢いよく閉めた。

駅近くのうどん屋で昼食を済ませて、その足で霊園に向かう。帰省をするとだいたいいつもこのコースだ。母は運転席で最近ハマっている俳句について熱心に語っている。自慢げに句を詠んで感想を求めてくるけど正直よく分からない。「いいんじゃないの？」と素っ気なく答えると、「もー、ちゃんと聞いてよー」と子供のように甘えた声を出す。「いい年して甘ったるい言い方しないでよ」と文句を言ったが、わたしに会えてはしゃいでいるんだな、とハンドルを握る母のことがなんだか可愛く思えた。

墓前に着くと休む間もなく掃除をはじめる。雑巾《ぞうきん》を水に浸して絞ると、あまりの冷たさに手の感覚がなくなった。墓石に積もった雪を払って、枯れた花を処分して、仏花を供えて線香に火を点《つ》ける。それから青空の下、母と並んで手を合わせた。

父が死んで間もない頃、母は墓参りに来るといつも墓前に跪《ひざまず》いて拝石《はいせき》を手のひらで叩きながら、その下にあるお骨に向かって「お父さん！　聞こえる!?」と大声で話しかけていた。その姿を見るのが嫌だった。跪く母の姿が恥ずかしかったし、なんだか責められているような気がしたから。しかし二十年の時が流れると、母はもうそんなことはしなくなった。今では手を合わせるのもあっという間だ。「寒い寒い。早く帰ろう」とマフラーを巻き直してさっさと踵《きびす》を返して行ってしまう。伊吹は「お父さんが可哀想だよ」とぶつくさ文句を言いながらバケツを手に母の後に続いた。

しかし、ふと足を止めて振り返る。そして墓石を見つめて心の中で呟《つぶや》いた。

お父さん、ごめんね……と。

この二十年、墓参りに来るといつも決まって父にそう告げている。それで許されるなんて思ってないけど、でも言わないのも気持ち悪い。きっとこれからも謝り続けるだろう。父を死なせたことを、親孝行できなかったことを。

夕方少し前に実家に着くと、家の中は相変わらず物で溢《あふ》れていた。廊下にはビニール紐《ひも》で縛った新聞が捨てずに放置されていて、通販で買ったロデオマシーンがオブジェと化している。居間に入って寒さから逃げるように炬燵《こたつ》の中に下半身を突っ込むと、冷たくなったつま先がじーんと痛くなって、ほどなく全身がぽかぽかしてきた。やっぱり炬燵は人類が作った偉大な発明のひとつだな、なんてくだらないことを思いながらテーブルの上のミカンの皮を剝《む》いた。

実家は楽でいい。放っておいてもお茶は出てくるし、お菓子もたくさんあるし、夕食だって作ってくれる。母は久しぶりの娘の帰省に嬉《うれ》しくなって甲斐甲斐《かいがい》しく世話を焼いてくれる。「彼氏いないの？」という余計な一言を除けばここはまさに天国だ。

こうして帰ってくれば「実家もいいな」と思えるのだが、でもここまでの距離と父のことがあって帰省を決意するまでには時間がかかる。それでも傍らで楽しそうに笑っている母親を見ると「時々は帰って来てあげないとな」と改めてそう感じる。

夕食に母が作った煮崩れた肉じゃがをつまみにビールを缶のまま飲んだ。二本も飲めば炬燵の暖かさも相まってほろ酔い気分になってしまった。

「あんた絵本はもう描かないの？」

不意に訊《たず》ねられたので困ってしまった。缶ビールに口を付けたまま「うん」と短く答えると、母は黙ってこちらを見ていた。その視線が痛い。

「年齢的にもう遅いし。それに、わたしには才能がないから」

「あらまぁ。絶対絵本作家になるって啖呵《たんか》切って東京に行ったのに」

「嫌味言わないでよ」と不貞腐《ふて》れてビールをぐいっとあおった。

母は急須《きゅうす》で湯呑《ゆのみ》にお茶を淹《い》れると、それを一口飲んで「でもね」と漏らした。静かな口調だ。目を向けると、母はぽつりとこう言った。

「お父さん、喜んでたのよ」

「え？」

「あんたが絵本作家になるって言ってくれたこと、嬉しかったのよ」

父と交わした膝《ひざ》の上の約束が脳裏をかすめる。

「自分がプレゼントした絵本をきっかけに伊吹が夢を見つけてくれたって。そう言ってすごく喜んでた」

お父さん、そんなこと言ってたんだ……。

少しだけ泣きそうになった。しかし涙を堪《こら》えてビールを飲み干すと、

「でもさ、結局その約束叶《かな》えられなかったから。お父さんには悪いことしちゃったよね。もしかしたら天国で呆《あき》れてるかも。まったく伊吹は根性ないなぁって」

「そんなこと……」

「ううん。本当にそうだから。今のわたしは惰性で生きてるの。この人生は夢を叶えられなかった失敗ルートの〝惰性の人生〟だから……」

母は湯呑を両手で覆うようにして沈黙している。なにか言いたげな横顔だ。でも文句を言うと怒ると思って言葉を飲み込んだようだ。

伊吹は話題を変えようと、「あ、お母さんこれ」とボストンバッグの中から本屋で買ったプレゼントを取り出した。「遅れちゃったけど、誕生日プレゼント」

「あら、悪いわねぇ」ところっと表情を変えてプレゼントの袋を開いた。有名な俳人たちの句集だ。母は表紙を見つめて嬉しそうに皺《しわ》を寄せて笑うと「まぁー、ありがとねぇ」と大切そうに本を抱きしめた。その笑顔がなんとも照れ臭くて「うん」とだけ答えた。

「じゃあ一句詠んでもいいかしら」

「またぁ？　もぉ、ご勝手にどうぞ」

「寒椿《かんつばき》　娘《こ》より　句集を贈らるる」

「あのさぁ、俳句詠んだあとに『いい句でしょ』みたいな顔するのやめてよね」

「いやねぇ、そんな顔してないわよ」

「してるから。ドヤ顔してこっち見てたもん」

「はーい、気を付けまーす。プレゼントありがと」と母はテーブルに本を置いてぺこりとお辞儀をしてみせた。

　こんな安い本一冊で喜んでくれるなんて。きっと俳句をしているのは一人きりの寂しさを紛らわすためだと思う。こんな田舎でたった一人で暮らしているお母さん。お父さんがいれば、寂しい思いなんてしなかったはずなのに……。

「──ごめんね」

　自然と言葉が溢れ出た。

「ごめんね、お母さん……」

「どうしたの急に」

「ちょっと思っただけ。……ううん、ずっと思ってた。わたしのせいでお母さんの誕生日をひどい思い出にしちゃったなぁって」

　あの日、お父さんの手を離さなければ、きっと今ここにお父さんもいた。それでお母さんと二人、夫婦水入らずで老後を過ごしていたはずだ。旅行に行ったり、誕生日を祝ってもらったりしていたんだ。わたしはお母さんからその幸せを奪ってしまった。

　それなのに、なにひとつ親孝行できなくて──、ごめんね、お母さん……。

「バカねぇ。ひどい思い出なんかじゃないわよ」

「どうして……？」

「そりゃお父さんが死んじゃったときのことを思い出すと今も辛《つら》いわよ。毎日仏壇の前で泣いている伊吹を見るのも、お母さんすごく辛かった。あんなに大事にしてたサンタの絵本も捨てちゃって、毎日わんわん泣いてたね……」

伊吹はふと、聖也の顔を思い出した。

「でもこうして二十年が経って、あの頃の悲しい気持ちも随分薄らいだ。お父さんのこと考えない日もたくさんあるし、悲しい気持ちなんて今はもうないわ。……でもね」

母は湯呑の中を覗《のぞ》いて薄く微笑んだ。

「誕生日には決まってお父さんのことを思い出すの。たくさんたくさん思い出すの。だからお母さんの誕生日は、お父さんを思い出す日なの。でも、思い出すのは悲しいことなんかじゃないわ。いつも決まって楽しかった思い出ばかりよ」

母はこちらを見ると目を細めた。

「お母さんには、あんな事故なんて吹き飛ばしちゃうくらい楽しい思い出があるもん。だから平気よ。お父さんと、それから伊吹と、一緒に生きられたっていう幸せな思い出がたくさんあるから……」

だから自分を責めちゃダメよ――。お母さんはきっとわたしにそう言いたいんだ。でもそれを言ったらわたしが泣いてしまうって分かっているから、あえてそこまで言わないでくれている。

母の笑顔が優しくて、でも少し痛くて、申し訳なくて、伊吹は泣くのをぐっと堪《こら》える。そして新しいビールを取りに居間からそそくさと逃げた。

十一時を過ぎると二階の自室に上がった。久しぶりに入った部屋は懐かしくて、少しだけ埃《ほこり》っぽい匂いがした。小学校の入学祝で買ってもらった学習机がそのままになっていて、その脇の本棚には絵本がずらりと並んでいる。父に買ってもらった本もあれば自分で買ったものもある。夢に破れて東京の部屋の絵本はすべて捨ててしまったけれど、ここだけは子供の頃のままだ。

絵本はわたしにたくさんのことを教えてくれた。友達を大事にすること、家族を大切にすること、一生懸命生きること、正直でいればいつか素敵なことが起こること。そして夢を見ること。その喜びと、そして辛さも……。

でも今、わたしは絵本に背を向けて生きている。挫《ざ》折《せつ》の象徴として触れないようにしている。そう思うと本棚の絵本たちが泣いているように思えた。

お願いだから僕たちを嫌いにならないで……。

そんな風に言われているような気がする。

今までの自分を、お父さんとの思い出を、全部否定しながら生きていることが苦しく思えた。今こうして惰性で生きている自分が嫌だ。

わたし、どうしてこんな風になっちゃったんだろう……。

少し酔っているせいもあって、伊吹は声を殺してしばらく泣いた。


あくる日――。昼過ぎに荷物をまとめて東京に帰ることにした。「もうちょっとゆっくりしていければいいのに」と残念がる母に、「またお盆に帰って来るよ」と約束して、仏壇に手を合わせる。蠟燭《ろうそく》の炎が揺らめく隣で、お父さんが遺影の中で笑っている。わたしの頭を撫《な》でてくれたときの思い出が蠟燭の火の中で揺れた。

母は駅のホームまで見送りに来てくれた。「いいよ、寒いし」と拒んだけれど、「せっかくなんだからいいじゃない」としつこくせがまれてしまった。

雪の積もった誰もいないホームで二人、電車が来るのを黙って待つ。空からは粉雪が降り落ちて、駅の向こうの田畑を白く染めている。辺りは静寂に包まれて雪の落ちる音が聞こえてきそうなほどだ。

昔はこの白色に包まれた世界が大嫌いだった。色のない世界が退屈に思えた。でも今は違う。素直に美しいと思う。東京の灰色のアスファルトやビルばかりを見ているからだろうか？　けがれなき真っ白な世界は目に眩《まぶ》しいほど輝いて見える。

もうすぐ電車がやって来るという頃、隣で母がぽつりと呟《つぶや》いた。

「昨日ね、お布団に入ってから思い出したの」

母は遠くに落ちる雪を眺めている。

「昨日話したよね。伊吹が夢を見つけたことをお父さんが喜んでたって。でもね、お母さんは反対したの。絵本作家になれる人なんてほんの一握りだって。もし夢を叶えられなかったら伊吹が可哀想だって。そしたらね、お父さんわたしにこう言ったわ」

視線を伊吹に移して小さく微笑んだ。

「夢が叶うかどうかが大事なんじゃないんだよ。大事なのは、伊吹が精一杯生きてくれるかどうかなんだって」

父の笑顔が脳裏に浮かんで涙が一気にこみ上げた。

「絵本作家を目指すことで伊吹は精一杯生きるチャンスを手に入れた。俺はそのことが一番嬉《うれ》しいんだって、お父さんにこにこしながらそう言ってた……」

ホームに電車が滑り込んできた。停車して扉が開いたが、母から目を離すことができなくて、伊吹は立ち尽くしたまま、その顔を見つめていた。

「伊吹……」

名前を呼ぶ声は優しかった。

あまりに優しくて、目の奥がじんと熱くなった。

そして、母は言った。

「人生に惰性なんてないわ」

「お母さん……」

「だってあなたが生きている今日は、お父さんが生きたかった明日なのよ……」

瞳《ひとみ》は涙で滲《にじ》んでいる。

「だから伊吹、なにがあっても精一杯生きなさい。精一杯生きて、それで、うんと幸せになりなさい」

母はにっこり笑った。その顔を見た途端、涙がこぼれてしまった。

「あなたにできる親孝行は、ただそれだけなんだから。たったそれだけなんだから」

「ねぇ、お母さん……」

涙声で呼んだ。子供の頃のように。

「なぁに？」

「ちょっとだけ泣いてもいい……？」

「バカねぇ、もう泣いてるじゃない」と母は笑った。

その笑顔に堰《せき》を切ったように泣き出した。荷物を置いて、胸に飛び込んで声を上げて泣いた。ずっとずっと堪えていた悲しい気持ちや、苦しい気持ちが雪に溶けてゆくような気がした。

幸せになる……。わたしはずっとそのことから逃げていた。自分のことを責めて、幸せになる価値なんてないと思い込んできた。でも自分を責めて生きることがどれほど楽なのか、今そのことに気付いた。幸せになることは、精一杯生きることは、たくさんの勇気がいるんだ。その勇気をわたしはずっと出せずにいた。

洟《はな》をすすると笑顔を作った。

「もう大丈夫。充電完了」と、へへへと口を大きく横に開いて笑う。

伊吹は荷物を手に取り電車に乗り込む。そして振り返って母をもう一度見た。微笑んでいるその顔は随分年老いてしまったけれど、それでも昔からなにも変わっていない。優しくて、あったかい、お母さんの笑顔だ。お父さんが死んでしまったとき、学校で嫌なことがあったとき、友達と喧嘩《けんか》したとき、東京に旅立つとき、お母さんはいつもこの笑顔でわたしを勇気づけてくれた。そして今も……。

勇気がほしい。伊吹は思った。

もう一度、また一歩、次へと踏み出す勇気がほしい。

ドアが閉まると電車はゆっくり走り出す。いつまでもホームに佇《たたず》み見送る母の姿を目で追いながら、伊吹は「ありがとう」と心の中で呟いた。

ダウンコートのポケットからまた出てきたあのときの切符。それを見ながら思った。

東京に帰ったら聖也さんに電話をしよう。

待っていないで、今度はわたしから。なぜだか今、無性に声が聞きたいんだ。

わたしのために強くなろうとしてくれる彼に、会いたいって心から思った。

❄

スマートフォンが鳴っている――。

ディプレイの『伊吹さん』という表示。テーブルの上のスマートフォンが震えるその前で、聖也も同じようにぶるぶる震えていた。

出たい！　出たい出たい出たい出たい！　伊吹さんが電話をかけてきてくれたんだ！　それに出ないなんてあり得ないことだ！　出ろ！　出るんだ！　ほれ！　早くしろ！

右手を伸ばすが、左手で腕を摑《つか》んでぐっと堪える。悪魔に取り憑《つ》かれて暴走する右手を押さえ込む漫画の主人公のように歯を食いしばって目を血走らせていると、やがて電話は沈黙した。聖也もソファで死んだように沈黙して少し狭くなった部屋をぼんやり眺めた。先日からホテル内で部屋を替えたのだ。涙で室内の景色が滲んで見える。

彼女から電話をくれるなんて初めてのことだ。それを無視するなんてもう一生電話をくれないかもしれない。しかし聖也は心に決めていた。探しているあの絵本を見つけるまでは、伊吹との連絡を断とうと。

だけど――。壁に貼られた東京の地図を見ると至る所に×印が付けられている。今まで当たった書店や古本屋の数々だ。去年のクリスマスから約一ヶ月、戸中井たちと手分けして東京中の本屋を回り続けているが絵本は一向に見つからない。それどころかタイトルや作者名すら分からない。なんの手がかりも摑めていない状況だ。今までなんでも華麗にこなしてきた戸中井も「これぱかりは」と諦《あきら》めを顔に滲ませていた。

「聖下、これからどうしますかぁ？」

ソファの向かいに据えられたダイニングテーブルの上には書店や絵本の情報をプリン

トアウトした紙が山積みだ。そこに突っ伏していた神宮が「もう見つからないかもぉ」と弱音を漏らして、ため息で印刷用紙をふわりと浮かせる。

「まだ諦めるのは早いぞ！」曽利が神宮の肩を勢いよく揺すった。

「聖下！　こうなったら捜索範囲を神奈川、千葉、埼玉まで広げましょう！」

「それはいかがなものでしょう」ティーカップを傾けていた戸中井が頭を大きく左右に振った。「イギリスの哲学者、ジョン・ロックは言いました。『探し物が見つからないときは探すのを諦めるといい。諦めた後、意外と見つかるものだ』と。この場合やみくもに探すのではなく、一度立ち止まって頭を整理することが大切では？」

「しかし戸中井さん！　そんなことをしていたら、いつまでたっても見つかりませんよ！　こういうときは行動あるのみ！　この曽利、書店に聞き込みをして参ります！」

曽利は血走った目をこちらに向けてニカッと笑うと大股《おおまた》で部屋を出て行った。その姿を見送りながら神宮は頬杖《ほおづえ》を付いて「曽利さん一生懸命ですね。きっと聖下に認められたいんですよ」と聖也のことをちらりと見やった。

聖也は今も伊吹の手作りクッキーを食べられたことを根に持っている。だから、ふんと鼻を鳴らして腕組みをすると、神宮の言葉を無視して目を瞑《つぶ》った。

翌日――。聖也たちは横浜《よこはま》まで足を延ばした。伊勢佐木《いせざき》町に絵本を専門として取り扱う書店があるという情報を曽利が手に入れたのだ。

執事たちを引き連れて伊勢佐木町にある『絵本のお店　どうわのくに』を目指す。

その店は大岡川《おおおかがわ》と国道十六号線の間にあるオフィスビルが立ち並ぶ一角にぽつんと佇んでいた。注意しなければ通り過ぎてしまいそうなほど小さな二階建ての店舗は、恐らく築五十年以上経っているであろう古めかしさを漂わせている。

聖也は執事たちを車に残して一人で店を訪ねた。ペンキの剝《は》げた白い扉を押し開けると本の香りがふんわり鼻をくすぐる。店内は狭く、奥にレジカウンター、中央には円形のテーブルが据えられて、その上にはお勧め絵本がいくつも並んでいた。店内をぐるりと囲むように肩ほどの高さの棚がある。すべてが新品という訳ではないらしい。四分の三ほどが中古品で、色褪《いろあ》せた本や、裏に以前の所有者だろうか、『あんどうふみや』とひらがなで名前が記されている本もあった。

聖也はレジカウンターでパソコンに向かっている若い女性店員に話しかけた。緊張から少し声が上ずってしまったが、探している絵本のことを丁寧に伝える。

サンタクロースが親友のトナカイと世界中を冒険する物語であること。サイズはA4判ほどであること。仕掛け絵本で、どのページにも綺麗《きれい》なセロハンが貼ってあり、その中には雪や星、月などが光っていること。

店員はこめかみを押さえながら「うーん」と首を捻《ひね》って在庫状況を調べてくれた。

背後でひんやりとした風を感じたので振り返ると、中年の男性客が入って来るのが目の端に見えた。黒のバケットハットを被《かぶ》った背の低い男だ。

店員に呼ばれたので視線を戻した。

「申し訳ありませんが、当店では取り扱いはありませんね」

また外れだ……。しかし手ぶらで帰るのは嫌だ。絵本のことを知らないか訊《たず》ねた。

彼女は懸命に記憶を遡《さかのぼ》ってくれたが、「ちょっと存じ上げないですね」と言った。

これだけ探しても手がかりひとつ見つからないなんて。伊吹さんの言う通り、彼女の記憶違いなんじゃないかと思いたくなる。いや、そんなはずはない。これは伊吹さんの宝物だ。きっとこの世界のどこかにはあるはずだ。

店を出ると、執事たちが車の前で待ち構えていた。乗り込むと、隣に座った神宮が「どうでした？」と訊ねてくる。首を横に振ると車内に落胆の空気が流れた。

「くそ！　なんで見つからんのだ！」助手席の曽利が声を荒らげる。

この一ヶ月、みんな必死で絵本を探してくれている。それに加えて聖也の身の回りの世話や各々が抱える仕事をしたりと、その疲労は容易に見て取れた。

三人には感謝している。もちろんそれはミスばかりの曽利に対してもだ。いつか必ずこの恩を返そう。その思いに至れただけでもこの一ヶ月は決して無駄ではなかった。

東京方面に車を走らせると、戸中井が急にハンドルを切って細い道に侵入した。タイヤが地面に擦《こす》れる音が響くと、身体が右に大きく揺れた。いつも安全運転の戸中井が珍しい。聖也は「どうした!?」と叫ぶ。しかし戸中井は「いえ」と短く答えるだけだ。その声は強張《こわば》っている。なにかがおかしい。戸中井がまたハンドルを勢いよく左に切った。

身体が神宮の方に倒れて彼女は「きゃ！」と悲鳴を上げる。「戸中井！　どうしたんだ！」と語気を強めると、戸中井がバックミラーを覗《のぞ》いて言った。

「どうやら我々はつけられているようです」

曽利と神宮の驚きの声が重なり、二人同時に振り返る。聖也も一緒になってリアガラスの向こうを見た。そこには一台の白いトヨタプリウスがついて来ている。

「一体誰なんですかぁ？」神宮が声を震わせながらミラー越しに戸中井を見た。

「分かりかねます。しかしながらいい状況ではございません。少々スピードを上げます」

そう言うとアクセルをべた踏みした。エンジンがけたたましい音を鳴らして回転すると同時に一気に加速してプリウスを引き離す。あまりのスピードに聖也は怖くなって窓上のアシストグリップをぎゅっと摑む。絶叫系の乗り物が大の苦手な聖也は、この状況に胃の中の物がぐるぐると回転して——、

「おえぇぇぇ——————！」

「ぎゃぁ——————！　聖下が吐いたぁ——————！」

神宮の悲鳴が車内に響いた。

東京ウェルズホテルに着いたとき、聖也は五キロくらい痩《や》せたんじゃないかというほどげっそりした気分でロビー奥にあるトイレに駆け込み、胃の中の物を全部吐いた。

ようやく落ち着いて個室から出ると、待ち受けていた曽利がミネラルウォーターのペ

ットボトルを差し出した。盛大に吐いたため喉《のど》が焼けるように熱い。ボトルのキャップを捻って半分ほど一気に飲むと、喉がひりひりして飛び跳ねそうになった。

「大丈夫ですか？　聖下」心配そうな曽利の視線が少し気まずい。こんな風に二人きりになることは近頃なかった。だからなんだか気恥ずかしくて「ああ」と短く答えてトイレを出た。曽利は寂しげな顔をしている。大男がやけに小さく見えた。

戸中井たちは先に部屋へ戻ったらしい。温かいペパーミントティーを淹《い》れて待っているとのことだ。エレベーターホールでドアが開くのを待っている間も曽利との会話はなかった。後ろでもじもじしている気配を感じる。話しかけるための言葉を探しているのだろう。ようやく覚悟を決めたようだが、エレベーターが到着して曽利は口をつぐむ。

エレベーターに乗り込みボタンを押す。扉が静かに閉まろうとする——と、
一人の男が大急ぎで乗り込んで来た。その姿を見て、聖也の肩がぴくりと揺れる。男は黒のバケットハットを被っている。先ほどの『絵本のお店　どうわのくに』で店に入って来たあの客だ。警戒していると、男は名刺を差し出した。そこには『民俗学研究家船井航一』と記されている。例のサンタクロース研究家だ。

さっき車で追いかけてきたのはこいつか……。

改めて顔を見る。血色の悪い不健康そうな顔をした男だ。背は低く、肩幅も狭い。風が吹けば消えてしまいそうな、そんな風貌《ふうぼう》をしている。

そういえば以前、伊吹さんと新宿を歩いていたとき、背後に視線を感じたことがあっ

た。もしかしてあの頃から僕のことをつけていたのか。

「明日真聖也さんですね」と船井が口を開くと、曽利が「なんだお前は！」と凄《すご》んだ。しかし修羅場慣れしているのか、手のひらを広げて曽利を制して聖也を見つめてもう一度、「いや、明日真・ニコラオス・聖也さんですかね？」と言った。

お前の正体を知っているぞ。その声にはそんなニュアンスが含まれている。

聖也の足は生まれたての小鹿のように力が入らなくなった。

や、やべぇよ、こういうドラマみたいな状況初めてだよぉ、怖いよぉ、どうすればいいんだよぉ。内心ぶるぶると怯《おび》えていたが、それでも顔に出さないようにグッと目の間に力を込めて「なにか御用ですか？」と余裕綽綽《よゆうしゃくしゃく》の様子で船井を見てやった。

「サンタクロースについて色々と教えていただきたいんですよ」

「サンタクロース？　さぁ、なにを仰《おっしゃ》ってるか分かりませんね」

やべぇよぉ。知ってるじゃん。こいつめっちゃサンタのこと知ってるじゃん！

「僕なんかよりグリーンランド政府に問い合わせた方がよろしいのでは？」

「いやぁ、あなたなら知っていると思ったんですけどねぇ。サンタの秘密を」

「サンタの秘密？　僕は幼い頃にサンタを信じるのをやめてしまったので、秘密なんて知りませんよ。あ、この名刺は頂いてもよろしいですね？」と船井の手から名刺を取った。そして曽利に「預かっておいてくれ」と渡す。同時にチンという音が鳴り、エレベーターが目的の階に着いた。聖也は「それじゃあ」と会釈して降りようとする——と、

「知っていますよ」船井の声が箱の中に響いた。

聖也は無視して歩いてゆく。が、しかし、

「あなたが探している絵本。私は知っています」

反射的に振り返ってしまった。

「私はそれを持っている。サンタクロース研究家ですからね。もし興味があれば、その名刺の番号まで連絡をください」

エレベーターの扉は閉ざされた。船井の不気味な顔が脳裏に焼き付いていた。

「曽利……」

「はい」

「あの男に会ったことは僕らだけの秘密だ」

曽利は「しかし！」と声を上げる。こういった場合、筆頭執事である戸中井に報告するのが彼の務めだ。聖也は「頼むよ」と曽利を見た。そのまなざしに観念したのか、

「分かりました」と曽利は渋々頷《うなず》いてくれた。

廊下を歩きながら船井の言葉を反芻《はんすう》する。

あの男は持っている。伊吹さんがずっと求めているあの絵本を……。

船井と会ってから一週間が経った。その後も絵本を探し続けたが、手がかりひとつ見つからない。もう我々だけで探すには限界を迎えつつある。希望が靴底と共にすり減っ

ていくたび、聖也の鼓膜に船井の言葉が幾度となく木霊《こだま》した。

――私はそれを持っている。

部屋にいると気が滅入るのでホテル十階にある空中庭園に足を向けた。一月終わりの風は冷たい。カーキ色の薄手のコートでは寒さをしのげそうになかった。

風に吹かれながら柵《さく》の向こうの新宿を見つめて考える。

船井に連絡をすれば、探している絵本が手に入るかもしれない。しかし恐らく奴はサンタクロース家について訊《たず》ねてくるだろう。交換条件なのは間違いない。仮にサンタクロース家の秘密を話した後で、あの男が絵本を譲ってくれなかったら。それどころか絵本のことなど知らなくて、これが罠《わな》だとしたら。信用ならない相手に飛びつくのは危険すぎる。七年前、簡単に人を信用して騙《だま》された経験から聖也はひどく慎重だった。

それにサンタクロース家の秘密を一般人に他言することは固く禁じられている。その規則を犯せばサンタクロースの称号は剝奪《はくだつ》されるだろう。また父に迷惑をかける可能性だってある。そんなことできるわけがない。

でも目の前には千載一遇のチャンスがある。このまま逃して本当にいいのか？

この一週間、そんな自問自答を繰り返している。だが考えれば考えるほど気持ちはシーソーのようにゆらゆら揺れて決心には至れない。彼女がずっと探しているお父さんとの思い出の絵本にもう一度めぐり逢《あ》わせてあげたい。その気持ちと、サンタクロースの秘密を漏らすリスクの間で揺れているのだ。

もしサンタの存在が表沙汰《おもてざた》になったら子供たちがどう思うだろうか？

彼らの夢を壊してしまう可能性だってあるじゃないか。

以前、伊吹と眺めたクリスマスのおもちゃ売り場の光景が瞼《まぶた》の裏で揺らいだ。楽しそうに笑っていた子供たち。彼らはきっとサンタクロースのことを心から信じている。その彼らの夢を奪ってしまったら伊吹さんだって悲しむに違いない。でも、

——あの絵本はわたしに夢を与えてくれた。大切な宝物でした。

あのときの悲しそうな顔が過《よぎ》ると堪えられない気持ちに駆られる。

これは伊吹さんにとってお父さんとの絆《きずな》であり、唯一の繋《つな》がりなんだ。だからこそ見つけてあげたい。それこそが僕が彼女にできることなんじゃないのか？

そして聖也は静かに顔を上げた。

❄

朝目が覚めたとき、予感がすることがある。「今日はいい一日になりそうだ」と布団の中で思う。もちろん外れることもあるし、本当に素敵な日になったこともある。結果はどうであれ、目覚めたときに感じるあの胸の高鳴りが大好きだ。

そして今朝、久しぶりにその予感がした。カーテンを開いた瞬間、網膜を眩《まぶ》しくさせる太陽の光を目にして「今日はいい日になる気がする」と胸が否応なく高鳴った。床に

広がる四角い陽光。その陽だまりが、伊吹に素敵な予感をさせたのだ。

その日の午後、聖也から電話があった。伊吹はそのときちょうど昼休みで、百貨店近くのサンドウィッチが美味《おい》しいカフェで一人、BLTサンドを齧《かじ》っていた。テーブルの上でせわしなく震えるスマートフォン。ディスプレイに表示される『サンタクロースさん』という文字を見て、反射的に手に取ってしまった。

『伊吹さん。ご無沙汰《ぶさた》してます』

「久しぶりですね。元気にしてましたか？」

こういうときは平静に、冷静に対応するのが大人だ。ひと月電話がなかったことなんて気にしてはいけない。と、思っている時点でかなり気にしているのだけれど。

『はい。ずっと連絡してなくてすみません』

「別に謝ることなんてないですよ。たったひと月ですもん。それに待ってたわけじゃありませんから」

う〜ん、嫌味ったらしいことを言ってしまったぞ。しまった、と傍らのカプチーノをすすって邪悪な気持ちを胃の中に押し込んだ。

『あの、今夜って、お時間あったりしませんか？』

「今夜？」

『はい。も、もしよければ、この間一緒に行ったお店で会えないかなって。伊吹さんに連れて行っていただいた、お友達のお店で』

「あー、『ユーレニッセ』ですか？　別にいいですけど……」

『あなたに渡したい物があるんです』

「渡したい物？」

夜九時半に『ユーレニッセ』で会うことを約束して電話を切った。手の中のスマートフォンを眺めながら、渡したい物ってなんだろうと考えた。もしかして前に言ってたクリスマスプレゼント？　まさか結婚指輪だったりしてね。いやいや、空気が読めないサンタでも、さすがにそれはないか。

横を見ると窓ガラスに映った顔が少しにやけている。ごほんと咳払《せきばら》いして表情を戻した。

三枝屋百貨店は夜八時に閉館する。それから従業員たちは締め作業に取り掛かる。

伊吹は今日の売上を集計していた。しかしその間もなんだかそわそわ落ち着かなくて電卓を叩《たた》く手が滑ってしまった。まったく、しっかりしなさいと自分を戒める。

「伊吹さん、今日デートですか？」と美紗がつんつんと肩をつついてきた。

「え？」と驚いて電卓から顔を上げると、

「今日ずーっと機嫌よかったし。それにさっきから時計ばっかり気にしてるから」

うわぁ、恥ずかしい。まったく。なにしてるのよ。本当しっかりしなさいよ。伊吹は前髪で泳ぐ目をささっと隠した。

更衣室で私服に着替えたら、今日のコーデがいまいちだったことに気付いた。ボーダーのセーターにタイトジーンズ、キャメル色のピーコート。せめてお化粧くらいちゃんとしようと化粧ポーチを手に鏡に向かう。女性として最低限の身だしなみだ。

『ユーレニッセ』に着いたとき、時刻は九時半を少し過ぎていた。ドアを開けると珍しいことにお客さんは一人もおらず、カウンターで小雪が洗い物をしていた。

「珍しいね。お客さんが誰もいないなんて」と静まり返った店内を見渡しながらカウンターへ向かう。小雪は水道の蛇口をひねると「聞いてるよ。サンタ君と待ち合わせしてるんでしょ」と、いつもの席にコースターを置いてくれた。

彼はまだ来ていない。誘ったくせに遅刻するとは、なかなかやりますなぁ。なんて可愛くないことを思いながら丸椅子に腰を下ろした。

小雪がにやにや笑っている。その顔が不気味で「なによ」と眉《まゆ》をひそめると、「別に」とはぐらかされてしまった。意味ありげな表情だ。なんだか気持ち悪い。それに今日はやっぱりおかしい。金曜日の夜なのにこんなに暇なわけがない。もしかしてなにか企《たくら》んでる？　伊吹は鼻の頭に皺《しわ》を寄せた。

カウベルが鳴って扉が開いた。

冷たい風が吹き込んで伊吹の髪をふわりと揺らす。冷気に肩を叩かれたように顔を向けると、ハッと驚き、それからふふっと笑みがこぼれた。

そこには、サンタクロースの衣装を纏《まと》った聖也が立っていた。

「なんですか、その格好《かっこう》」と口元を押さえて訊ねると、彼は「ちょっと遅くなっちゃったけど、クリスマスプレゼントを届けに来ました」と頬を緩めた。

聖也がこちらにやって来る。緊張しているのだろうか？　笑顔が若干《じゃっかん》ぎこちない。それから肩に掛けていた白い袋を下ろして、ふぅっと呼吸を整えた。

「伊吹さん」

「はい……」

「もしかして、あなたがずっと探していた絵本って――」

そして、袋から一冊の絵本を取り出した。

「これじゃありませんか？」

差し出された表紙を見た瞬間、おぼろげだった記憶が鮮明になるのがはっきりと分かった。お父さんがくれたあの絵本とまったく同じサンタの絵。少し頼りないけど愛らしいサンタクロースの笑顔が描かれた表紙だ。見た瞬間に「これだ」と分かった。

あまりの衝撃にただ呆然《ぼうぜん》と表紙を見ていた伊吹は、ようやく我に返って顔を上げる。

聖也は目を細めて笑っている。彼の笑顔と、表紙のサンタの笑顔がほんの一瞬、重なって見えた気がした。彼の微笑みは都会に降る雪のようだ。不思議な温かさに溢《あふ》れている。

その笑顔に、瞳《ひとみ》の奥が熱くなるのを感じた。

「……わたしのために探してくれたんですか？」

「まぁ」と彼は照れくさそうに右斜め下を見た。

「喜んでほしかったんです。伊吹さんに」

今朝、不思議な予感がした。今日はいい日になるかもって予感だ。

当たった……。今日はいい日だ。生きてきた中で、きっと一番素敵な日だ。

聖也の気持ちが嬉《うれ》しくて、絵本とまためぐり逢えたことが嬉しくて、伊吹は目を潤ませながら微笑した。

「メリークリスマス、伊吹さん」

聖也もそう言って微笑んでくれた。

やっぱり彼は変な人だ。とってもとっても変な人だ。

呆《あき》れるくらい変わった人だ。

でも……。わたしをこんなにも幸せな気持ちにしてくれた。

嬉しくて嬉しくて受け取った絵本をぎゅっと抱きしめる。そして「ありがとう」と涙声で囁《ささや》いた。二十年ぶりに手に取った絵本は思ったよりもずっと軽い。タイトルは『ちいさなサンタクロース』だ。A４判のサイズで、外国の作者が描いた絵本だった。

「読んでもいいですか？」

「もちろんです」

表紙をめくると懐かしい匂いがした。まるで子供の頃に戻った気分だ。ページをめくる瞬間、あの冒険に出かけるようなワクワクする気持ちが蘇《よみがえ》った。

物語はサンタクロースが相棒のトナカイと世界中を冒険しながら出逢《であ》った人にプレゼ

ントをもらうというものだった。イラストは可愛くて、一行一行が懐かしい。記憶通りページには色とりどりのセロハンが貼られている。空を模したそのセロハンの中では太陽や月、星などがキラキラと輝いていた。

物語の中でサンタは大切なことに気付いてゆく。人との触れ合いが、出逢いが、彼を強くした。そして「今度は僕がみんなにプレゼントを届けるよ！」とトナカイと一緒に来年のクリスマスに戻って来ることをみんなと約束する。弱虫だったサンタがほんの少し大人になるお話だ。

読み終えるとセーターの袖《そで》で涙を拭《ぬぐ》った。

「ねぇ、聖也さん……」

聖也は小首を傾げた。

「どうしてそんなに頑張れるの？」

「え？」

「ずっと家に閉じこもっていたのに、七年ぶりに外に出て、着られなかったその服を着て、渋谷の真ん中で叫んで、それにこの絵本まで見つけてくれて……。どうしてなの？どうしてそんなに頑張れるの？」

「そんなの――」

彼は白い歯を見せて笑った。

「そんなの伊吹さんだからに決まってるじゃないですか」

その言葉に涙が溢れた。

「伊吹さんのためなら、僕はなんでもできるような気がするんです。なぜだか分からないけど勇気が湧《わ》くんです。頑張ろうって、そう思えるんです」

「分からないよ……」

しゃくりあげる息の間から絞り出すように呟《つぶや》いた。

「どうしてわたしなの？」

「………」

「ねぇ、どうして……？」

「僕も分かりません」

彼の表情が崩れる。泣きそうになっていた。

「でも僕は……」

その目から涙がはらはらと落ちた。

「どうしてもあなたがいいんです」

その言葉は、笑顔は、温かくてとても優しい。

「僕はあなたが好きです」

聖也は真剣なまなざしを向けた。

「伊吹さんのことが大好きです」

ほんのわずかな時間だったはずだ。それでもずっと見つめ合っている気持ちになる。

「やっぱりあなたって変な人です。わたしじゃなくても可愛い子はたくさんいるのに」

「そうかもしれません。でもいいんです。今は変わり者でよかったって思ってます。だって、伊吹さんのことを好きになれたんだから」

恥ずかしくて顔が熱くなる。きっと真っ赤なはずだ。見られるのが恥ずかしいから
「変なこと言わないでください」と絵本で壁を作って照れた顔を隠した。

彼は「すみません」と恥ずかしそうに後ろ髪を撫《な》でた。

「ほらほら、ご両人。イチャつくのはそのくらいにしてさ」

カウンターに肘《ひじ》をついて小雪が茶化す。

「今日はおごりよ。なんでも飲んで食べなさい」

「すみません、小雪さん。わざわざ貸し切りにしてくださって」聖也が申し訳なさそうに頭を下げる。「別に通常営業でもよかったのに……」

「いいのよ。わたしがそうしたかったんだから」

彼女は二人に向かってウィンクをしてみせた。よかったね、伊吹……。その目がそう言ってくれているみたいで、また泣きそうになってしまった。

そのあと、かなりお酒を飲んでしまった。泣いた勢いで飲んだからすごく酔っぱらって、店を出たときには千鳥足になっていた。外の寒さにびっくりして、歯がカチカチと音を立てる。空は分厚い雲に覆われて、今にも雪が降りそうな天気だ。

「大丈夫ですか？　ちゃんと歩けますか？」

「大丈夫だって。心配性だなぁ、サンタさんは」とケラケラ笑って歩き出したけど、すぐに躓《つまず》いて転んでしまった。慌てて駆け寄った聖也が背中を見せてしゃがんだ。

「どうぞ！　おんぶします！」

「おんぶぅ？　あ、分かった。あなたがおんぶしたいだけなんでしょ？」

「それもありますけど、でも伊吹さん歩けないから」

「ふーん。それもあるか……。お尻《しり》触らないでね」と彼の背中に飛び乗った。身体を預けると聖也が一瞬「うっ」と唸《うな》る。ムッとして「あ、今重いって思ったでしょ？」と頭をこつんと叩《たた》いてやった。聖也は「そんなことないですよ！」と大慌てで否定して立ち上がると、夜の街路を歩き出した。

彼の背中は温かかった。コート越しでもその体温を感じることができる。さっきあんなに寒かった身体が少しずつ温かくなってゆく。彼とひとつのぬくもりを共有しているような気分だ。漂うシャンプーの匂い。衣服に染みついた冬の匂い。そのすべてが居心地よかった。懐かしいな……。昔、お父さんにこんな風におんぶしてもらってたな。

伊吹はそっと目を閉じた。

「ねぇ、聖也さん……」

しばらく歩いた頃、彼の耳元にそっと話しかけた。

「さっきプレゼントしてくれたあの絵本、昔お父さんの膝《ひざ》の上でたくさん読んでもらってたんです。何度も何度も、たくさん読んでもらったんだ」

「そうだったんですね」

「うん。本当しつこいくらい毎日毎日読んでもらってたの。でも……」

ふいに涙がこぼれてしまった。ぐしゅんと洟《はな》をすすると、聖也は泣いていることに気付いたようで、その背中がぴくりと少し動いた。

「でも、お父さん死んじゃったの。わたしのせいで。一緒に歩いているとき、手を離して車道に飛び出したわたしを守るために……」

酔っているから感情がコントロールできなくて涙がとめどなく溢れた。

「たくさん血が出てたの……本当にたくさん……。きっとすごく痛かったと思う。苦しかったと思う。わたしのせいなの……わたしが……わたしがお父さんを……」

涙が嗚咽《おえつ》に変わり、呻《うめ》くような声が漏れる。

「前に言ったよね。サンタクロースなんて大嫌いって。あれね、言いがかりなの。サンタを見るとあの夜のことを思い出しちゃうの。あなたが着ているこの赤い服が、お父さんの血の色と同じように思えて。だから——」

首に回した腕に力を込めた。聖也を後ろから抱きしめるように。

「だからごめんね……聖也さん……ごめんね……」

「よく頑張りましたね」

「……え？」

「辛《つら》かったですね。すごく悲しかったですよね。苦しいこともたくさんあっただろうし、きっと何度も何度も自分のことを責めたんでしょうね。でも僕は……」

聖也は泣いていた。声が震えている。

「……伊吹さんが生きててくれてよかった……」

「聖也さん……」

「今まで頑張って生きてきてくれて、今ここにいてくれて、僕はそれが……ただそれだけが……本当に嬉しいです……」

ほんの少しだけ許された気がした。一方的に責め続けたサンタクロースがわたしのことを許してくれた。救われた気がした。今まで心の底に溜《た》めていた鬱屈《うっくつ》とした感情が春の雪解けのように消えてゆく。だから、伊吹は心の中で囁《ささや》いた。

ありがとう……と。心から聖也に感謝した。

と、そのときだった。ひんやりとした冷たさが頬に触れた。雪だ。空から雪が降ってきたのだ。

「あなたって、本当にサンタクロースなのね」

「なんですか、急に」と洟をすすって彼が笑う。

「こんな風に赤い服を着て。真っ白な雪が降って。まるでクリスマスに戻ったみたい」

「本当だ……」と聖也は夜空を見上げて、ふっと笑った。

「本当にクリスマスみたいだ」

彼の背中から見た雪空は、目を見張るほど美しかった。

「伊吹さん」

「なぁに？」

「どうしてサンタの服が赤いか知っていますか？」

「あ、それ知ってる。コカ・コーラでしょ」

「世間ではそう言われているんですけど、うちに伝わる理由は違うんです」

「へぇ、聞いてみたい」

「発祥は十六世紀のスペインなんです。スペイン王室の旗の色が赤と黄色で、その赤を採ったって言われているんですよ。当時、教会の人たちは赤い服を着るように決められていたんです」

「どうして？」

「赤は〝正義の色〟って思われていたから」

「正義の色？」

「はい。だからサンタクロースは、正義を貫くために赤い服を着ているんです」

「そうだったんだ……」

血の色なんかじゃなかったんだね。この色は、正義の色なんだ。

「だからもし、伊吹さんに辛いことや悲しいことがあったら、そのときは――」

聖也は降り注ぐ白い雪を見つめて言った。

「僕があなたの隣にいます。それで伊吹さんを守ります。あなたの悲しい気持ちを少しでも背負えるように、今よりもっと強くなります。それで僕はいつか……」

「…………」

「いつか、あなたの正義の味方になりたい」

雪が降っていることを忘れてしまうくらい、彼の身体は温かかった。きっとありったけの勇気を振り絞ってくれているんだ。それが分かるから嬉しい。そのぬくもりが、その言葉が、赤い服が、心を静かに癒《いや》してくれる。

「だから伊吹さん」

彼は雪の中で囁いた。

「もう一度だけ、夢を追いかけてみませんか？」

「……え？」

「僕は、あなたが描いた絵本を読んでみたいです」

彼の低い声が背中越しに胸に響く。目の奥がまた熱くなる。心が揺さぶられる。わたしも強くなりたいと思う。心から……。

「ねぇ、聖也さん」

「なんですか？」

「わたしね――」

「はい」

「わたし、あなたのことが好きかもしれません」

「え……」

「ううん、間違えました。かもじゃないです」

「…………」

「……好き」

彼のぬくもりに身体を預け、伊吹はそっと目を閉じた。

「大好き……」

きっと背中越しに高鳴る鼓動を聞かれているだろう。恥ずかしいな。でも、どうしても伝えたかった。今あなたを好きだという、この気持ちを。聖也さんに伝えたいって心から思った。この美しく降る雪の中で……。


あくる日、二日酔いで目が覚めた。頭がガンガンする。口の中はカラカラで砂漠のように乾いていて、吐く息もお酒臭くてげんなりする。今日が休みでよかった。

ふと顔を横に向けると、ローテーブルの上にはあの絵本がある。聖也がくれた絵本だ。

夢じゃなかったんだ……。

ベッドから出て床に座ると、テーブルの上の絵本を開いた。

――いつか、あなたの正義の味方になりたい。

正義の味方か。なんだかお姫様になったみたいで年甲斐《がい》もなくはしゃいでしまう。てことは彼はナイト？　いや、もしかしたら王子様？　ってタイプじゃないか。がまくんだもんね。じゃあカエルの王子様だ。

あれ？　伊吹は顔の筋肉をぎゅっと強張《こわば》らせて斜め上を見た。そのあとわたしなんて言ったんだっけ？「ねぇ、聖也さん」って呼びかけて……それから、それから――、

――わたし、あなたのことが好きかもしれません。

――ううん、間違えました。かもじゃないです。……好き。

ぎゃあああ――！　しまったぁ――！　酔った勢いとはいえ、あんなこっぱずかしいことを言ってしまった！　どうしよう！　なんであんなこと言っちゃったのよ！

は、恥ずかしい！　恥ずかしすぎて記憶を消したい！

二日酔いが悪化して「おぇっ！」と少しえづいてしまった。

まぁでも――。伊吹は絵本にもう一度目をやった。

彼を好きだという気持ちに嘘はない。だからこれでよしとしよう。でもまさか彼を好きになるなんて、初めて会ったあのときからは想像もできない。てことはわたしたちは両想い？　付き合うってこと？　そう考えるとなんだか身体がむず痒《がゆ》い。

聖也との今後のあれこれを考えると顔が熱くなって、また酔っぱらいそうなのでテレビを点《つ》けて気を紛らわすことにした。ワイドショーが流れた。こめかみにはまだ酔いの芯《しん》のようなものが残っている。だから顔を洗いに――、

伊吹はテレビを見て「えっ？」と絶句した。

そこには『サンタクロースは実在した!』というテロップが出ている。

ワイドショーの司会者が大きなパネルボードを前に軽快に話していた。

『今朝発売の週刊文朝《ぶんちょう》によると、サンタクロース家というものが存在して、彼らはデパートやおもちゃ会社がクリスマス商戦で稼いだ金額の一部を搾取しているというんですから驚きです——』

どうして……? 訳が分からずテレビを観たまま動けなくなった。

嫌な予感が雨雲のように胸を覆う。

聖也さん——。伊吹はテーブルの上の絵本に目をやった。

❄

テーブルの上に週刊誌が置いてある。開かれたページには『巨大権利で金をむさぼるサンタクロース家の秘密! ぶち抜き八ページ大特集!』という大仰な見出しが躍っていた。聖也はホテルのソファに腰かけたまま、ぼんやりとそのページを見つめている。

顔を上げると、ローテーブルの向こうで曽利が神妙な顔をしていた。

「お前が話したのか?」

曽利はなにも言わない。ただ黙って俯《うつむ》いているだけだ。

戸中井が週刊誌を手に取った。「この記事を提供したのは船井航一です。今まで『サンタは実在する』と主張してきたのに誰もその言葉に耳を傾けなかった。これは彼なりの世間に対する復讐《ふくしゅう》なのでしょう」

テレビの中では船井が水を得た魚のように語っている。『サンタクロースが実在するって私は以前から声を大にして訴えてきたんですよ』と椅子にふんぞり返っていた。

「曽利、もう一度訊《き》くぞ。あの絵本はお前が見つけてきてくれたものだ。昔の執事仲間に訊いて回ったら、偶然持っている人を紹介してもらえたって、そう言ったな？」

「……それは」

「嘘なんだな？　船井からもらったんだな？　サンタクロースの秘密と引き換えに」

曽利が床に膝《ひざ》をついた。「申し訳ありません！　聖下の仰《おつしや》る通りでございます！」

そして悔しそうにカーペットに爪を立てると、

「しかしあいつは、船井は言ったのです！　決して口外しないと！　これは単に研究者としての興味なんだと！　だから――」

「そんなの嘘に決まってるだろ！」

「聖下！」と神宮が遮った。彼女は目を真っ赤にしてこちらを見ている。

「曽利さんは聖下の役に立ちたかったんです！　役に立って認めてもらいたかったんですよぉ！　曽利さんの気持ちも分かってあげてください！」

聖也は拳《こぶし》を握った。「だからって、こんなこと許されるわけ――」

「この曽利、いかなる罰も受ける覚悟です！　サンタクロース家を去ることも！」

「曽利さんが去ったところでこの騒動を収めることはできません」と戸中井がぴしゃりと言った。冷静になりなさい、とその目が語っている。そして聖也を見ると、

「聖下。先ほどお父上からご連絡がありました。すぐに屋敷に戻るようにとのことです。ご親戚《しんせき》もお集まりになります」

　覚悟はしていた。こんな大ごとになったんだ。ただでは済まされないことくらい分かっている。しかし実際に言われると恐怖が芽生える。かつて親戚全員の前で責め立てられたあの日の記憶が黒いシミを作ると、聖也は堪《こら》えきれずに背中を丸めた。

「恐らくは聖下の進退について話し合われるおつもりでしょう。どうかご覚悟のほどを」

　それからすぐ帰り支度をはじめた。部屋着から黒のセットアップに着替えると、窓の向こうの東京を眺めて小さくため息を漏らす。テーブルの上に無造作に置いてあったスマートフォンを取ると伊吹からの着信が五件も入っていた。きっと心配してくれているんだ。留守番電話も入っていた。再生ボタンを押すと、

『ニュース観ました……。聖也さん、大丈夫？　いつでもいいから連絡ください』

　震えた声で絞り出すようにメッセージを残してくれていた。折り返そうか悩んだ。しかし今のこの気持ちでは落ち着いて話せる自信はない。これから親戚一同と相対するんだ。歯を食いしばっていないとカチカチと音を立ててしまいそうだった。

　部屋の隅でスーツケースに荷物をまとめていた神宮が「聖下」と呼んだ。

「曽利さんのこと、どうなさるおつもりですか？」

「分からないよ、そんなの……」

「クビにするなんて、そんなの嫌です！」神宮は聖也の前に立ちはだかる。「今までずっと三人でやってきたんです。戸中井さんと曽利さんと三人で。わたしはたった三年しか聖下のお傍にいないけど、でも右も左も分からなかったわたしを育ててくれたのは曽利さんなんです。だから――」

感情がこみ上げたのだろう。下瞼に涙をたくさん溜めている。

「曽利さんをクビにするなら、わたしも辞めます！」

「ベル、ひとつ頼まれてくれるか」

「え？」

「伊吹さんに伝えてほしいんだ。僕は大丈夫だって」

「分かりました……」

納得していない表情だ。しかし今の聖也に曽利のことまで考えている余裕はない。これから先、自分自身がどうなるかさえ、なにも分かっていないのだから。

❄

テレビは各局サンタのことばかり報道している。伊吹はリモコンを手に、こまめにチャンネルを変えながらワイドショーに釘付《くぎづ》けになっていた。そして時折スマートフォンに視線を移して聖也からの折り返しがないかを確認する。しかし連絡はまだない。電話に出られない事情があるのかもしれない。あまりしつこくすると重荷になってしまう。それでも、彼を心配に思う気持ちが縄のように身体を締め上げる。伊吹は堪《たま》らずスマートフォンを手に取った。すると同時に着信があった。小雪からだ。

『今ニュース観てるんだけど、サンタ君大丈夫なの？』

「連絡が取れなくて……。何度も電話してるの。でも全然繋《つな》がらないの。小雪、わたしどうしたらいいいんだろう」

両手で握っていないとスマートフォンを落としてしまいそうだ。声が上手《うま》く出せなくて、氷水をかけられたように全身が震えていた。

『落ち着きなさい。とにかく今から店においで。一人でいたら不安でしょ？』

ありがとうと伝えて電話を切ると、急いで着替えて部屋を出た。

『ユーレニッセ』に着くと、壁に設置してあるテレビが点いていた。サッカー観戦のときくらいしか点けないテレビだ。小雪と銀太が椅子に座ってワイドショーを見上げている。挨拶《あいさつ》もそこそこにカウンター席に腰を下ろして伊吹も一緒になって画面を見つめた。

船井航一という男が『サンタクロースは守銭奴だ！』と息巻いている。困り顔の司会者、笑いに走ろうとする芸人、どうでもいいと呆《あき》れているコメンテーター。しかし誰もが一様に戸惑っているようだった。それもそのはずだ。突然にサンタクロースは実在するなんて言われたら誰だって驚くに決まっている。

『とにかく、サンタにはちゃんと会見を開いて説明してもらいたいものですね』

そう言ってＣＭが流れた。小雪は舌打ちをひとつすると、

「こいつら好き勝手言ってムカつくなぁ。サンタ君は悪い奴じゃないっての」

これから聖也さんはどうなってしまうんだろう。テレビが言うみたいに会見を開くのだろうか？　もしそんなことになったら……。きっと世間は彼をバッシングする。さっきのように「守銭奴」と罵《ののし》るはずだ。無理だ。そんなの耐えられるわけがない。この間まで家から一歩も出られなかったのに、人前で話すなんてできっこない。彼は今、不安でたまらないはずだ。怖くて怖くてたまらないはずだ。それなのに……。

わたしはいつもしてもらってばかりで、彼になにひとつ返せていない。

聖也さんが一番大変なときだというのに──。

そんな悔しさを噛《か》みしめていると、店の扉が勢いよく開いた。店内に陽光が差し込む。顔を照らす光が眩《まぶ》しくて伊吹は目を細めて扉の方を見た。

「あなたは……」

そこには神宮が立っていた。息を切らし、額に汗を浮かべている。開いたコートからはタキシードが乱れているのが見えた。急いで来たようだ。決死の様相だった。

「聖下から伊吹さんに伝言が──」

その言葉に弾《はじ》かれるように彼女の元へ走った。

「聖也さんは大丈夫なの⁉」

神宮は乱れる呼吸を必死に整えて何度か頷《うなず》く。そして「僕は大丈夫だって。そう伝えてほしいって……」と吐息の合間から絞り出すようにそう言った。

よかった。とりあえずは一安心だ。

「でも、どうしてこんなことに？」

神宮は少し触れれば壊れてしまいそうなほど張りつめた顔をしている。

「どうしたの？」と訊《たず》ねると、彼女はややあって覚悟を決めたと口を開いた。

「──絵本を見つけるためだったんです」

「え？」

「聖下はあの絵本を一生懸命探していました。本当に必死に探してたんです。東京中の本屋さんや古本屋さんを回って、自分の足で見つけようって頑張っていたんです。でも全然見つからなくて……。そんなとき、船井っていうサンタクロース研究家がその絵本を持っていることを知って──」

「まさかそれで⁉」

神宮は頭を振って否定した。「曽利さんです……。曽利さんが聖下のために秘密を話したんです。勝手に、わたしたちに相談もしないで」

わたしのせいだ。あの絵本を見つけるために、聖也さんにこんな迷惑を──。

「このままじゃわたしたち……」

神宮の声が弱々しくなる。視線を戻すと、彼女はぽろぽろと涙をこぼしていた。

「わたしたちバラバラになっちゃう……」

両手で顔を押さえて、火が付いたように一気に涙が溢《あふ》れだす。

「バラバラになるって……。どういうことなの⁉　教えて！」

「聖下も曽利さんもクビになっちゃうかもしれないんです。これからお屋敷に帰ってお父さんと親戚の前で説明をしなきゃいけなくて。でも聖下、昔その親戚たちにいじめられて、それがトラウマで。そのせいでサンタの服も着られなくなって……」

初めて会ったとき彼は言っていた。かつて自信を失くした出来事があったと。

「伊吹さん！」神宮が伊吹の手を握った。「お願いです！　聖下を支えてあげてください！　聖下はこれから東京を離れます！　だから！」

こぼれる涙粒でメイクは落ちてしまっている。それでもお構いなしという風に神宮は必死の形相で叫んだ。

「今すぐ行ってあげてください！　聖下のところへ！」

彼はいつもわたしを支えてくれた。それなのに、わたしはなにもしてあげられていない。なにも返せていない。彼が今苦しんでいるなら、悲しんでいるなら……。

伊吹は神宮の手を剝《は》がすと、ぎゅっと拳《こぶし》を握りしめた。

今度はわたしが聖也さんを支えたい！

「何時の電車……」

「え？」

神宮の肩を揺すった。そして、

「彼は何時の電車に乗るの!?」

「東京駅、三時四十分発です！」

壁にかかったデジタル時計に目をやる。時刻は三時になろうとしていた。まだ時間はある。まだ間に合う。だから――、
伊吹は勢いよく走り出した。


交通量の多い甲州《こうしゅう》街道までやって来るとタクシーを拾って文字通り飛び乗った。

「東京駅までお願いします！」

車に揺られながら伊吹は思う。

彼のためにしてあげられることが果たしてわたしにあるのだろうか？

――人と話すのが苦手で、今までこれといった恋愛もしたことないようなダメな井の中の蛙《かわず》だけど、それでも僕、変わりたいです。

それなのに、変わりたいと願う彼に「人は変われない」と言ってしまった。今までずっと自分に言い聞かせていた。「わたしは惰性で生きているんだ。人は変われないんだ」って、ずっとずっとそう言い聞かせて生きてきた。でも――、

――人生に惰性なんてないわ。

お母さんが教えてくれた。

――だから伊吹、なにがあっても精一杯生きなさい。

わたしが彼にできること……。

それはきっと、ただひとつだ。

東京駅の近くまでたどり着いたが、車は急に動かなくなってしまった。フロントガラスの向こうには自動車の列ができており、長い渋滞にはまっている。スマートフォンを取り出して時刻を見ると、三時半を過ぎていた。このままじゃ間に合わない。

「ここで降ります！」

料金を支払うと、転がるようにタクシーを降りて駅までの道を全力で走った。もう間に合わないかもしれない。会えないかもしれない。今までだったらきっと諦《あきら》めていた。でももう諦めたくない。だから伊吹は懸命に走った。走って走って走り続けた。聖也にどうしても伝えたい言葉がある。電話じゃなくて、彼の目をちゃんと見つめて、どうしても伝えたい言葉が――。

改札をくぐって電光掲示板で発車ホームを確認すると階段を駆け上がった。息は切れ切れで肺が壊れてしまいそうだ。腿《もも》に鈍痛が奔《はし》り、何度も立ち止まりたくなった。それでも聖也に一目会いたいその一心で、伊吹は光差す階段上のホームを目指した。

新幹線はすでにホームに停車していた。人のまばらなホーム。恐らくもう車内に乗り込んでしまっているだろう。伊吹はぐるりと見渡し彼を探した。しかし聖也はいない。どこにもいない。だから、

「聖也さん！」

思いきり叫んだ。あの日、聖也が渋谷の交差点で叫んでくれたように。

「聖也さん！」

テレビ画面の中で彼は必死に叫んでくれた。

——僕は伊吹さんのことが大好きです!!

わたしもだ……。わたしも聖也さんが好きだ。だから伝えるんだ。今のこの気持ちを。

「聖也さん!!」

何度も何度も叫びながら、車窓の中を覗《のぞ》きながら、聖也の姿を探し求めた。発車の時間が迫っている。焦りが大粒の汗となって頬を流れる。薄手のブラウスしか纏《まと》っていないが身体中が熱い。寒さなんてちっとも感じない。

お願い。お願いだから彼に会わせて。

今じゃなきゃダメなの。

どうしても彼に伝えたいの。

だから、お願い——、

「伊吹さん！」

振り返ると、聖也が新幹線の車内から飛び出て来た。

「どうしたんですか!?」信じられないといった様子で半口を開けている。

伊吹は駆け寄り、戸惑う彼の手を強く握りしめた。初めて触れた彼の手のひらの感触。

温かくて、柔らかくて、思わず涙がこみ上げた。わたしのために強くなろうとしてくれている人の手だ。

そして伊吹は聖也に伝えた。

「わたしもう逃げない！　もう一度自分の夢を頑張ってみる！　幸せになれるように精一杯戦う！　だから！　だから聖也さん……だから……」

その目から涙がぶわっと溢れ出た。

「負けないで……」

「伊吹さん……」

「あなたなら大丈夫。きっと大丈夫。絶対に強くなれるから。だって――」

伊吹は涙の中で微笑んだ。

「だって人は変われるから」

聖也の目が真っ赤に染まると、太陽の光で瞳《ひとみ》が潤んで見えた。

「わたしも変わってみせるよ。だから一緒に戦お？」

発車のメロディが響くと、その音にかき消されるほど小さな声で聖也が言った。

「勇気、もらってもいいですか？」

「え？」

伊吹は手を引かれ、そのまま強く抱きしめられた。彼の心臓のすぐそばに頭があって、その音が、そのぬくもりが直接心に伝わってくる。ほんの少しだけ震えている身体。きっと怖くてたまらないんだ。それでも彼は言ってくれた。

「僕は負けません……」

もう一度、自分に言い聞かすように言った。

「僕は負けません。立派なサンタになって戻ってきます」

「わたしも。聖也さんに絵本を見てもらえるように頑張るから」

身体を離すと、聖也は嬉《うれ》しそうに微笑んだ。

「約束しよ？」と小指を差し出す。

「はい」

そして二人は指を絡める。強くなろう……。そう誓い合って。

わたしは今、わたしのするべきことを果たそう。聖也さんを支えられるように。もう逃げない。絶対に逃げない。あなたといたら勇気が湧くの。

わたしも強くなって、あなたみたいに次の一歩を踏み出したい。

「行ってきます」

彼が乗り込むと同時にドアが閉まって新幹線はゆっくりと走り出した。

人は変われる――。

諦めなければ何度だって生まれ変わるチャンスはある。幸せになるチャンスはあるんだ。だからもう一度戦おう。聖也さんと一緒に。

ポケットから西荻の名刺を出した。そこには携帯電話の番号が記されている。伊吹はスマートフォンを手に取ると、大きく息を吸い込み、そして番号を押した。

「……もしもし、西荻さんですか？　もう一度だけわたしにチャンスをくれませんか。今度はもう、絶対に逃げませんから」

❄

屋敷に到着すると休む間もなく大広間へ向かった。数ヶ月ぶりに帰った自宅はやけに広く感じる。目に映る豪華絢爛《けんらん》な装飾や金色に輝く天井に違和感を抱く。東京で新しい価値観を得た聖也の目には、この贅沢《ぜいたく》の象徴のような屋敷が異様に映った。

廊下を歩きながら心を落ち着けようとするが、さっきから汗が噴き出て鼓動が速い。これから親戚《しんせき》と相対する。やけに寒いのは山奥だからではなく慄《おの》いているからだ。

「大丈夫ですか？」と後ろを歩く戸中井が背中に声をかけてくれた。「ああ」と短く答えたが、声がうわずってしまう。戸中井の横を歩く曽利はずっと俯《うつむ》いたままだ。

――曽利さんのこと、どうなさるおつもりですか？

神宮の声が風の中に聞こえた気がした。しかし聖也は未《いま》だにその答えを見つけられないでいる。だから曽利のことをしっかり見ることができなかった。

大広間の扉の前に着くとノックを二回してドアノブに手を伸ばす。恐怖で躊躇《ためら》う自分がいたが、「大丈夫だ」と強く言い聞かせて扉を開いた。

庭に臨む一面ガラス張りの部屋には、真ん中に大きな一枚板の無垢《むく》材のテーブルが据えられており、それを囲むように親戚たちがすでに座って聖也の帰りを待っていた。懐かしい顔ぶれだ。二十歳のとき聖也を罵《ののし》った連中が勢揃《せいぞろ》いしていた。

同席するのは父の弟たちだ。次男の義治《よしはる》は官僚だ。今は経済産業省で事務次官をしている。三男の邦治《くにはる》は有名企業の執行役員。四男の正治《まさはる》は衆議院議員。そして末の弟の澄《すみ》治《はる》は慶明《けいめい》医大の副学長だ。皆揃いも揃って意地の悪い顔をしている。

そして上座には父の姿があり、その傍らには進一郎も同席していた。こちらを見て薄ら笑いを浮かべる顔が視界の端に映った。

「遅くなりました」聖也はセットアップの前ボタンを留めると、集まった親類たちに頭を下げた。父が「座れ」と告げると、入ってすぐの席に腰を据えた。戸中井たちは聖也の背後に立つ。

「だいたいのことは戸中井に聞いた。曽利、お前が当家の秘密を漏らしたそうだな」

重治の射抜くような鋭い視線に、曽利が「申し訳ありませんでした」と声を震わせながら頭を下げた。怯《おび》えるのは当然だ。曽利は元々父の執事だった。若い頃、行く当てもなく路頭に迷っていたところを父に拾われたのだ。命の恩人である父に迷惑をかけてしまった罪悪感は計り知れない。

五男の澄治がテーブルをトントンと指で叩《たた》きながら口をひん曲げて「そもそもですよ」と重治の方を見た。「聖也をいつまでもサンタの座に就かせておいたのが問題なんですよ。聞けば七年も引きこもっていたそうじゃないですか。そんな男に当主を任せておくなんて兄さんはどうかしてますよ」

「確かにそうだな。七年前に金を騙し取られたときに辞めさせておくべきだったな」四男の正治も援護射撃するように続いた。

三男の邦治が「継承順位についても見直す必要があるんじゃないか？」と腕組みしながら言う。「今の時代、世襲なんか流行《はや》らないよ。うちの会社の社長だって金を積んで外から引き抜いているんだ。サンタの座だってそうあるべきじゃないのか？　有能な人間に継がせるべきだよ。たとえば進一郎とかな」

進一郎の父である次男の義治がほくそ笑んだ。

「重治兄さん。聖也を退位させて、うちの進一郎に当主を任せてくれませんかね？」

重治はなにも言わず目を閉じている。義治は無反応な兄が面白くないといった様子で、ふんと鼻を鳴らしてテーブルの上の茶を音を立ててすすった。

「今はそんなことより、この状況をどう収拾するかが肝心ですよ」

そう言ったのは進一郎だ。高そうなスーツを着て髪を後ろにまとめた姿は聡明《そうめい》で自信に満ち溢《あふ》れている。相変わらず自分が大好きといった姿に、聖也は苛立《いらだ》ちを感じた。

「サンタの秘密が表沙汰《おもてざた》になるなんて千年以上続く当家の歴史で初めてのことだ。しかも今の時代はもみ消そうにも簡単じゃない。対応を間違えれば我々サンタクロース家の存続にかかわりますからね」

「なにか策はあるのか？」と義治が目だけを動かし息子を見た。

「サンタの存在は認めてしまいましょう。そして、今受け取っている企業からの金は今後一切貰《もら》わないと宣言する」

「そんなことしてうちはやっていけるのか？」と、ざわめきが起こった。

進一郎は胸の前で両手を広げると、落ち着いて、と言いたげに笑ってみせた。

「今プールしている資産だけでもかなりの額がある。これを上手《うま》く運用することで更に資産を増やすことは容易です。それよりもサンタであることを世の中に印象付ける。我々は悪者ではない。皆が思い描いている理想的なサンタのイメージを守ることが大事だ。金でほとんどの物は買えますが、世間の信用だけは買うことはできませんからね」

「なるほど。さすが進一郎だな」と邦治が額に皺《しわ》を作って感心した。

「そこで聖也――」と進一郎がこちらを見た。蛇のように鋭い目を更に細めてじろりと見つめるその姿は不気味に思える。なにかを企《たくら》んでいる顔だ。

「お前、会見を開け」

「え……？」

「その席で詫《わ》びるんだ。すべての責任を取ってサンタを辞めてこい」

なにも言えずに黙っていると、進一郎は「お前は生贄《いけにえ》だよ」と口の端を歪《ゆが》めた。

そういうことか……。聖也は膝《ひざ》の上に乗せた手に力を込めた。

あいつは僕にすべての責任を取らせてからサンタの座に就くつもりだ。先代が最低なサンタだった分、慈善事業や社会貢献に力を入れて自分の株を上げる目論見《もくろみ》だろう。

「お待ちください！」

曽利が聖也の横にずいっと立った。見上げると、広い額に汗が光っている。

「この度のことはすべてこの曽利に責任があります！　だから聖下は無関係です！　罰を受けるのは私だけでいい！」

進一郎が手を叩いて笑った。作り笑いだ。恐らくパフォーマンスだろう。

「いいか曽利、お前が罰を受けるのは当然だ。その上で聖也の処遇も考えているんだよ。まったく、当主が当主なら執事もバカだな。お前ごときが軽々しくこの場で口を開くんじゃない」

曽利の太い首筋に血管が浮き出る。握りしめた拳《こぶし》が震えていた。しかし怒りを噛《か》み殺すと「申し訳ありません」と頭を下げた。聖也はその拳をただ見つめている。自分を今まで支えてくれた執事が貶《けな》されているのになにもできないことが歯がゆい。しかしこの状況に委縮して言葉がちっとも出てこないのだ。

「曽利、お前は今すぐこの屋敷から立ち去れ」

進一郎の言葉に曽利は「え……」と愕然《がくぜん》とした。

「お前のような無能な執事はもう用済みだ。さっさと出て行け。目障りだ」

しかし曽利は動こうとしない。目を閉じてじっと俯いている。

「早くしろ」

進一郎の苛立ちの籠《こも》った声が大広間に響く。

「おい、聞いてるのか？」

だんだんと語気が強くなる。そして、

「出て行けと言ってるだろ！　目障りなんだよお前は――」

「待ってください……」

その場にいた誰もが聖也に注目した。瞼《まぶた》を閉じていた父も薄目を開けて息子の顔を見る。傍らに立つ曽利も驚いた様子で視線を向けた。

「……そ、曽利は、曽利は僕のために、ふ、船井に、サンタクロースの秘密を渡したんです。僕が探している物を手に入れるために、ぼ、僕の代わりに動いてくれたんです。だからその、なにが言いたいかというと……」

親戚たちの視線が集まり、足がすくんでしまう。怖くて上手くしゃべれない。しかしそれでも聖也は続けた。

「き、きっと、曽利がやらなかったら、僕が話していました。曽利はそう思ったから僕の代わりに悪役を買って出てくれたんです。ループレヒトになってくれたんだ」

聖也は曽利を見た。今にも泣きだしそうな顔をしている。眉尻《まゆじり》を下げ、目を細めて涙をいっぱい溜《た》めていた。

「曽利、ごめんな。僕のために……」

彼は必死に泣くのを堪《こら》えた。しかしどうしようもなくなって涙が一筋頬を流れる。

「だから、曽利のことをクビにしないでください。お願いします」

聖也は親戚たちに深く頭を下げた。

「バカバカしい」進一郎が吐き捨てるように言った。「いいか。執事に情なんて抱いているからお前は半人前なんだよ。上に立つ人間というのは――」

「黙れ」

重治が重々しく口を開いた。そして我が子を見やると「聖也」とその名を呼んだ。顔を上げると、力強い瞳が聖也を捉《とら》えていた。目を逸らしたくなるような眼光だ。

「進一郎の言う通り、明日会見を開け」

力なく俯《うつむ》いた。僕には無理だ……。人前で話すなんてできない。父さんだって分かっているはずだ。僕がなにもできない勇気のない男だって。分かっているはずなのに。

しかし重治は「自分で蒔《ま》いた種は自分で刈り取れ。それが曽利を当家に残す条件だ」とはっきりとした声で告げた。

それで僕に生贄になってこいって、父さんはそう言いたいのか。

「明日の会見が、お前のサンタクロースとしての最初で最後の仕事だ」

そう言うと、父は席を立って大広間を出て行った。

扉が閉じる音が沈黙の中に乾いて響いた。


その夜は上手く眠ることができなかった。自室のベッドで天井を見つめて思う。

明日の記者会見を乗り切る自信はまるでない。人前で話せる気もしない。ずっとこの部屋で引きこもっていたんだ。人や社会から逃げてきたんだ。そんな僕が大勢の人の前で話すなんて絶対無理に決まっている。

――負けないで……。

伊吹さんが僕の手を握って言ってくれた。

負けたくない。立ち向かいたい。

でもどうしようもないんだ。僕には無理だ。そう思ってしまうんだ。

深夜二時を過ぎても眠気は一向に訪れることはなかった。鉛のように重い身体を引きずって部屋を出る。喉《のど》が渇いていた。しんと静まり返った薄暗い廊下を、スリッパを履いた足でゆっくりと歩く。窓の隙間から忍び込んだ風がつま先を伝って体温を奪う。聖也はぶるっと身震いをして立ち止まった。月明かりが窓から差し込み、廊下に光の筋を作る。外を見ると月がぼんやりと輝いていた。星に囲まれた夜空の真ん中で、ひとりぼっちで浮かんでいる月。あの日、図書室の窓から見た月もこんな感じだった。なんとも寂しい月夜がそこには広がっていた。

「――聖下」

戸中井の声がした。暗い廊下の向こうに彼が立っている。こんな時間なのにまだタキシードを着込んでいた。

「眠れないのですか？」

「うん……」と弱々しく首を縦に振ると、「ならば気晴らしに、お話でもいたしましょう」と唇を横に伸ばして笑みを作った。

戸中井はホットミルクを作ってくれた。蠟燭《ろうそく》の火を灯《とも》しただけの薄暗い食堂で、二人並んでそれを飲む。さっきから胃が痛くてたまらなかったから、温かいミルクが身体に沁《し》みる。

「自信ないよ……」

堪えきれず弱音が口から溢《あふ》れ出た。

「きっと無理だ。大勢の人の前で話すなんてできない。失敗するに決まってる。それなのに会見をするなんて、そんな勇気、僕にはないよ……」

情けないことを言っているのは重々承知だ。しかし身体が会見に臨むことを拒んでいる。逃げ出せと必死に命令している。こんな気持ちで立ち向かえるはずがない。

「なぁ、うちが懇意にしている新聞社だけを呼んでさ、その記者に事情を話すっていうのはどうかな。そうすれば記者から変な質問を受けることもないだろ？　責められることもない。そうだ、それがいい。な、戸中井。そんな感じでセッティングしてくれよ」

しかし彼は首を横に振った。

「会見はするべきです」

蠟燭の炎が彼の横顔に深い陰影を刻む。普段は若々しい顔に細かい皺が目立って見えた。その表情には強い意志が込められている。そして、戸中井は言った。

「逃げるべきではありません」

「分かってるよ、そんなこと。曽利のためにもやらなきゃいけないって分かっているんだ。でも怖いんだよ……」

「曽利さんのためではありません。あなた様のためにするべきです」

僕のために？　聖也は顔を上げた。

戸中井は座り直した。そして、ひと呼吸空けて「聖也様」と名前を呼んだ。こんな風に名前で呼ばれたのは久しぶりだ。当主の座に就くずっと前、子供の頃を思い出した。

「お母様が亡くなられたときのことを覚えていらっしゃいますか？」

「え……？」

「あなたはまだ幼かった。きっと受け入れるまで、さぞお辛《つら》かったことでしょう。奥様も悩まれておりました。聖也様に病のことを話すかどうか。しかしあなたは繊細で、少々弱虫な子供だったので、きっとその事実を受け止め切れないと思い、秘密にしたのです。本当であれば奥様は、あなたとの最後の時間を目一杯一緒に過ごしたかったはずなのに。思い出をたくさん残したかったはずなのに」

母さんは身体が弱かった。僕が小学校に上がる頃から体調を崩して、長い間入院生活を余儀なくされていた。まさか死ぬだなんて思っていないから、僕はずっとお見舞いには行かなかった。でも、どうして今頃そんな話を……。

「亡くなる間際、奥様はお父上と、そして私を病院に呼びました。よく晴れた春の日でした。病室の窓は開かれていて、時折桜の花びらが舞い込んできたことを今もよく覚えています。奥様は窓の向こうの桜を眺めながら、私たちにこう仰《おっしゃ》いました」

戸中井は悲しげに目を細めた。

「聖也を強い人に育ててほしいと……」

母さんが……？

「そしてお父上にこう告げました。心を鬼にして、聖也に厳しく接してほしいと」

母さんがそんなことを。そうか、だから父さんは……。

「お父上は、今もその約束を守ろうとしているのです。奥様の死から二十年近くが経った今でも、あのとき交わされた最後の約束を果たそうとしておられるのです。ループレヒトを演じているのです。しかし、あなたが二十歳の頃の挫折《ざせつ》には、大変お心を痛めてらっしゃった。元々お優しい方です。ふさぎ込むあなたを見て、随分とご自分を責めておられた。それでも今なお心を鬼にしていらっしゃるのです」

父さんがそんな風に……。心が熱くなるのを感じた。

「——そして、奥様は私に対して、こうも仰いました」

マグカップを取りミルクを一口すすって、戸中井がこちらを見た。

「……聖也の母親代わりになってほしいと。お父上が厳しくする代わりに、私は目一杯甘やかしてあげてほしい。あなたの言うことをなんでも聞いてあげてほしいと、そう仰られました。そうやって、二人で聖也を一人前にしてほしいんだと……奥様は私たちにあなたの未来を託したのです」

　だから戸中井は今まで僕のことを決して叱らなかったのか。そんなことまるで知らなかった。この二十年近く、父さんと戸中井は僕のために、僕を一人前の男にしようとしてくれていたんだ。母さんとの約束を守るために……。

「しかし私はこれから、奥様との約束を破ります」

　そう言うと、聖也の瞳《ひとみ》を覗《のぞ》き込んだ。

「もう逃げるのはやめなさい」

「戸中井……」

「自分の弱さから、過去から、もう決して逃げてはいけない」

　戸中井が肩に手を置く。執事として主人である聖也に決して触れることはなかった戸中井。幼い頃、庭で遊んで転んだときに手を差し伸べてくれたのが最初で最後だった。大きくて温かい、立派な手のひらをしている。

「あなたはサンタクロースだ。人々に夢と希望を届けるお方だ。たとえ誰の目にも見えない存在だとしても、あなたは子供の憧《あこが》れでなくてはならない。正義の味方でなくてはなりません。だから決して逃げてはいけない」

「でも……僕にはそんな勇気……」

　戸中井が聖也の名を呼ぶ。少し低い声だ。大事なことを告げるときの彼の癖だ。

　顔を上げると、戸中井は優しく笑いかけてくれた。

「勇気とは誰の心にも平等に備わっているものです。あなたが持っていないなんてことはない。絶対にない。あなたはただ勇気の出し方を知らないだけです」

「勇気の出し方……？」

「ええ。その方法はたったひとつ——」

戸中井は肩に乗せたその手に力を込めた。

「自分自身を信じるのです」

「……自分を信じる」

「聖下。サンタクロースであるご自分に誇りと、そして信じる心をお持ちください。そうすればあなたに怖いものなど、きっとなにもありません」

戸中井は僕が生まれた頃から傍にいてくれた。わがままをたくさん聞いてくれた。たくさん困らせもした。戸中井はそんな僕に言っているんだ。「変わってほしい」と。「強くなってほしい」と。そう願ってくれているんだ。もし今変われなかったら僕は一生逃げ続ける。自分から、過去から、そしてサンタクロースという名前から。これがサンタとしての最初で最後の仕事だ。

——お前にとってサンタクロースとはなんだ？

父さんが言っていたあの言葉の答えを見つけたい。

だから戦うんだ——。

「なぁ、戸中井？　今のは誰の名言だ？」

「今のは――」

戸中井は目尻《めじり》に皺《しわ》を作ると「私自身の言葉です」と綺麗《きれい》に並んだ歯を見せた。

「そっか。でも今まで聞いたどの名言より胸に響いたよ」

淡い蠟燭の光の中、二人は小さく微笑み合った。


あくる日の午後――。市内にあるホテルの広間にマスコミ各社が集まった。サンタクロースが初めて人前に姿を現すということで、信じられないほどの記者が東京から駆け付けた。広間の後方にはテレビカメラがいくつも設置され、並べられた椅子の上で記者たちがパソコンのキーを打ったり、スマートフォンで電話をかけたりしている。誰もが眼前の壇上にサンタが現れることを心待ちにしているのだ。

その広間の裏手、細い廊下を進むと小さな控室がある。入口すぐのところにはポットに入ったコーヒーと簡単な軽食が並んでいる。しかし誰一人として手を付けていない。先ほどからソワソワと部屋の中を行ったり来たりしている曽利。点《つ》けられたテレビを見つめている神宮。壁際に立っている戸中井。そして、聖也は椅子にぽつんと座って外の景色を眺めていた。

小さなボリュームで点けっぱなしになっているテレビでは、ワイドショーが流れている。そこには広間の様子が映し出されており、『LIVE　サンタクロース記者会見場』と記されていた。記者の数を見た聖也は怖くなって視線を逸らした。

『午後二時からサンタクロースの会見がはじまります』とキャスターが言った。

「聖下、そろそろ」と戸中井が動く。テレビの中の時計が一時五十分をさした。いよいよ会見がはじまる。聖也は震える足に力を込めて椅子から立ち上がった。

戸中井が衣装盆を手にこちらにやって来る。そこにはサンタの衣装がある。

見守る曽利と神宮。その視線に気づいて聖也は二人を一瞥《いちべつ》する。不安そうなまなざし。それもそうだ。あの弱虫の聖也が記者会見をするのだ。長い付き合いの執事たちからすれば人類が初めて宇宙に旅立つくらい大それたことだ。

サンタの衣装を手に広げる。襟と袖《そで》、そして裾《すそ》が白い毛に覆われていて、中央には縦に白いラインが伸びている。目に眩《まぶ》しいほどの赤い色。正義を貫く者が着る、誇り高き赤い色だ。

聖也はサンタの衣装に袖を通した。そしてボタンを留め、黒いベルトを腰に巻く。

執事たちを振り返り「行ってくるよ」と笑顔を作った。

「聖下ぁ、頑張ってくださいね」と神宮が泣きそうな声で言う。

曽利はもうすでに泣いていた。罪悪感で押しつぶされそうになっているのだ。「私のせいでこんなことに！」と今朝から何度となく謝られている。

「曽利、ベル。お前たちには感謝しているよ。今まで本当にありがとうな」

「やめてくださいよぉ。なんか今生の別れみたいじゃないですかぁ！」

「そうです！　この曽利、どこまでもついて行きますぞ！」

「いつもみたいにバカなこと言ってくださいよぉ」

聖也は「じゃあ言わせてもらおうか？」と生意気な表情を浮かべてみせた。

「いいか、お前ら。僕が本気を出したらどれくらいすごいか、目をかっぽじってよぉーく見ておけよ」

「聖下、かっぽじるのは耳でございます」

すかさず戸中井が訂正すると、曽利と神宮が噴き出した。釣られて聖也も笑った。戸中井を見ると、彼は黙って薄く微笑んだ。言葉などいらなかった。その目が物語っている。「あなたなら大丈夫だ」と。

聖也は頷《うなず》いて、「行ってくる」と控室のドアを開けた。

❄

同じ頃、伊吹は部屋で一人机に向かっていた。開かれたノートには絵本のラフスケッチが描いてある。昨日、聖也と別れた駅のホームで西荻にチャンスがほしいと頼むと、彼女は「でも……」と口ごもった。きっと心配なのだろう。伊吹がまた精神的に追い詰められてしまうのではと思っているようだ。しかし伊吹は食い下がった。「お願いします！」と何度も何度も頼み込み、ようやくチャンスをもらうことができた。絵本の内容をスケッチとしてまとめて一週間後に提出すること。それが西荻との約束だった。少しでも可能性があれば、スタートラインに立たせてもらえる。

家に帰るとすぐさまクローゼットを開いた。そしてずっとしまったままにしていた画材を引っ張り出した。段ボール箱を開くとき、恐怖で手が止まった。

でも聖也さんも戦っている。怖いけど、逃げたいけど、それでも彼が戦うならわたしも立ち向かうんだ。約束したじゃない。いつか彼にわたしの絵本を見せるって。

そう自分に言い聞かせ、伊吹は段ボール箱を開けた。画材はあの日のままで、鼻孔をくすぐる絵具の匂いが懐かしくて涙が落ちそうになる。描きかけのスケッチブック。サインペン。クレヨン。アイディアをまとめたメモ。夢溢《あふ》れていたあの頃、情熱を傾けた青春のすべてがそこには詰まっていた。

伊吹はスケッチブックを手に願いを込めた。もう一度だけ、わたしに夢を見させてほしい。夢を見る勇気を分けてほしい……と。

そして夢の続きを歩きはじめた。

翌日——今日だ——は仕事が休みだったので朝からずっと絵本の内容を考えている。しかしブランクのせいなのか、なかなかいいアイディアが浮かんでこない。自分が考えることはありきたりで退屈なのではないか？　そんなことを考えると臆《おく》してしまう。あの頃、西荻に毎日のように言われた辛辣《しんらつ》な言葉が蘇《よみがえ》って、思考が止まってしまう。発作が起こりそうになる。しかしそれでも伊吹は机に向かった。挫《くじ》けそうになるたび、聖也の言葉を思い出しながら。

そんな中、聖也の会見が今日の午後に開かれることをラジオで知った。時計を見ると一時を過ぎている。作業を中断してテレビを点けた。

テレビは各局、会見の話題で持ちきりだった。SNSも大盛り上がりの様子で、サンタはどんな人なのだろう？　と誰もが楽しみにしている。ずっと架空の存在だと思われていた人が姿を現すんだ。盛り上がらないわけがない。

しかし一方で否定的な意見もある。サンタが姿を現すことで子供の夢を奪ってしまうのではないか？　と教育評論家がテレビの中で金切り声を上げている。聖也は今、一部の人から『守銭奴のサンタクロース』と呼ばれている。百貨店やおもちゃ会社からクリスマスの権利料を巻き上げて悠々自適な生活を送っていることに怒りを買っているのだ。クリスマスはみんなのものだ。ましてや夢を与える立場のサンタが利益を得るのはおかしいと、憤慨する者が後を絶たない。そして今日、そのサンタが会見を行う。答えによっては更に炎上することは必至だ。

時計の針が二時をさすと、『サンタクロースが現れました！』とテレビの中でキャスターが叫んだ。伊吹は固唾《かたず》を呑んで画面を見つめる。そして眩《まばゆ》いフラッシュの中、聖也が壇上に現れた。彼はあの赤い衣装を纏《まと》っていた。

――サンタは正義を貫くために赤い服を着ているんです。

彼は今、正義を貫こうとしている。サンタクロースとして、一人の男として。

信じるんだ。わたしが信じないでどうするんだ。伊吹は自分にそう言い聞かせる。

彼ならきっと大丈夫だ……と。

❄

カメラのフラッシュで目が眩《くら》みそうになった。足に鉄球でも付けられているかのように一歩一歩がひたすら重い。喉《のど》がカラカラで、頭がちっとも回らない。なんとか席までたどり着くと、白いクロスのかかった長方形のテーブルの上に、スタンドマイクが十本以上も置かれているのが目に入った。ボイスレコーダーの数々。マスコミ各社のものだ。威圧的な雰囲気に緊張が増した。

聖也は置いてあったハンドマイクを手に取った。

「本日はお忙しい中、お集まりくださいまして誠にありがとうございます。私が第一〇八代サンタクロースの明日真・ニコラオス・聖也です。よろしくお願いいたします」

そう言って頭を下げた。声がひどく震えていた。カメラのフラッシュが閃光《せんこう》を放つ。シャッター音が虫の羽音のようで不快だ。椅子に腰を下ろすと、置かれていたグラスにペットボトルのミネラルウォーターを注いで一口飲む。冷たい水が喉を通り過ぎて胃に落ちる感覚に、ほんの少しだけ平静を取り戻すことができた気がした。

そして聖也はたどたどしく話しはじめた。

「ではまず、私たちサンタクロース家についてご説明いたします。サンタクロース家はミラの司教・聖ニコラオスの頃から脈々と続く一族のことを言います。週刊誌にもありましたが、その存在は各国の政府も知っていて、正式なサンタクロースの末裔《まつえい》として認められています。ただ、存在が明るみに出ると子供の夢を壊すことも考えられるため、今まで一切公表はされてきませんでした」

「日本人なのはどうしてなんですか？」と、よく名を聞く雑誌の記者が手を挙げた。

突然の質問にペースを乱され戸惑った。聖也は呼吸をしっかり整え、

「一九〇〇年代の初めに日本にやって来た祖先が日本人女性と結婚して、それで日本の血が入ったと言われています」

「プレゼントを配らないサンタが国に認められているというのは少しおかしいのでは？」と若い新聞記者が質問した。「サンタらしい活動はしてこなかったのですか？」

「いえ、してきました」聖也はマイクを握り直す。「プレゼントを配らない代わりに世界各国の子供たちのために活動をする──それがサンタクロース家当主の役目です。例えば途上国に学校を作ったり、医療支援をしたり、そういった活動を先代たちは行ってきました」

「では──」と一人の記者がフラッシュの音の間からよく通る声で発した。聖也はごくりと息を呑む。恐らくはお金の質問だろう。皆が聞きたがっていることだ。

その記者は言った。「一部週刊誌で報道された、百貨店やおもちゃ会社から権利料としてその売上の一部を貰《もら》っていることについて、ご説明を願えますか？」

聖也はグラスのミネラルウォーターを飲み干した。ここからが本番だと自分に言い聞かせる。

「すべて報道の通りです……」

カメラのフラッシュが一斉に焚《た》かれた。

「サンタクロース家は、世界各国の百貨店やおもちゃ会社などから、クリスマス商戦で得た売上額の三パーセントを頂いております」

パーセントについては報道されていなかったからだろう。ざわめきが波のように押し寄せてきた。黙っていたら飲み込まれそうだ。聖也は負けぬように話を続けた。

「この制度については、いつからはじまったのか、その詳しい時期については分かりません。しかし、かなり昔からサンタクロース家と各社との取り決めとして慣例的に支払われてきました」

すると、先ほどの若い新聞記者が再び手を挙げた。

「それについて心が痛んだりすることはなかったのですか？　サンタクロースは平和と思いやりの心を広げるために子供たちにプレゼントを配っている聖人ですよね。それなのにみんながプレゼントを買ったお金の一部を懐に入れていただなんて、子供や親御さんに対して申し訳ないとは思わなかったんですか？」

一瞬、答えるのを躊躇《ためら》った。突き刺さる記者たちの視線に震えあがった。敵意の籠《こも》った視線。心拍が速くなり、口で呼吸をしていないと意識が飛びそうだ。

「……でした」

記者が「聞こえませんよ」と苛立《いらだ》ちの籠った声で語気を強めた。

「……思いませんでした」

会場がどよめいた。聖也は震える声でおどおどと続ける。

「僕がサンタクロースに即位したのは二十歳のときです。その頃はそれが当たり前だと思っていました。お金のことは執事が全部管理していましたし、僕自身、家の資産がどのくらいあるのかなんて把握していませんでした。お金があるのは当たり前、そう思って暮らしていました。でも――。でも今は違います。ある人が僕に教えてくれたんです。クリスマスのおもちゃ売り場は世界で一番夢に溢れている場所だって。僕はその夢で得たお金で贅沢《ぜいたく》をしているって。それで目が覚めました。僕は人の夢や笑顔の上で、胡坐《あぐら》をかいて暮らしていたんだって。だから今は反省しています」

「反省って……」とスーツ姿の小太りの記者が不愉快そうに吐き捨てた。「反省するだけですか⁉　反省してこれからも贅沢をするんですか⁉」

あまりの剣幕に血の気が引く。目の前がぐにゃりと歪《ゆが》んで視界がぼやける。聖也は、しっかりしろと自らを奮い立たせ、震える両膝《りょうひざ》に置いた手に力を込めた。

「今後、お金は頂かないようにします。大変申し訳ございませんでした」

テーブルに額が付くほど頭を下げた。

「サンタさん。あ、明日真さんと呼んだ方がいいですか？」髪の後退した記者が耳の横で手を挙げた。くたびれた紺のジャケットを着た中年男だ。

「どちらでも構いません」と少しだけ顔を上げて聖也は答える。

「じゃあサンタさん。先ほどあなたが仰《おっしゃ》った、クリスマスのおもちゃ売り場は世界で一番夢に溢れているってこと……それを教えてくれたのはどこの誰ですか？」

伊吹さんのことを訊《き》きたいのか。でも彼女は巻き込みたくない。

「すみません。その方は一般人なので名前はご勘弁いただけ――」

「伊吹さんという女性じゃないんですか？」

二の腕にぞわっと鳥肌が立った。そこまで知っているのか。

「前にニュースになったでしょう。サンタクロースが渋谷の交差点で愛を叫んだって。あの動画の声、あれはあなたですよね。そのとき叫んでいた女性の名前が、確か伊吹さん、だったなぁと。いかがですかね？」

記者たちの目が興味で輝いている。サンタの恋愛事情。これはネタになるとでも思っているのだろうか？

「どうしました？」と記者が催促をする。こうなったら黙秘は仇《あだ》となる。どの道、彼らは徹底的に調べるだろう。それに嘘をつくのは得策ではない。だから聖也は躊躇いながらも「その通りです」と小さく頷《うなず》いた。

「では訊きます。どうして交差点で叫ぶような真似をしたんですか？」追い打ちをかける質問を浴びせられ、聖也は「それは……」とテーブルクロスに目を落とした。

❄

伊吹は息を詰めてテレビを観ていた。画面の中で聖也が苦悶《くもん》の表情を浮かべている。きっとわたしのことを話してはならないと思って、守ろうとしてくれているんだ。そんな姿がいじらしくて、申し訳なく思えてしまう。

わたしのことだったらなにを言ってもいいよ。責められる覚悟だってできている。世界中から攻撃されたって構わない。だから聖也さん、どうか頑張って……。

祈るように胸の前で指を組んだ。

『——僕は』と聖也が静かに口を開いた。伊吹はハッと目を向ける。光り輝くフラッシュの中、彼はただ一点を見つめながらたどたどしい口調で慎重に話しはじめた。

『僕はダメな人間でした。二十歳のときに人に騙《だま》されて、親戚《しんせき》や父に迷惑をかけて、家から出られなくなりました。七年間ずっと部屋に引きこもって、自堕落な生活を送ってきたんです。自分はダメな人間だ、なにをしても上手《うま》くいかない、そう思い続けてきました。自分から、過去から、父から、ずっと逃げていたんです。でも思ったんです』

聖也はぎゅっと目を閉じた。

『変わりたいって……』

伊吹は聖也との出逢《であ》いを思い出していた。まともに話すこともできなくて、目を見ることすらできなくて、オドオドしてて頼りない。でも彼はずっとずっと変わりたいと願っていた。わたしのために変わろうとしてくれた。

『怠け者で、トロくて、要領も悪くて、わがままながまくんだけど、それでも変わりたいって思ったんです。それで彼女にふさわしい男になれたらって……。彼女は優しい人でした。絵本が好きで、おもちゃ売り場で一生懸命働いていて、子供想いで、夢を諦《あきら》めてしまったことや、お父さんを亡くされたことに今も苦しんでいて……それでも、精一杯生きようとしている人でした。僕はそんな彼女に恋をしました。彼女に、伊吹さんに好きになってほしい。振り向いてほしい。そう思って、あの場所で好きだと叫びました』

今まで彼がしてくれたひとつひとつが脳裏に浮かんだ。七年ぶりに家から出て、サンタの衣装に袖《そで》を通して、奇蹟《きせき》を見せると宣言してくれた。渋谷の交差点で好きだと叫んでくれた。大切な絵本を見つけてくれた。そして、たくさんの言葉をくれた。わたしのことをたくさんたくさん好きになってくれた。一歩一歩、少しずつだけど一生懸命強くなろうとしてくれた。できないことを頑張ってできるように努力してくれた。

だから……。

伊吹の目から涙がこぼれた。

だからあなたはもう井の中の蛙《かわず》なんかじゃないよ。こうやって立派に人の前でも自分の気持ちを話せるようになった、立派なサンタクロースだよ……。

『要するに恋愛のためですか！』と女性記者が叫んだ。『好きな子に振り向いてほしいから自分がサンタだと名乗ったわけですか⁉　あまりにもひどくないですか⁉　それによって傷つく子供がいたらどうするんです⁉』

聖也は再び俯《うつむ》いてしまった。その姿に唇を強く噛《か》む。なにもしてあげられない自分が歯がゆい。今すぐ駆け付けたい。それで「彼は悪くない！」って叫びたい。

でもわたしにはできない。なにもできないんだ。ここから見守るしか。

テーブルの上の絵本を胸に抱きしめた。そして祈った。

お父さん……。お願い。お願いだから彼を守って。

わたしのなけなしの勇気を、どうか彼に届けてあげてほしい。

彼が少しでも、ほんの少しでも、強くなれるように……。

❄

「――僕はサンタを辞めます」

聖也が呟《つぶや》いたその声は、マイクで拾えるか拾えないかの小さなものだった。

一人の記者が「今なんて？」と訊《たず》ねる。

「僕は責任を取ってサンタを辞めるつもりです。だからもう許してください……」

もう嫌だ……。やっぱり僕には会見なんて無理だったんだ。みんなを納得させることはできない。もう無理だ。僕には無理なんだ。

「それが責任を取ることになるんですか⁉」

怒鳴り声が響いた。聞き覚えのある声だ。俯いたまま目だけ向けると、そこには船井航一の姿があった。相変わらず血色は悪いが、その声には張りがある。記者たちが彼に注目する。カメラのシャッターが切られる中、勝ち誇った笑みを浮かべていた。

「あなたが辞めれば済む問題じゃないでしょう。あなたは子供の夢を奪ったんですよ。いいですか？　あなたがここに現れた時点で、子供たちはサンタクロースがどんな人かを知ってしまった。サンタとはどうしようもない人間だってね。金にがめつくて、色恋にうつつを抜かしているダメな大人だと。これは大問題だ。辞めるだけで済むわけがない。明日真さん、どうするおつもりですか？」

「すみません……」

「聞こえませんね」

「本当にすみません……」

「謝って済むわけないでしょう！」船井の怒号が鼓膜を揺らす。この場で会見を乗っ取ってヒーローになろうという魂胆だろう。その考えが薄ら笑みの間から透けて見えるから余計に腹立たしいが、しかし聖也は顔を上げることができなかった。もうこれ以上責められたくない。傷つけられたくないと心が硬直していた。この嵐が過ぎ去るのを身を縮めて耐えるしかなかった。

船井が一枚の手紙を高らかに掲げた。

「これは週刊文朝に寄せられた、ある小学生からの手紙です。これを読んで私は心が痛くなりましたよ。あなたがしたことがどれほどのことか読んで差し上げましょう」

そう言って手紙を広げると、そこに書かれた文面を大声で読み上げはじめた。

「こんにちは。僕の名前は——おっと、名前は伏せましょう。僕は小学三年生の男子です。突然のお手紙ごめんなさい。どうしても訊《き》きたいことがあるんです。うちにはお父さんがいません。お母さんがスーパーでパートのお仕事をしています。だからあんまりお金はありません。なのでお母さんに悪くて、ほしいものがあっても買ってって言えません。僕はサンタさんが大好きです。サンタさんは毎年プレゼントをくれます。この間のクリスマスには自転車をくれました。ずっとずっとほしかったやつです。お母さんも『よかったね』って言ってくれました。この前、テレビを観ていたらサンタクロースがいるって言っていました。嬉《うれ》しかったです。でもテレビでおじさんたちが言っています。サンタはお金に汚い人だって。みんなのお金を自分のものにしているって。それを聞いて悲しくなりました。サンタさんが僕にくれたこの自転車は、他の人から獲《と》ったお金で買ったものなんですか？　だとしたら嫌です。そんな自転車、僕はいりません。こんなことなら、サンタさんなんていない方がよかったです。お願いです。僕に本当のことを教えてください。サンタさんはどんな人なんですか？　本当に悪い人なんですか？　どうか教えてください」

読み終えると、彼は手紙を折りたたんでジャケットのポケットにしまい込んだ。

「これについてどう答えますか？　あなたは子供の純粋な心を傷つけた。子供の夢を奪ってなにも思わないんですか⁉」

こんなとき、なにも言い返せない自分が情けない。でも怖くて顔を上げられない。

俯いたまま動けずにいると、記者たちの罵声《ばせい》がフラッシュと共に響いた。

「なんとか言ってくださいよ！」「どうしたんですか⁉」「サンタさん⁉」「黙っていたら分かりませんよ⁉」「答えてください！」「ほら、早く！」

聖也はなにも言えずにただ下を向いている。追い打ちをかけるように船井が叫んだ。

「あなたは証明してしまったんですよ！」

悔しさを噛み殺すようにぐっと奥歯に力を込めた。

「みんなが思い描くあの優しい白髭《ひげ》のサンタクロースはいないってことを！」

違う……。

「サンタなんて幻想だ！」

違う……。

「サンタは汚い大人だ！」

違う……。

「あなたはそう子供たちに思わせて――」

「それは違う‼」

聖也は叫んだ。その声に会場が静まり返る。

震える身体を奮い立たせて、聖也はゆっくり顔を上げた。そして、

「それは違います!!」

まだ声は震えている。怖くてたまらない。でももう俯《うつむ》いているのは嫌だ。逃げるのは嫌なんだ。だから身体中から勇気をかき集め、聖也は意を決して叫んだ。

「サンタクロースは幻想なんかじゃない！　サンタはいます！　ちゃんといるんだ！」

震える膝《ひざ》をぐっと押さえて聖也は続けた。

「この世界には僕だけじゃなくて、たくさんのサンタクロースがいます！　あなたたちが言う通り僕はひどいサンタクロースかもしれない！　でも、それでも、サンタの中には子供たちを——君たちを心から大切に想っているサンタクロースもちゃんといるんだ！　君たちに喜んでもらいたくて、笑ってもらいたくて、プレゼントを届けてくれるサンタはいる！　絶対にいるんだ！　君に幸せになってほしい、精一杯生きてほしいって、心からそう思っているから……。だから君がプレゼントしてもらったその自転車は人から奪ったお金で買ったものなんかじゃない。君のことを想って、心を込めて届けてくれたプレゼントだ。だからどうか、そんなこと言わないでほしい……お願いだから……」

涙が溢《あふ》れて聖也は袖で目をこすった。しかし涙は止まらない。情けないくらい次々と頬を伝って赤い服に落ちた。そして伊吹の隣で見た光景が蘇《よみがえ》った。

百貨店のおもちゃ売り場で子供のためにプレゼントを買っていたお父さんやお母さん。

彼らはサンタとして子供に夢を届けている。大きな箱を手に笑っていたおじいちゃん。孫にサンタはいるんだって喜んでもらいたいと思っていたに違いない。そして小雪さんが言っていた。「わたしがこの子のサンタになるんだ」って。

そうだ……。サンタクロースは僕一人だけじゃない。みんなのお父さんやお母さん、おじいちゃんやおばあちゃん。君たちを愛する一人一人が、君にとってのかけがえのないサンタクロースなんだ。だから——、

「だからどうか信じてほしい……」

泣いているから声が上手《うま》く出ない。それでも聖也は逃げずに前を向いた。

僕にとってサンタクロースとはなにか——。

今ならその答えが言える気がする。

「目には見えなくても、会うことはできなくても、もしも君が信じてくれるなら、サンタは毎年素敵なプレゼントを届けてくれるはずだよ。それで、そのプレゼントと一緒に、君にかけがえのない物を届けてくれるんだ……」

聖也は精一杯に微笑んだ。

「……真心を君に」

サンタクロースとは、大切な人を幸せにしたいと願う、その真心なんだと僕は思う。

誰かが誰かを愛する限り、大切に想う限り、サンタクロースはいなくなんてならない。

たとえ僕がサンタじゃなくなったとしても。その人にとってかけがえのないサンタクロ

ースは、きっと必ず現れる。聖なる夜に——。

記者会見を終えると疲労が波のように押し寄せて廊下でへたり込んでしまった。なんとか壁に手を付き控室まで戻ると、戸中井と曽利と神宮が待っていてくれた。

「父さん……」

部屋の奥の椅子に、重治が座っていた。

曽利と神宮は泣いていた。戸中井も柄にもなく少しだけ涙ぐんでいる。

「聖下！　さすがでございます！」と曽利が抱き付いてきたので、「やめてくれよ、気持ち悪い」と力なく笑った。神宮も「感動しましたよぉ。やればできるじゃないですか」と子供みたいにわんわん泣いた。泣き虫な執事二人を見てこっちまで泣けてきた。

「聖下」と戸中井が呼んだ。顔を向けると、彼は満面の笑みを浮かべた。そして一言、

「素晴らしい」と褒めてくれた。

僕は少しは恩返しができただろうか？　いつも迷惑ばかりかけてきた彼らに、最後の最後でほんの少しでも、サンタとしての姿を見せられたかな……。

父と目が合った。重治は静かに椅子から立ち上がると、その大きな身体を揺らしながらこちらに向かってやって来た。そして目の前で立ち止まる。怖くなって視線を逸《そ》らしてしまう。すると父は、「聖也……」と名前を呼んだ。

顔を上げた途端、聖也は表情を保っていられなくなった。涙が溢れて顔が無様なほど

ぐしゃぐしゃになる。

父は笑っていた。あの頃と同じ笑顔で。かつて幸せだった頃の、母が生きていた頃の、優しかった父の笑顔がそこにあった。

「よく頑張ったな、聖也」

「父さん……」

父さんが初めて僕を認めてくれた。

父さんがまた笑ってくれた。

あの頃みたいに……。

嬉しい——聖也は泣きながらその幸福を噛《か》みしめた。そして心の底から思った。

僕はサンタクロースとして生まれてきてよかった。

嫌なことも辛《つら》いこともたくさんあったけど、それでも今日までやってこられてよかった。きっと一人じゃ絶対にたどり着けなかったと思う。父さんがいて、母さんがいて、戸中井や曽利や神宮がいたから。そして、伊吹さんと出逢《であ》えたから、僕はやっとサンタになれたんだ。

僕は今日、サンタクロースとしてようやく一人前になれた気がした。

第三章　あなたに贈る物語

あれからおよそ一年が経った――。

十二月に入ると三枝屋百貨店はクリスマスムードに彩られる。今年も六階フロアの真ん中に大きなツリーが据えられて、赤、黄、青に輝く電飾が淡い光を放つ。もうすぐクリスマス本番。たくさんの人々がプレゼントを求めてやって来る。世界で一番幸せな場所が、またここに戻って来たのだ。

制服を纏《まと》った伊吹はいつものようにおもちゃ売り場からフロアを行き交う家族連れの姿を眺めていた。すると、

「お姉ちゃん！」と男の子の声がした。一人の少年が離れた場所から手を振っている。見覚えのある男の子だ。そして伊吹の元へやって来ると、折り紙で作った星の真ん中に貼られたサンタのシールを見せて笑った。いつか魔法のシールをあげた少年だ。

「お姉ちゃんが言ってたこと本当だったね！」

少年は顔をまん丸にして笑った。

「魔法のシールを貼ったらサンタさん本当に来てくれたよ！」

伊吹は屈《かが》んで少年の頭を撫《な》でてあげた。

「じゃあお母さんの言うことちゃんと聞いたんだね。えらいえらい」

少年は自慢げに「うん！　ちゃんとお手伝いもしたんだよ！」と胸を張る。去年よりも立派になったその姿がなんとも微笑ましい。素直で優しい子に育っていてくれてよかった。伊吹は嬉《うれ》しくて笑みをこぼした。

「ねぇお姉ちゃん、今年もサンタさん来てくれるかなぁ？」

その言葉に少しだけ胸が痛くなった。その理由は分かっている。彼だ。聖也のことを思い出してしまうからだ。

あの日、あの記者会見のあと、彼は突然いなくなってしまった。サンタクロースを退位してどこかへ消えてしまったのだ。聖也のことを思い出すと心に刺さった棘《とげ》が疼《うず》く。

それでもこの子に言ってあげよう。かつて彼が言ったあの言葉を。

「きっと今年も来てくれるよ。君が信じてあげるならサンタさんは届けてくれるから」

伊吹は微笑んだ。

「真心を君に……」

そして「よいクリスマスを」と少年と母親を見送った。

「さすが魔法の笑顔ですね」

美紗の声がした。彼女は子供が散らかしたおもちゃを片付けながら感心のまなざしをこちらに向けている。

「またそんなこと言って～。ご飯はおごってあげないからね」

「えー、絵本の印税入るんですよね？　いいじゃないですか」

「あのねぇ、絵本って美紗ちゃんが思ってるほど売れないのよ」

「でも分からないじゃないですか。もしかしたら大ヒットするかもですよ？　発売っていつでしたっけ？」

「十二月二十五日」

「へぇ、クリスマスか。どんなお話なんですか？」

「それは買ってからのお楽しみ。ちゃんと買ってよ？　わたしが一番描きたいことを描いたんだからさ」

「一番描きたいこと？」

「最初は編集の人には嫌な顔されて、怖くなったりもしたんだけどさ。でもくじけずに描こうって決めたんだ。胸を張って『これがわたしの絵本だ』って言える物語を、ちゃんと最後まで描きたいって」

「じゃあ絶対に読まなきゃですね」と美紗は大きな目を弧にして笑った。その笑顔が心に沁《し》みる。魔法の笑顔は美紗ちゃんの方だよ。伊吹は思った。

「でも、寂しくなりますね」

「どうして？」

「だって伊吹さん、今年いっぱいで退職でしょ？　そう思ったらあとちょっとしか一緒に働けないんだなって。でもよく決意しましたね。絵本作家で食べて行けるかなんて分からないのに。怖くないんですか？」

「そりゃ怖いよ」と伊吹は両眉《まゆ》の端を下げていたが、すぐに気丈な表情に戻る。「でも、精一杯頑張ってみようって思ったの。勇気を出さなきゃって」

正直自分でもよく決断したなぁと思っている。先が見えない不安定な道を選ぶだなんて一度夢を捨ててからは想像もできなかった。それでも、もう二度と後悔だけはしたくない。自分の人生を精一杯生きたいと心から思った。

「伊吹さん今日早番ですよね？　もう六時半だしそろそろ上がったらどうですか？」

「六時半⁉」腕時計を見て伊吹は飛び跳ねた。「やばい！　行かなきゃ！」

「あ、もしかしてデートですか？」

「違う違う。今から社長に会いに行くの」

「社長に⁉」

慌てて着替えて退社すると、外を吹く北風の冷たさに悲鳴を上げそうになった。

夜空には大きな雲がたなびいて、月がちょうど隠れている。今年の冬は去年とは比べものにならないほど寒い。東京に来て約八年。年々寒さへの耐性がなくなっていることが悲しい。そしてもうひとつ悲しいことが。それは去年も着ていたこのスーツが更に窮屈になったということ。お肉がまた増えたのだ。いい加減、痩《や》せないとまずい。

グレーのロングコートの前ボタンを上まではめて、新宿通りを駅に向かって歩く。

クリスマスを一週間後に控えた街は慌ただしい。店からはクリスマスソングが流れ、道行くカップルも憎らしいほど幸せそう。みんな去年あったサンタクロースの騒動のことなんてあっという間に忘れて、いつも通りのクリスマスを過ごすのだろう。そう思うと悲しい。聖也があんなに一生懸命頑張った会見も、その直後に起こった人気俳優の不倫ネタで一気に忘れられてしまった。人の気持ちなんてあっという間に移ろってしまうのだ。


聖也が消息を絶ったことは戸中井からの報《しら》せで知った。あの会見から一切連絡が取れなくなって電話番号も変わってしまった。心配で堪らなかった。なにも手に付かず彼からの連絡を待ち続けていた中、手紙が届いたのだ。慌てて封を破って便箋《びんせん》を開くと、丁寧な文字で聖也が退位したこと、そして屋敷から出て行ったことが記されていた。

どうして勝手にいなくなったりするのよ……。納得できず、その日のうちに電車に飛び乗り屋敷へ向かった。しかし戸中井も曽利も執事を辞めていた。神宮については仕事で日本にはいなかった。

あれから約一年——。未《いま》だに聖也の消息は摑《つか》めていない。

正直ちょっと、いや結構ムカつく。なんでなにも言わずにいなくなるのよ。わたしのことはどうでもいいの？　好きじゃなかったの？　放っておいて大丈夫とでも思ってるの？　当時はそんな風に悔しく思って「あーくそぉ！　別の人と恋してやる！」って、やけ酒もした。でもふとした瞬間、彼のことを気にしてしまう。元気にしてるかな。また引きこもったりしてないかな。ちゃんとご飯食べているのかな。そんなことばかり考えてしまう。もう一度会いたいって、どうしても思ってしまうのだ。

彼はわたしを変えてくれた。くすぶっていたこの人生に、この心に、希望という名の火を灯《とも》してくれた。クリスマスのキャンドルのように。そのおかげで今こうして夢を叶《かな》えることができた。だから聖也さんには感謝している。ううん、感謝なんて安っぽい言葉では言い表せない。だからこの気持ちを伝えたい。もう一度会って、あなたにちゃんと伝えたいんだ。

「——久しぶりだね。一年ぶりかな」

飯田は相変わらず鋭い眼光をしていた。しかし一年前よりかなり痩せている。

「去年は色々迷惑をかけたね。君をサンタクロースに嫁がせようだなんて、私はどうしていたよ。やっぱり結婚は好きな人とするべきだ。愛する人と共に生きる。愛すべき子供が傍にいる。それだけで幸せなんだと今更ながら気付いたよ」

てか、なんでたった一年でこんなにキャラ変してるの？　怖いんですけど……。

「今年の夏に離婚してね」飯田はデスクの上で手を組んだ。「別れるとき妻に言われたよ。あなたは女を下に見ているとね。その言葉に打ちのめされた。自分がいかに小さな人間か気付かされたよ。そして私は変わった。このままじゃダメだと思ってヨガをはじめたんだ。結構ガチなやつをね。出勤前に毎朝五時間、みっちりやっているよ」

「あの、それはどうでもいいんですけど——」と話の腰をあえて折った。

「例のサンタのことかい？　ちゃんと調べておいたよ」

　聖也の行方について探す術《すべ》がなかった伊吹は飯田に頼った。社長ならサンタクロース家との繋《つな》がりで聖也を見つけ出してくれるかもしれない。しかしサンタクロース家はあの会見の後、百貨店やおもちゃ会社と縁を切ってしまった。そのため、社長の伝手《つて》は辿《たど》れなかった。しかしそれでも飯田は伊吹のために尽力してくれたのだった。

「彼は今、都内で清掃の仕事をしているらしい」

「本当ですか⁉　どこの会社ですか⁉　教えてください！」

　勢いよく机にバン！　と手を付くと、飯田は身をよじって驚いた。

「そこまでは分からなかったよ。申し訳ない……」

　聖也さんが都内にいる……。

「いえ、それが聞けただけでも嬉《うれ》しいです。ありがとうございます！」

「これは僕からのクリスマスプレゼントだよ」飯田は朗らかに微笑んだ。

　本社ビルから出ると、伊吹は銀座の街を見渡した。たくさんの人が行き交う街に聖也の姿を求めてしまう。もしかしたら、この街のどこかにいるかもしれない。こんな風に目を凝らせば彼の姿がこの目に映るかもしれない。

　会いたい……。できることならもう一度、わたしはあなたとめぐり逢《あ》いたい。それでわたしの絵本を読んでほしい。そこにありったけの想いを込めたから……。

星のない空に願いを込めて、伊吹はいつまでも街の中に聖也の姿を探し求めた。

❄

今日の仕事は嫌で嫌で仕方なかった。現場は三枝屋百貨店・本社ビル。そのフロアの掃除を依頼されたのだ。もしかしたら彼女に会うかもしれない……。聖也はそう思って気怖《きお》じしていた。しかし伊吹の勤務先は新宿店だ。だから会うはずはないと自分に何度も言い聞かせてバンに乗り込み、同僚たちと現場へ向かった。

記者会見を終えた聖也は、その翌日にサンタクロースを退位した。未練はなかった。あの会見でサンタとしての自分の役目は終わった。これからサンタクロース家は苦難に挑むことになる。世の中の風当たりが厳しい中で再建を目指さなければならない。そう思ったら――性格はさておき――進一郎のような優秀な男にサンタを譲るのが妥当だと判断した。

サンタクロースを辞した聖也は屋敷を出た。仕事を探さなくてはならない。父が世話をしてくれると言ったが、それは断った。自分の力で見つけたかった。いつまでも父や戸中井たちに頼っていてはダメだ。いい加減自立しなくては……なんて格好をつけたものの、現実は相当辛《つら》かった。今まで職歴がまるでない――もちろんサンタだったことは伏せなくてはならない——聖也を雇ってくれる会社はない。柄にもなく肉体労働をして食い繋いだ。そこで出逢《であ》った犬林《いぬばやし》さんという歯の抜けたおじさんの紹介で今の清掃会社に入ることができたのだ。もちろん給料は安い。すさまじく安い。自分が今までいかに贅沢三昧《ぜいたくざんまい》だったかを改めて思い知らされた。

清掃会社で半年間契約社員として働き、勤務態度を認められて正社員に昇格すると、すぐさま東京転勤を言い渡された。そして中野《なかの》の家賃四万五千円の安アパートで一人暮らしをはじめた。苦労は多い。とにかくお金がない。税金や保険料の高さに絶望することも少なくない。どうして生きているだけでこんなにお金がかかるのだろうか。とはいえ、みんなこうやって暮らしているんだ。生きることの大変さを今まさに勉強している最中だった。

そんな不慣れな生活の中でも、伊吹のことだけは忘れなかった。ふとした瞬間に彼女のことを思い出してしまう。仕事で彼女と訪れた場所にやって来ると、どこかに伊吹がいないだろうかと探してしまう。しかしそのあと決まってため息が漏れる。

僕はもう伊吹さんに会う資格なんてない……と。

こんな生活もままならない男が彼女のことを幸せにできるわけがない。それにもう電話番号だって消してしまったんだ。連絡の取りようだってないじゃないか。だから忘れるんだ。そうやって自分の気持ちに蓋《ふた》をして過ごしてきた。

三枝屋百貨店の本社ビルで掃除をしながら、時折冷たくなった手に息を吐きかける。今日は信じられないくらい寒かった。冬の現場は相変わらず辛い。真っ赤なつなぎの上に着ているナイロンジャンパーだけでは今日の寒さはしのげそうになかった。

「おい、明日真！　次は上の階を頼む！」

「はい！」

高圧洗浄機のコンセントを抜いて二階へ向かおうとする——と、聖也は足を止めた。エントランスの一面ガラス張りの窓の向こうに女性の背中がある。グレーのロングコートを纏《まと》った髪の長い女性だ。後ろ姿が伊吹によく似ている。

その人は自動ドアの脇に佇《たたず》み銀座の街を見渡しながら、まるで誰かを探しているようだった。聖也はしばらく彼女の後ろ姿を見つめた。なにかを願っているような背中が妙に印象的だった。懐かしくて、切なくて、見つめているとどうしようもなく胸が苦しい。伊吹のことを思い出してしまう。でも、彼女はもう僕のことなど想っていないだろう。そりゃそうだ。あんな風に急にいなくなって連絡ひとつしなかったんだから。愛想を尽かされたに決まっている。

聖也は諦《あきら》めの表情で苦笑すると、頭を振って二階へ向かった。

仕事が終わると家路についた。事務所のある新橋からJR線を乗り継いで中野駅まで帰ると、近所のスーパーで二割引きの安い弁当を買って家までの道をビニール袋を揺らしながら歩いた。最初は侘《わび》しかったこの生活にも慣れた気がする。でも冬が到来してからというもの、やけに寂しさが募る。その理由はなんとなく分かっていた。

去年の今頃、僕の隣には伊吹さんがいた。彼女が笑いかけてくれることが幸せで、好きだと言ってくれたことが嬉しくて、あんなに温かい冬を過ごしたのは初めてだった。

あの頃の幸福を思うと、今の自分が惨めに思える。過去を振り返るべきじゃないとは分かっている。しかし伊吹を過去にしてしまう勇気は今はまだなかった。だからせめて、この冬空に願いを込める。

どうか伊吹さんが幸せでいてほしい。この東京の空の下、どこかで幸せに暮らしていてほしい。笑っていてほしい。できることなら僕が幸せにしてあげたかったけれど……。

アパートの外階段を上って、ドアの前でポケットを漁《あさ》って鍵《かぎ》を出そうとしているとスマートフォンが鳴った。ディスプレイの名前を見て、思わず笑みがこぼれる。

『あ、聖下ですかぁ！』

電話に出ると懐かしい声が聞こえた。神宮からだった。


次の週――。久しぶりに戸中井たちと会うことになった。

仕事を終えて西新宿の居酒屋に向かう。時代劇に出てくる旅籠《はたご》のような木造りの店だ。

履き物を脱いで店内に上がると座敷が広がっている。火鉢を囲むような形をしており、店内は大いに賑《にぎ》わっていた。年末ということもあって客たちは浮かれている。ぼんやり光る炭の炎が、客たちの笑い声でゆらゆらと揺らいでいるように見えた。

「聖下、こちらです」

懐かしい声がした。戸中井だ。目を向けると彼らはすでに火鉢の前に座っていた。相変わらず三人とも律儀だ。酒を飲まずに待っていてくれた。会うのはおよそ一年ぶりだった。そういえば彼らの私服姿を初めて見たな、と聖也は思った。

戸中井は紺のセーターを着込んで、その下に真っ白で清潔なワイシャツの襟が覗《のぞ》いている。イメージ通りきちっとした格好だ。今は執事の職を辞め、どこかのホテルでコンシェルジュの仕事をしているらしい。天職だと思う。

「聖下！　お元気そうでなによりです！」戸中井の隣で曽利が豪快に笑った。

彼も結局サンタクロース家を出た。伸ばし放題の髭《ひげ》が更にワイルドさを引き立てて、羽織ったMA-1のジャンパーは随分とくたびれていた。

「久しぶりですね。聖下ぁ」

唯一執事の仕事を続けている神宮は、仕事の関係で今はアメリカにいるらしい。どうやら現サンタである進一郎はアメリカにもサンタの拠点を作ったらしい。なにかと人使いの荒い男だから苦労していないか心配だ。それにしても、神宮が着ているピンクのセーターはチカチカして目に眩《まぶ》しい。

こんな風に執事たちと酒を酌み交わすのは初めてだ。楽しくもあり、なんとも不思議な気分だ。きっとサンタを続けていたら味わえなかった気持ちだろう。

「お仕事はいかがですか？　聖下」と戸中井が訊《たず》ねた。

「大変だよ。寒いし辛いし給料も安いし。最初は慣れなくて失敗続きで怒鳴られてばっかりだったよ。でも最近ようやく慣れてきてさ、意外と清掃の仕事向いてるかもって思ったんだ。床や窓ガラスが綺麗《きれい》になると、心が洗われるような気がするから」

「えぇぇ!?　聖下がそんなこと言うなんて！　あんなに部屋が汚かったのにぃ！」

「こらベル！　聖下に対してその口の利き方はなんだ！」曽利が首根っこを摑《つか》んだ。

「いいさ。それに僕はもう聖下じゃないよ」

ははは、と笑ってお猪口《ちょこ》の日本酒をぐいっと飲み干した。

「そんなことはありません」隣の戸中井が酌をしながら微笑んだ。「我々にとって聖下は、あなた様ただ一人です。これからもそのことに変わりはありません」

「そうですよぉ！　いつか進一郎のスキャンダルを摑んで週刊誌に売り飛ばしてやりますから！　そしたらまたサンタに戻ってくださいよぉ！」

「いいや、僕はもうサンタに戻るつもりはないよ」

「なぁに！　サンタの座に戻らずとも我らの聖下は聖下だけ！　今度是非この曽利のラーメンを食べに来てください！　ずばり店名は『曽利ラーメン』！　インスパイア系ですぞ！　聖下には永久無料でご馳走《ちそう》します！　野菜もニンニクもマシマシし放題！」

「ありがとう。でも僕、尿酸値高いから痛風になっちゃうよ」

戸中井が曽利のお猪口に日本酒を注ぎ、

「それにしても曽利さんは、ご結婚もされて順風満帆ですね」

「いやぁ！　照れますなぁ！　がはは！」

「……はい？」

聖也の乾いた声に一同がこちらを向いた。

「なにそれ？　君、結婚したの？」

曽利は咳《せき》払いをひとつすると改まって正座した。

「実はそのことを報告したくて今日の場を設けてもらった次第でございます。この曽利、結婚いたしました！」

「うん。祝福はしないよ」

「えぇぇ!?」

「当たり前だろ。僕が六畳一間で毎日独り寂しく枕を濡《ぬ》らしているのに、お前は結婚してラブラブ絶好調ってどういう現象だよ。それ、報告という名を借りた暴力だよ」

神宮がなだめるように聖也の肩を叩《たた》いた。「もぉ、器が小さいですよ聖下は。曽利さんの幸せを生ぬるく見守ってあげましょうよぉ。奥さんまだ二十歳なんだし」

「んんんんなんだとコラぁ！　てめぇふざけんなよ！　お前もう五十だろ！　ロリコンにもほどがあるだろ！　いいか！　僕は忘れてないからな！　お前の数々の失態を！　それなのに二十歳のピチピチギャルと結婚だとぉ!?　高圧洗浄機でツラの皮剝《かわは》ぎ取んぞコラ！」

戸中井も神宮も楽しげに笑っている。なんだかあの頃に戻ったようで、懐かしくて、いつまでもくだらない話で盛り上がった。

終電の時間が近づいたので解散することになった。店から出て纏ったジャンパーのファスナーを上までしっかり締めて北風に耐える。少し飲みすぎたみたいだ。

戸中井が「そういえば」と聖也を見た。

「あれから、阿部様とはお会いになっていないのですか？」

三人ともそのことが気になっていたのだろう。曽利も神宮も笑顔をしまって真剣なまなざしをこちらに向けた。気まずくて「なんだよ、お前らその顔は！」と虫を払うように両手を振って誤魔化した。

「会ったらどうですかぁ？」

「そうです！　会うべきです！」

「いいんだ。今の僕には会う資格なんてないよ」

ジーンズのポケットに手を突っ込んで苦笑いした。すると戸中井が「聖下」と呼んだ。

彼は口の端に笑みを浮かべて言った。

「明日、十二月二十五日は、阿部様の絵本が発売される日です」

「……え？」

伊吹さんの絵本が……。

そうか。伊吹さん、夢を叶《かな》えたんだ……。

じんわりと涙がこみ上げた。

「そっか……そうなんだ……」そして目尻《めじり》からその一粒がこぼれ落ちた。「絵本出せることになったんだ。そっかそっか。よかった……本当によかったぁ……」

ずっと気になっていた。彼女が夢を叶えられたかどうか。時々本屋を訪ねて、絵本コーナーを覗いたりもしていた。だから戸中井の言葉は今年一年で聞いたどんな言葉よりも嬉《うれ》しい。お酒のせいもあって制御できないくらい涙が溢《あふ》れてしまった。

――わたしもう逃げない！　もう一度自分の夢を頑張ってみる！

その言葉通り、彼女は夢を叶えたんだ。

おめでとうございます。伊吹さん……。

駅前で三人と別れることになった。またいつか再会しようと約束して改札の向こうへ渡る。久しぶりに会ったせいで惜別の思いに駆られて後ろ髪を引かれてしまう。

戸中井が「メリークリスマス聖下」と背中に声をかけてくれた。振り返ると、三人は聖也に向かって微笑みかけていた。

「聖下にとって明日のクリスマスが、誰よりも幸せな一日になることを、執事一同心より祈っております」

彼らの笑顔が嬉しくて、また少しだけ泣けてしまった。

クリスマスの朝がやってきた――。

この日、東京は雲ひとつない晴天だった。それでも気温は低く、夜には雪が降るかもしれないと気象予報士がテレビで言っていた。

東京の冬の寒さはかつて住んでいた岐阜の山奥に比べれば可愛いものだ。それでも独り身の寂しさというのは寒さを余計に感じさせる妙な力がある。特に今日がクリスマスだからだろうか？　朝からなんだか気持ちが萎《な》えていた。

そんな沈んだ気分のときでも仕事はある。この日は朝からいくつかの現場を掛け持ちして大忙しだった。この時季になると企業はどこも大掃除を行うため清掃の依頼が格段に増える。案件が増えて社長は大喜びだが、働いているスタッフたちは不平不満を漏らしている。現場に向かうバンの中で先輩が「クリスマスだってのに俺たちは寂しく仕事かよ」とぶつくさと文句を言っていた。

朝に茅場町《かやばちよう》のオフィス、午後に新橋の駅ビル、夜は中野の店舗ビルの清掃を行った。どれもなかなか大変な現場だった。身体は悲鳴を上げて腰も痛い。この仕事をはじめてからというもの腰痛が癖になってしまった。

最後の現場が家の近所だったから聖也だけは現地解散とさせてもらった。明日も仕事だから貴重品だけを手に、残りの荷物は事務所のロッカーに預けたままにした。真っ赤なつなぎで外を歩くのはいささか恥ずかしいけれど、それでも家まで歩いて帰れる距離だから助かる。一刻も早く帰って温かい風呂《ふろ》に入りたい気分だった。

夜七時過ぎ。駅前でバンから降りると挨拶《あいさつ》をして先輩たちを見送る。しかし車にジャンパーを忘れたことに気付いて、しまったと片目を瞑《つぶ》った。でももう手遅れだ。聖也は両腕をさすりながら自分の間抜けさにため息を漏らした。

急いで帰ることにしよう。駅に背を向け急ぎ足で歩き出す——が、足を止めた。

——明日、十二月二十五日は、阿部様の絵本が発売される日です。

昨日あれからずっと戸中井の言葉が耳に残って離れない。仕事中も伊吹の絵本のことを考えてしまっていた。読みたいと思う気持ちと、読むべきじゃないという二つの気持ちが天秤《てんびん》のように心の中で揺れている。読んでしまえばきっと今より彼女に会いたくなる。だから見てはいけない。しかし頭では分かっていても、心は言うことを聞いてくれない。伊吹さんの夢の結晶を、一目でいい、たった一目でいいからこの目で見たいと、心が訴えかけてくる。

だから聖也は駅近くの本屋に足を踏み入れた。

絵本の取り扱いは他の書店に比べてかなり多かったが、しかしそこに伊吹の絵本は見当たらない。棚に並んだ本の背表紙をひとつひとつ入念に確認したが彼女の名前はどこにもなかった。もしかしたらペンネームを使っているのだろうか？　だとしたら見つけるのは無理だ。聖也は諦《あきら》めて踵《きびす》を返そうと——、
思わず笑みが溢れた。

平積みされている中に一冊の絵本がある。

伊吹さんの絵本だ……。

『あなたが、いたから』というタイトルの可愛らしい絵本がそこにあった。

表紙に彼女の名前が書いてある。

阿部伊吹――。

その名前が誇らしげに映る。

赤と白の表紙が印象的で、それは彼女の宝物の絵本を彷彿《ほうふつ》とさせた。雪の積もった大地に可愛らしい女の子が佇《たたず》んでいる。伊吹に似ていると思った。舞い散る雪の中で微笑んでいるその絵に、思わず涙がこぼれそうになる。

聖也は表紙を手のひらでそっと撫《な》でると、震える心を落ち着けた。

読んでみよう。

伊吹さんの夢の結晶を……。

抑えきれない高揚感を胸に、伊吹が描いた絵本をゆっくりと開いた――。

わたしは　よわむしで　いくじなし。
じぶんのことが　だいきらい。
むかしのいやな思《おも》い出《で》で
いつもクヨクヨしてばっかり。
だからね　ゆめも　がんばることも
ぜんぶぜんぶ　やめちゃった。

だってだって
ゆうきをだすのが　こわいんだもん。
とってもとっても　こわいんだもん。

そんなとき
あなたは　わたしのところに　きてくれたね。

「泣《な》かないで……」って言《い》ってくれたね。

あなたは　サンタさん。
思《おも》っていることを　ぜんぶ言《い》っちゃう
かわった　かわった　サンタさん。

あなたは　わたしに言《い》ったよね。
「人《ひと》は　かわれるんだよ」って。
「ぜったいぜったい　かわれるんだよ」って。

「ゆうきをだせば　ぜったい人《ひと》は
かわれるんだ！」

そう言《い》ってくれたね……。

ほんとうに？
ほんとうに？
わたしも　かわれるかな？
つよくなれるかな？

「なれるさ！　だってきみには　ぼくがいるだろ！」

うれしかった。
うんと　うんと　うれしかった。
でも……。
わたしは　しんじなかったね。
こわくて　こわくて　あなたのことを　しんじなかったね。

それで　あなたに　言《い》っちゃったね。
人《ひと》はかわれないよ！
むりにきまってるよ！
サンタさんなんて　だいきらい！

わたしはあなたを
たくさん　たくさん　きずつけた。

それでも　あなたは　めげなかったね。

「じゃあぼくが　みせてあげよう！
人《ひと》はかわれる。つよくなれる。
ぼくがきみに、それをみせてあげるよ！」

あなたは　かわった　サンタさん。
それでもあなたは　わたしのために　かわってくれたね。
たくさん　たくさん　ゆうきをくれたね。
たくさん　たくさん　好《す》きになってくれたね。
それでわたしは　かわれたの。
ほんのちょっとだけね　つよくなれたんだよ。
じぶんのことを　好《す》きになれたんだよ。

でも　あなたはいなくなっちゃった。
そうだね。
クリスマスは　もう　おわっちゃったね……。

さみしいよ……。
かなしいよ……。

あなたがいないと　こころが泣《な》くの。
あいたいよ……って　こころが泣《な》くの。

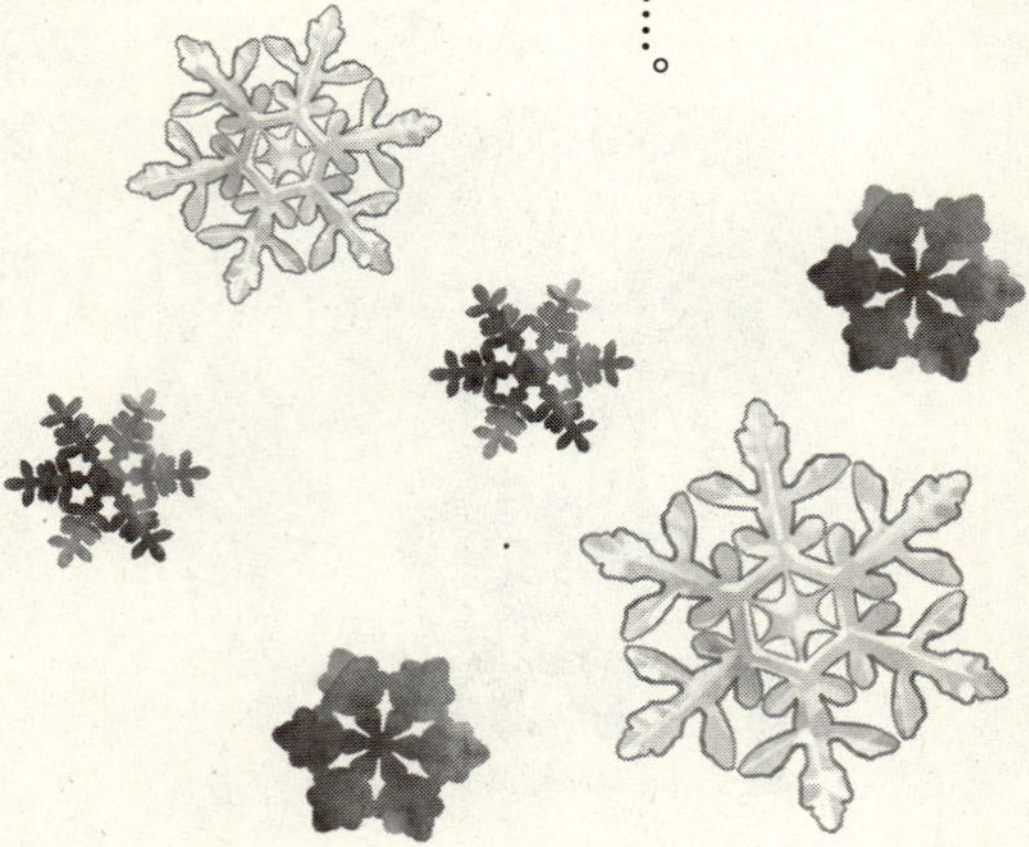

だから　おねがい。
もういちどだけ　あなたにあいたい。
ねぇ　サンタさん　おねがい。
どうか　おねがいだから……

聖《せい》なる夜《よる》に　わたしを　みつけて……。

クリスマスの夜《よる》――。

「泣《な》かないで……」って　こえがした。

サンタさん？
サンタさんなの？
ほんとうに　ほんとうに　サンタさんなの？

「そうだよ。　だから　もう泣《な》かないで。
だって　これからは――」

「ずっと　いっしょだよ……」

涙の雫《しずく》がサンタの絵の上にぽとりとこぼれ落ちた。

聖也は絵本を抱きしめると、人目もはばからずその場で涙した。

嬉《うれ》しかった。嬉しくて嬉しくてたまらなかった。

伊吹の想いが胸に響いて、ただひたすらに涙がこぼれた。

これは伊吹さんが僕に贈ってくれたプレゼントだ。僕のことを想って、僕とあなたのことを描いてくれた絵本なんだ。世界でひとつしかない、それでいて世界で一番温かい、かけがえのないクリスマスプレゼントだ……。

伊吹さんは僕に会いたいと言ってくれている。

もう一度会いたいって、願ってくれているんだ。

「会いたいよ」って、絵本の中から僕に呼びかけてくれている。

会いたい……。

僕も伊吹さんに会いたい。

もう一度だけ、あなたに会いたいよ。

この一年、あなたのことを片時も忘れたことはなかった。伊吹さんが隣で笑ってくれたこと、僕を好きだと言ってくれた言葉、手を握って「人は変われる」って言ってくれたあの日のことを。あなたは僕にたくさんの勇気をくれた。あなたがいたから頑張れた。自分を好きになれたんだ。そんなかけがえのないことを教えてくれたあなたを、僕は忘れることなんてできなかった。

でも僕は逃げてしまった。サンタじゃなくなって、なにもかも失くして、あなたに誇れるものなんてないって諦《あきら》めていた。あなたに会う資格がないって、ずっとずっと逃げていたんだ。

それじゃあ、あの頃と一緒じゃないか。あの井戸の中で暮らしていた弱虫でいくじなしのがまくんだった頃の自分と。

変わりたい……。

それで今度こそ、次の一歩を踏み出したい。

「東京ってこんなに広いんですよ？　その中からたった一人を見つけるなんて、そんなの無理ですよ」

それでも見つけるんだ。

伊吹さんのことを。

この東京の街の中で。

そして会いに行こう。

伊吹さん……。

僕はあなたを必ず見つけます。

聖也は走った。冷たい夜風を追い越して、人々を追い抜いて、この東京のどこかにいる伊吹を探し求めて夜の街を走り続けた。街を彩る光の数々。ショーウィンドウのライト、窓から漏れるビルや店舗の明かり、イルミネーションの輝き、信号機、車のテールランプ。聖夜を鮮やかに染める光の中を、伊吹の姿を探して駆け回った。

二人で初めて出かけた新宿の映画館、三枝屋百貨店、東京ウェルズホテル、渋谷のスクランブル交差点、思い当たるところをひとつひとつ訪ねてゆく。

しかし彼女はいない。人混みにも、交差点にも、電車の中にも。それでも聖也は諦めなかった。もう諦めたくなかった。何千万人もが暮らすこの東京の中に、たった一人の彼女を見つけたい。そう思って、どこまでも走った。

「──伊吹さん！」

勢いよく『ユーレニッセ』の扉を開けた。

クリスマスの今夜、店は大いに賑《にぎ》わっている。サラリーマン客の中にはサンタの衣装を纏《まと》った若者もいて、誰もが楽しげにビールをあおっていた。スピーカーから流れるクリスマスソングが終わると、次に流れたのは山下達郎《やましたたつろう》の『ユア・アイズ』だった。

「サンタ君？」

馬蹄《ばてい》形のカウンターの向こうで小雪が手を挙げている。久しぶりに見た彼女は長い髪をバッサリ切って、おなかもすっきりしていた。その代わり、背中には赤ちゃんがいた。可愛らしいまん丸い顔をしたお母さんにそっくりの男の子だ。

聖也は客たちを押しのけて小雪の元へ向かうと、

「伊吹さん、来てませんか⁉」

息を切らして額に汗する聖也を見て小雪は驚いた。

「いや、今日はまだ来てないけど……。あ、電話してみようか？」とスマートフォンを手に取った。

「待ってください！」

「え？」

「電話はしなくていいです」

「でも……」

「見つけたいんです。僕が、自分の力で」

小雪の表情がふっと崩れて微笑みに変わる。決意のまなざしを浮かべた聖也を見て、その気持ちを察してくれたようだ。そして「分かったよ」と快活な声で言った。

礼を言って店を出て行こうとすると、小雪に「待って」と呼び止められた。振り返ると、彼女は子供の顔をこちらに見せた。

「この子の名前ね、聖なる夜の〝聖〟って書いて、サンタっていうの」

「サンタ？」

「うん。サンタクロースみたいな人になってほしいの」

「え……？」

「あなたみたいな人に」

「僕みたいな？」

小雪は「そうよ」と顎《あご》を引いて頷《うなず》いた。そして我が子を愛おしそうに見て頬を緩めた。

「誰かのことを一生懸命好きになれる人に。誰かのサンタクロースになってほしいの。まぁ、ちょっとキラキラネームだけどね」

それから大きな口を開けて「はっはっはっ！」と豪快に笑った。

「ねぇ、サンタ君」

首を傾ける聖也に、小雪は言った。

「伊吹のこと見つけてあげて。それでさ――」

そして親指を立ててサムズアップすると、

「あの子のこと、うんと幸せにしてあげて」

「……はい！」


この東京でたった一人を見つけることは難しい。もしかしたらそんなこと不可能なのかもしれない。電話番号も住所もメールアドレスもなにも知らなかったら、もうその人とはめぐり逢《あ》えないのかもしれない。きっと前の僕だったらそう思って諦めていただろう。できっこないって思っていたに違いない。でも今は違う。探したい人がいる。会いたい人がいる。そして、その人も僕に会いたいと願ってくれている。ただそれだけで勇気が湧《わ》くんだ。僕なら絶対見つけられるって、そう信じたくなる。自分自身のことを信じたくなるんだ。

いつか彼女は僕に訊《き》いた。「どうしてわたしなの?」って。あのときは「分からない」って言ってしまったけれど、今度こそその答えをあなたに伝えたい。的外れかもしれないけれど、バカげているかもしれないけど、たとえそうであったとしても、僕は伝えたいんだ。どうしてあなたじゃなきゃダメなのか。その答えを——。


電車を降りて改札を抜けて地上に出ると夜十時を過ぎていた。風はうんと冷たくて、空からは粉雪が舞い散っている。手のひらに乗せると儚《はかな》く消えてしまう美しい雪だ。

聖也は夜空を見上げる。ずっと下ばかり見ていた人生だったけど、今こうして空を見上げている。天空から舞い降りる雪は月の明かりと街の光に照らされて眩《まばゆ》く輝き、その煌《きら》めきの向こうに誇らしげな東京タワーが見えた。

この日のタワーはオレンジ色ではなかった。今夜はクリスマス。クリスマスツリーを模した緑と赤のイルミネーションに着替えていた。それはまるで東京の真ん中にそびえる大きな大きなクリスマスツリーのようだ。

伊吹さんはきっとあそこにいる……。

会いに行こう。

そして聖也は一歩を踏み出した。

終業間際だったが無理を言って特別に中に入れてもらい、エレベーターで特別展望台を目指した。高いところが好きだと言った彼女の笑顔を思い出す。綿毛のようにふんわりと笑った彼女。昔は母を思い出させたけれど、でも今は違う。伊吹は伊吹であり、あの笑顔は彼女にしかないのだと強く思う。彼女の笑顔は、世界でたったひとつなんだと。そして伊吹は言っていた。晴れ渡った東京の景色を見ながら「ここに何千万もの人がいて、みんな一生懸命働いてるんですよね」と、そう言っていた。

聖也はエレベーターの窓ガラスの向こうを見た。

グリーンのライトの先に東京の夜景が広がっている。そこにたくさんの人々が暮らしている。楽しいこと、悲しいこと、嬉《うれ》しいこと、たくさんの思いを抱えながら毎日を生きている。

聖なる夜に、愛する人とデートをしている人もいるだろう。プロポーズする男の人もいるだろう。フラれた女の子もいるかもしれない。クリスマスケーキの蠟燭《ろうそく》の火をふっと吹き消す小さな子もいるはずだ。家族でケーキを食べて「美味《おい》しいね」って微笑み合っている。そして伊吹の絵本をプレゼントされて嬉しそうに笑っている女の子も……。

今日はクリスマス。街にたくさんの幸せが溢《あふ》れる特別な夜だ。

展望台に着くと聖也はフロアに足を踏み入れた。

行き交う人の間をすり抜けて、すれ違う人々の中に彼女を探す。

手を繋いで歩いている恋人たち。子供と一緒に窓の外を眺めるお父さんとお母さん。

友達同士で来ている人もいる。誰もがその夜景に目を輝かせて笑っていた。

彼女の姿は見当たらない。終業時間を知らせるアナウンスが響く。

焦りが胸を覆う。それでも聖也は辺りを見回す。

そして――。

涙が溢れ、そのあとに微笑みが花のように咲いた。

そこに、伊吹の後ろ姿を見つけた。白いロングコートを纏《まと》って、少し長くなった髪を揺らしながら夜景を眺めている。その姿は一年前に見た後ろ姿とまったく同じだった。

白い椿のような美しい姿だ。

やっと会えた。やっと見つけることができた……。

足を前に出す。響き渡るブーツの音に気付いたのか、彼女は静かに振り返った。驚きの後にはその表情がくしゃっと崩れる。今にも泣きそうになりながら、伊吹は目一杯に笑ってくれた。目に涙をたくさん溜《た》めて、白い頬を持ち上げて、あの頃と同じ笑顔を聖也に向けてくれた。そして、

「……遅いよ」

「すみません。一年もかかっちゃいましたね」

「ううん。でも、ちゃんと見つけてくれたのね」

「約束したから。絶対に見つけるって……」

伊吹は笑った。その拍子に涙がほろりと落ちた。

「ねぇ、聖也さん。わたしね、夢を叶《かな》えたんだよ」

聖也は笑顔で頷いた。

「あなたがいたから……」

伊吹は涙の中で微笑んだ。

「あなたがいたから、今日まで頑張ってこられたの。だから、ありがとう……。ありがとう、聖也さん」

「伊吹さん……。やっと分かった気がします。どうしてあなたじゃなきゃダメなのか」

「え？」

「僕は、あなたといると生きててよかったって実感するんです。明日も生きたいって思えるんです。あなたとずっと一緒に生きたいって……どうしようもなく思っちゃうんです。こんな気持ち、きっと世界中であなたしかくれません。だから僕は——」

聖也はありったけの笑みを浮かべた。

たとえそれが、ほんのささやかなものだとしても、それでも僕は——、

「奇蹟を起こしたくなるほど、僕はあなたを愛しています……」

伊吹の頬に次々と涙が落ちると、彼女は聖也の胸に飛び込んだ。細い腕の感覚が、ぬくもりが、洟《はな》をすする音が、呼吸が、生きている音が聞こえる。伊吹という人を今ここに感じる。それが嬉しくて、聖也の目からも涙が溢れた。

「もう起こしてくれたじゃない」

伊吹が耳元で囁《ささや》いた。

「あなたのこと、こんなに好きにさせてくれたでしょ……」

僕は幸せだ。こんなに好きな人が、僕のことを同じように好きだと言ってくれている。

もうそれだけで、ただそれだけで、あとはもうなにもいらない。

この東京でもう一度、伊吹さんにめぐり逢えてよかった。

あなたと出逢えて、本当によかった……。

伊吹は腕を解《ほど》いて聖也の身体から離れると、コートのポケットからある物を取り出した。聖也は目を細めて笑った。

そこにはサンタクロースの帽子がある。誇り高き、真っ赤な色を纏《まと》った帽子だ。

伊吹はそれを聖也の頭に被《かぶ》せると、よく似合ってるよ、と微笑んだ。

赤い清掃用のつなぎに赤い帽子を被った聖也は、まるで本物のサンタクロースのよう。

伊吹だけのサンタクロースだ。

そして聖也は伊吹に唇を寄せると、聖なる夜にそっと誓った。

もう二度と、僕らは離れることはないんだと。

本書は書き下ろしです。

この作品はフィクションです。実在の人物、団体等とは一切関係ありません。

君《きみ》にささやかな奇蹟《きせき》を

宇山佳佑《うやまけいすけ》

平成30年 1月25日　初版発行
令和3年 5月20日　4版発行

発行者●堀内大示

発行●株式会社KADOKAWA
〒102-8177　東京都千代田区富士見2-13-3
電話　0570-002-301（ナビダイヤル）

角川文庫 20749

印刷所●株式会社暁印刷
製本所●株式会社ビルディング・ブックセンター

表紙画●和田三造

ISBN978-4-04-106427-6　C0193

◇◇◇

角川文庫発刊に際して

角川源義

第二次世界大戦の敗北は、軍事力の敗北であった以上に、私たちの若い文化力の敗退であった。私たちの文化が戦争に対して如何に無力であり、単なるあだ花に過ぎなかったかを、私たちは身を以て体験し痛感した。西洋近代文化の摂取にとって、明治以後八十年の歳月は決して短かすぎたとは言えない。にもかかわらず、近代文化の伝統を確立し、自由な批判と柔軟な良識に富む文化層として自らを形成することに私たちは失敗して来た。そしてこれは、各層への文化の普及滲透を任務とする出版人の責任でもあった。

一九四五年以来、私たちは再び振出しに戻り、第一歩から踏み出すことを余儀なくされた。これは大きな不幸ではあるが、反面、これまでの混沌・未熟・歪曲の中にあった我が国の文化に秩序と確たる基礎を齎らすためには絶好の機会でもある。角川書店は、このような祖国の文化的危機にあたり、微力をも顧みず再建の礎石たるべき抱負と決意とをもって出発したが、ここに創立以来の念願を果すべく角川文庫を発刊する。これまで刊行されたあらゆる全集叢書文庫類の長所と短所とを検討し、古今東西の不朽の典籍を、良心的編集のもとに、廉価に、そして書架にふさわしい美本として、多くのひとびとに提供しようとする。しかし私たちは徒らに百科全書的な知識のジレッタントを作ることを目的とせず、あくまで祖国の文化に秩序と再建への道を示し、この文庫を角川書店の栄ある事業として、今後永久に継続発展せしめ、学芸と教養との殿堂として大成せんことを期したい。多くの読書子の愛情ある忠言と支持とによって、この希望と抱負とを完遂せしめられんことを願う。

一九四九年五月三日